문호 A의 시대착오적 추리

문호 A의 시대착오적 추리

글 모리 아키마로 | 번역 이수지

초판 1쇄 인쇄 2020년 10월 23일 | **초판 1쇄 발행** 2020년 10월 30일

펴낸이 강인선 | **펴낸곳** 거북이북스 | **출판등록** 2008년 1월 29일(제2020-000242호)
주소 04091 서울특별시 마포구 토정로 222 한국출판콘텐츠센터 210호
전화 02.713.8895 | **팩스** 02.706.8893 | **홈페이지** www.gobook2.com
편집 오원영 | **디자인** 박옥 | **디지털콘텐츠** 이승연
경영지원 이혜련 | **마케팅 대행** 성홍진
인쇄 (주)지에스테크
ISBN 978-89-6607-342-9 03830

BUNGOUA NO JIDAI SAKUGO NA SUIRI
©Akimaro Mori 2018
First published in Japan in 2018 by KADOKAWA CORPORATION, Tokyo.
Korean translation rights arranged with KADOKAWA CORPORATION, Tokyo
through Shinwon Agency Co., Seoul.

문호 A의 시대착오적 추리

모리 아키마로

거북이북스

차례

서장

"류노스케, 류노스케, 이리 와라."

희미하게 들려온 목소리에 눈을 떴다. 여자인지 소년인지, 아니면 말을 할 수 있는 악기인지. 아무튼 듣기 좋은 목소리였다.

"류노스케, 어서 오라니까."

말투가 난폭한 것을 보니 나의 아내 후미는 아니었다. 아이들일 리도 없었다. 타바타(田端)의 집에서 나를 류노스케라고 부르는 사람은 아무도 없었다. 그렇다면 이곳은 우리 집이 아닌가. 아니, 그럴 리가 없다…….

왜냐하면 나는 한밤중에 타바타의 자택에서 스스로 목숨을 끊었으니까.

잠시 어둠 속인가 싶었는데, 갑자기 눈꺼풀 아래에서 달빛이 느껴졌다. 눈을 번쩍 뜨자 하늘에 뜬 달이 보였다. 밤을 으깨서 만든 둥근 양갱 같은 보름달이 깊은 어둠에 잠긴 지상을 향해 미소 짓고 있었다.

순간 달의 사람이 떠올랐다. '달의 사람'이란 내가 쓴 소설 《어느 바보의 일생(或阿呆の一生)》에 나오는 여성이다. 내가 죽은 뒤, 많은 여자가 자신이야말로 달의 사람이라고 나설 것은 명백했다.

다만 분명한 것은 달의 사람이 누구인지 나의 경우에는 불분명하다는 사실이다. 만약 그 사람이 누구인지 분명했다면, 나는 이렇게 홀로 죽음을 맞이하지는 않았을 것이다.

죽음을 맞이하지는…….

죽음을 맞이한 것이 아니었나?

치사량의 독을 마셨으니 죽었어야 하는데.

그런데 어째선지 의식이 있었다. 어떻게 된 일인지는 전혀 모르겠지만, 혹시 어젯밤에 마신 비밀의 독약이 내 몸을 빠져나와 달빛에 녹아 사라진 것일까.

내 손을 확인했다. 그것은 분명 내 손이었고, 아내에게 잘 자라고 인사하며 잡았던 손이기도 했다. 불행한 일이다. 자살에 실패했다면 또 후미에게 혼날 것이다. 후미가 화를 내면 뇌신(雷神)과 풍신(風神)보다 더 무서웠다.

몸은 생각처럼 움직이지 않았다. 대신 요즘 계속해서 나를 괴롭혔던, 눈꺼풀 안쪽에 나타나던 톱니바퀴의 환영이 지금은 보이지 않았다. 좋은 징조였다. 잠시 병에서 벗어난 것 같았다. 육체의 노고에서 해방됐다는 것은 역시 내가 죽었다는 뜻이겠지. 죽었구나. 그래, 다행이다.

그러나 문제는 여기가 어디인지 전혀 짐작이 안 간다는 점이었다. 하늘에 떠 있는 달이 보이는 것을 보면…… 여기는 야외인가. 원래 저승에도 달이 있나? 아니면 이곳은 암혈길(闇穴道)일지도 모른다. 암혈길이란 이승과 지옥 사이에 있는 길로, 항상 어두운 하늘에 얼음처럼 차가운 바람이 휘몰아치는 곳이다. 예전에 내가 《두자춘(杜子春)》에 쓴 적이 있다. 여기가 바로 그곳인가.

"류노스케, 어서 와라. 기다리느라 목이 빠질 뻔했다."

신비롭고 중성적인 목소리가 다시 나를 불렀다.

이윽고 거대한 문이 흐릿하게 그 모습을 드러냈다. 나는 그 문으로 이어지는 돌계단 아래에 있었던 것이다. 여기는 염라대왕이 사는 삼라전(森羅殿) 앞인가.

아니면 라쇼몽(羅生門)인가…….

마치 내가 상상하는 라쇼몽과 삼라전 앞의 풍경을 뒤섞은 듯한 분위기가 풍기는 걸 봐서는, 아무래도 이곳은 역시 현실 세계가 아닌 모양이었다.

내가 쓴 이야기 속의 라쇼몽에는 내내 비가 내렸다. 하지만 오늘 밤 라쇼몽에는 비가 내리는 일 없이 하늘에 만월이 떠올라 있었다. 처마 밑에서 비를 피하는 하인의 모습도 보이지 않았다. 어쩌면 지금 여기에 있는 나야말로 그 하인일지도 몰랐다. 그런 바보 같은 생각도 들었다.

"류노스케. 어이, 적당히 하라니까."

목소리는 문이 있는 방향에서 들려왔지만, 문 너머도 문 앞도 아닌 바로 문에서 들려왔다. 주위에 무수히 떠다니는 빛나는 눈들은 요괴일 것이다. 내가 먹잇감인지 아닌지 지켜보고 있는 것이겠지.

어디가 되었든 여기는 지옥의 입구임에 틀림없었다. 그래야만 했다. 나는 분명 실패하지 않을 방법을 골랐다. 혹시나 살아남으면 곤란했다.

나는 몸을 일으켰다. 그리고 몸이 앞으로 넘어지면 한 걸음 나아갈 것이라고 믿는 것처럼, 발을 앞으로 내딛으며 돌계단을 올랐다. 요괴들은 생각 외로 똑바른 내 걸음걸이에 놀랐는지, 나에게 다가오기를 망설였다. 그래, 얌전히 있으라고. 이렇게 보여도 어느 정도의 실력은 갖추고 있으니까.

돌계단을 올라가는 감촉이 살아 있던 때의 감각과 똑같다는 점이 이해가 가지 않았다. 죽은 자는 좀 더 가볍게 몸을 둥실둥실 움직일 거라 생각했기 때문이다.

나는 죽었나, 죽지 않았나. 여전히 알 수가 없었다. 불안감이 엄습하자 아편을 피우고 싶었다. 최근에는 아편에 완전히 의존하고 있었다. 내가 죽지 않았다면 아편이 필요했다. 제정신으로는 살 수가 없었다. 하물며 지옥이라면 더더욱. 이거 참, 곤란하군. 죽기 전에 지옥에도 아편이 있는지 알아봤어야 했다.

"류노스케."

돌계단을 올라가자 다시 문에서 목소리가 들렸다. 요괴가 있다면 말하는 문이 있어도 놀랄 일은 아니었다. 그런 생각을 하고 있을 때, 뭔가가 내려왔다.

"나를 기다리게 하다니."

비도 눈도 아니었다. 좀 더 커다란 것이었다. 그 정체에 놀라지 않았다고는 할 수 없었다. 하지만 나는 이미 죽은 사람일지도 모르기에 놀란 표정을 짓지는 않았다.

소리가 난 곳을 바라보니 누더기를 걸친 여자가 서 있었다. 넝마 조각은 그녀의 풍만한 가슴을 가리지 못했다. 하지만 날카로운 눈빛은 그녀를 여자로 보는 것을 거부하고 있었다.

"너는 누구냐?"

"하카마다레다."

"하카마다레?"

그녀는 '쳇' 하고 작게 혀를 찼다. 나도 하카마다레 정도는 알았다. 《콘자쿠 이야기집(今昔物語集)》*에 등장하는 도적이었다. 하지만 그 도적은 여자가 아니라 남자였다. 무엇보다 헤이안 시대의 도적이 왜 이곳에 있을까. 지옥에는 시간의 구분이 없는 것인가.

"왜 네가 이런 곳에 있지?"

"우리의 표현법으로 말해 봤자 알아듣지 못할 테니, 네가 이해

---

* 일본 헤이안 시대 말기에 만들어진 것으로 보이는 작자 미상의 설화 모음집. 인도, 중국, 일본의 설화 1,000여 편을 수록했으며 불교적이고 교훈적인 경향이 강하다.

할 수 있는 표현으로 가르쳐 주기 위해서지. 여기는 너의 상상 속 세계. 정확히는 너의 상상과 너의 상상을 수용한 자들이 만들어낸 공동 환상 세계라고 생각하면 돼."

"…… 무슨 소리인지 모르겠군. 그런 헛소리가 나에게 통할 거라 생각했나? 너는 어디에서 온 여자냐?"

언제부터인가 나에게는 여러모로 귀찮은 여자들이 들러붙었다. 최근 가장 성가셨던 사람은 한 번 관계를 가진 일로 나와 닮지도 않은 아이를 내 아이라고 주장하는 여자였다. 자살의 직접적인 동기는 아니었지만 큰 고민거리였으며, 내 등을 떠밀었던 것도 확실했다.

그럼 그 여자가 새로운 자객이라도 보낸 걸까. 역시나 마음 한편에서는 여전히 이곳은 현세라는 생각이 남아 있었다.

지옥이라 하기에는 너무 수상쩍었다. 가다랑어포를 설탕으로 졸이더라도 이렇게 이상한 냄새는 나지 않을 것이다. 이 냄새는 장례식에서 몇 번이고 맡은 적 있는 죽은 자의 냄새였다.

"너는 이러쿵저러쿵 이유를 붙이고 있지만, 결국 돈 때문에 죽은 거지?"

하카마다레가 자신의 칼을 손질하며 물었다.

"아니, 그렇지 않아. 나는 내 장래에 대한 막연한 불안 때문에 죽은 것이다."

"과연……. 이해해. 하지만 결국은 돈이지. 재능, 여자, 혈족 간의 다툼과 문단의 알력. 모두 돈만 있으면 어떻게든 해결되는 고민이야. 너는 너의 내면에서 솟구치는 톱니바퀴 형태의 불안에 진 거다. 하지만 아이는 어떻게 되지? 부인은 어떻게 되나?"

"어떻게든 되겠지. 나는 그 부분에서 박정한 남자니까."

"단지 자기중심적일 뿐이잖나. 나(俺, 오레)*는 그렇게 생각한다."

"여자가 '오레'라고 하지 마라."

"시끄러워."

하카마다레는 혀를 찬 뒤, 책상다리를 하고 앉았다. 백자처럼 고아한 다리가 드러났다.

"생전에 너는 동물적 에너지라는 것에 강하게 사로잡혀 있었지. 살아가기 위해서는 동물적 에너지가 필요하다며 말이야. 내가 주인공으로 나온 《라쇼몽》에도, 그런 네가 설치해둔 폭탄이 보일락 말락 하지."

"착각이야. 우선 나는 《라쇼몽》의 하인이 하카마다레라고 한 적이 없다. 무엇보다 내가 참고한 이야기는 〈나생문등상층견사인도인어제십팔(羅城門登上層見死人盜人語第十八)〉이니까, 하카마다레가 등장하는 일화와는 별개다."

"소설을 수용하는 측에서는 아무래도 상관없는 일이지. 하인이 이후에 헤이안 시대의 제일가는 도적, 하카마다레가 되었다고 생

---

* 주로 남자들이 사용하는 1인칭 표현.

각하는 편이 더 멋있지 않나."

"…… 뭐, 그건 됐다. 하지만 네가 오해한 것은 그뿐만이 아니야. 애초에 동물적 에너지를 《라쇼몽》에 내재시킨 것은 사실이라고 쳐도, 그것은 내가 주장하고자 했던 바가 아니다."

타인에게 말해도 좀처럼 이해하지 못하리라는 사실은 잘 알고 있었다. 《라쇼몽》은 문단에서 높게 평가받았지만, 긍정적인 평가만 받은 것은 아니었다.

"뭐, 아무래도 상관없다만. 문 저편을 보아라. 네가 풀어 놓은 동물적 에너지라는 것의 결과를."

이 녀석은 무슨 말을 하는 걸까. 나는 의아해하면서도 문 너머를 바라보았다. 라쇼몽을 경계로 문 너머와 내가 있는 쪽의 경치가 달랐다. 문 너머에 있는 것은 잿빛 길이 끝없이 이어지는, 암울하지만 참으로 기묘한 기계 장치로 가득한 광경이었다.

술자리에서 아무런 주장도 하지 않는 사람처럼 서 있는 사각형 빌딩이 하나 있었다. 그 건너편에도 겉면이 유리로 된 거대한 빌딩이 하나 있었다. 두 개의 빌딩 사이로 난 길을 건너기 위해서인지, 도로 위에는 사다리 모양으로 하얀 선이 그려져 있었다. 대낮인데도 길의 이쪽과 저쪽에는 붉은색의 원형 가로등이 켜져 있었다. 그리고 도로 중앙에 있는 가로등은 푸른빛을 띠고 있었다.

"뭐야, 이건."

"너의 작품을 수용한 이후의 세계지. 저 붉고 파란 빛은 신호기다. 네가 살던 시대에는 경관이 깃발을 들고 '멈추시오.' 하고 말하거나 '서시오.' 하고 알려 줬었지."

"신호기……."

저런 빛으로 뭘 알 수 있다는 것인가.

빽빽하게 줄지어 달리는 형형색색의 기계는 바퀴가 달린 것을 보니 탈것인 모양이었다. 하지만 어떤 탈것인지는 전혀 짐작이 가지 않았다. 내가 아는 가솔린 자동차와도 증기 자동차와도 달랐다.

이윽고 길가에 있는 두 개의 붉은색 원형 가로등이 깜빡이더니, 빛이 옆쪽으로 이동하며 푸른색을 비췄다. 동시에 자동차로 보이는 물체 쪽을 향해 있던 가로등은 파랑에서 빨강으로 바뀌었다.

이건 어떻게 된 장치인가. 머릿속이 의문으로 가득 찼다. 신호가 파랑으로 변하자 걷기 시작한 사람들의 옷차림도 묘했다.

엄청 짧은 교복 치마를 입은 여학생. 남사스럽게 속옷을 입고 구릿빛으로 단련된 몸을 자랑하며 걷는 젊은이. 무더운 날씨에도 넥타이를 매고 다니는 남자 무리. 귀천의 구별도 위아래 구분도 없는지 서로 마다하는 일 없이 거대한 무리는 서로 부딪히면서 이동하기 시작했다.

이 기괴한 광경에 잠시 숨을 삼켰다. 걷고 있는 사람들은 모두 이 나라의 국민으로 보였다. 하지만 마치 일본제국의 수도인 도쿄를 일그러뜨려, 기계 장치로 만든 것 같은 이(異)세계였다.

"자, 이제부터다. 놓치지 마라. 역사적인 순간이니까."

"역사적인 순간?"

"동물적 에너지가 우선시되는 세상의 시작이지."

이변이 일어났다. 길을 건너려고 하는 여자의 뒷모습에 시선이 머물렀다. 길고 아름다운 머리카락을 지닌 여자였다. 그녀의 등 뒤에는 마치 그림자처럼 딱 붙어서 걷는 노파가 있었다. 손에는 가위를 들고 있었다. 이윽고 노파는 여자에게 들키지 않도록 살며시 여자의 머리카락을 잡았다. 머리카락을 자를 생각이로군. 순간 그렇게 생각했던 이유는, 그 노파의 모습이 내가 쓴 《라쇼몽》 속에 등장하는 노파의 이미지와 일치했기 때문이다.

다른 점은 하나였다. 《라쇼몽》의 노파는 시체의 머리카락을 뽑았지만, 저 노파는 살아 있는 여자의 머리카락을 자르려는 것이다.

"거기 당신, 위험해!"

나는 내 처지도 잊은 채 외쳤으나, 내 목소리는 그 여자에게 닿지 않는 것 같았다. 노파가 가위를 들고 머리카락을 자르려던 순간, 그제야 뒤돌아본 여자가 비명을 질렀다. 깜짝 놀란 노파는 무슨 생각인지, 가위를 여자의 가슴 깊숙이 꽂고서 도망쳤다.

그 장면에서 시간이 멈췄다.

"이것이 첫 번째 비극이지. 다음은 불과 몇 초 뒤의 광경이다."

눈앞의 광경이 다시 움직이기 시작했다. 하지만 조금 전의 장면과 이어지는 것 같으면서도 조금 달랐다. 노파의 모습이 보이지 않았다. 벗겨진 머리를 양손으로 감싸 쥔 채 무릎을 꿇은 노인이 있었다. 그 옆에는 여장을 한 남자가 폭풍우라도 맞은 듯 온몸이 흠뻑 젖은 상태로 서 있었다. 손에는 여러 가닥의 실로 만들어진 하얀색 술 같은 것을 쥐고 있었다. 그와 조금 떨어진 뒤편에는 헬멧을 쓴 남자가 자전거(아마 자전거가 맞을 것이다)를 탄 채로 전복되어 피를 흘리고 있었다.

쓰러졌음에도 자전거의 앞바퀴는 계속해서 빙글빙글 돌아가고 있었다.

그 옆에는 광기 어린 눈빛의 젊은이가 서 있었다. 젊은이는 쇠파이프를 들고 있었다.

주위의 사람들은 이 사태를 어떻게 받아들였는지, 정지한 상태로 곤혹스러워하고 있었다. 가슴이 찔린 여자는 절명했고, 머리가 벗겨진 노인은 하늘을 올려다보며 무릎을 꿇고 있었고, 흠뻑 젖은 여장 남자는 그저 멍하니 서 있었고, 자전거 주인은 쓰러진 자전거 옆에서 꼼짝도 하지 않았다. 마치 이것은 한 장의 기괴한 지옥도 같았다.

나는 《지옥변(地獄変)》이라는 내 소설을 떠올렸다. 예술을 위해서라면 사람을 사람으로 생각하지 않는 언동을 반복하는 화불사*가 제 딸의 생명이 다 타들어 가는 모습을 일심불란하게 그림으로 그리는 이야기였다.

---

* 불화를 그리는 사람.

지금 눈앞에 펼쳐지는 장면은 작중의 지옥도보다 더 처참한 지옥도였다. 그리고 나 역시 짐승만도 못한 화불사와 동류인지, 이 광경을 보고 이것을 언어로 묘사하고 싶은 유혹에 빠졌다.

쓰러진 자전거 바퀴는 계속해서 돌아가고 있었다. 불쾌하게도 그 바퀴만이 이 세계가 계속되고 있다는 사실을 알려 주었다. 최근 나를 계속 괴롭혔던 톱니바퀴의 환영이 되살아났다.

그때 음악이 흘러 나왔다. 투명한 여자 목소리였다. 뒤에서 흐르는 반주는 사람이 연주하는 온기가 느껴지지 않는 무기질적인 소리였다. '키잉' 하고 울리는, 처음 들어 보는 딱딱한 소리였다.

그날, 오렌지를
나에게 던져 준 그 아이처럼
나도 내 마음을 고백할게.
모든 것은 거기서부터 시작되는 거야.

음악이 흐르자 그곳에 있던 통행인들이 마구잡이로 움직이기 시작했다. 마치 음악에 의해 전류가 흘러들어 온 것처럼.

어떤 사람은 길을 가다 이리저리 도망치는 여자를 범했고, 어떤 사람은 노인의 옷을 찢고 때려서 금품을 빼앗았다. 또 어떤 사람들은 흠뻑 젖은 여장 남자를 에워싸고 집단 폭행을 자행했다.

폭도의 무리. 이 세상의 종말이었다. 한 편의 시(詩)도 되지 않을 정도의 참사였다.

"동물적 에너지는 때로 감염되기도 하지. 네가 원하던 것이지 않나?"

하카마다레는 내 어깨에 팔을 두르고 풍만한 가슴을 갖다 대며 비웃었다.

나는 겨우 "아니야." 하고 대답하는 것이 고작이었다.

《라쇼몽》에서 묘사된 말로(末路)는 이런 게 아니었나?"

너무나 참혹한 광경에 "오해다." 하고 신음한 뒤 눈을 감았다. 나는 이런 세계를 원하지 않았다.

"눈을 떠 봐라. 네가 원했던 것이다. 《라쇼몽》에만 국한된 것이 아니지. 두자춘이 탐냈던 마술도, 칸다타의 아욕도, 네 소설에는 전부 이승이라는 생지옥을 건너기 위해 꼭 필요한 동물적 에너지가 묘사되어 있지. 동물적 에너지를 손에 넣거나 아니면 버리거나. 이 두 가지 선택지 앞에서 동물적 에너지를 버린 두자춘과 버리지 못한 칸다타가 있다. 너의 삶을 보면 어느 쪽이 정답인지는 명백하지."

"나는 이렇게 광기 어린 행동은 한 적이……"

"아니. 이것은 네 작품을 수용한 미래의, 어느 사소한 일상의 광경이다. 이 날 일어난 사건은 다음 날 집단 기행으로 보도되지. 그 자체는 별거 아니야. 하지만 이 날을 기점으로 도쿄 전체가 이상해진다. 도쿄 올림픽을 준비하며 '일본 만세. 아름다운 나라여, 만세.'

하고 갈채를 보내던 시절보다는 군비가 더 늘었겠지만."*

"도쿄 올림픽?"

"그래. 네가 죽고 십수 년 뒤에 열릴 예정이었던 도쿄 올림픽은 환상으로 끝났지만, 전후(戰後)에 도쿄 올림픽이 열렸었지. 지금 보여 준 곳은 그 뒤로 50년 이상 지난 21세기의 세계다. 그곳에서는 역사상 두 번째 도쿄 올림픽이 열리려 하고 있어."

"전후? 지금 전후라고 했는데, 그건……."

전후란 언제를 가리키는 걸까. 과거의 대전(大戰)을 말하는 것인가, 아니면…….

"제1차 세계 대전이 아니다. 제2차 세계 대전이 일어나지. 네가 죽고 나서 12년 뒤에 말이야. 그 전쟁에서 일본은 참패하게 돼. 작은 나라는 한번 기세가 등등해지면 물러날 때를 모르는 법이라. 끝없는 자화자찬 속에서 현실을 깨닫지 못한 채, 벼랑의 바닥까지 곤두박질쳤지. 두 번째 올림픽을 앞두고도 상황은 달라지지 않았어. 목구멍만 넘어가면 뜨거움을 잊는 법이니까."

일본이 졌다고? 믿기 어려운 이야기였다. 청일 전쟁과 러일 전쟁에서 승리하고, 그 뒤에 있었던 제1차 세계 대전에서도 일본은 승자에 속했다. 이 여자가 허튼소리를 하는 것은 아닐까?

"자화자찬은 배타적 구조로 직결된다. 배타적 정신은 배타를 위

---

* 1940년에 도쿄 올림픽이 열릴 예정이었으나, 중일 전쟁으로 일본이 개최권을 반납하면서 취소되었다. 이후 1964년에 도쿄 올림픽이 개최되었다.

한 폭력을 옳다고 한다. 그들은 다시 방아쇠가 당겨지길 기다렸던 거야."

"다시……?"

대패를 당하고도 또 다른 대전을 향한 야심을 키웠다는 말인가. 그 말이 사실이라면 제정신이 아니다. 그야말로 생지옥을 볼 각오를 하지 않고서는.

"실제로 그 뒤의 정세를 생각하면, 이 날의 폭도들이 방아쇠를 당겼다고 볼 수 있지. 도쿄는 마굴이 되어 가고 있어. 정의의 이름으로 살인과 절도와 강간을 자행하는 대다수와 그를 거부하는 소수파로 나뉘어, 소수파는 지하에 몸을 숨긴 채 살아가게 되지."

"…… 난세로군. 기계는 이렇게 진화했는데."

빌딩의 형상과 신호기와 자동차와 자전거의 형태를 보면, 분명 과학 기술은 엄청나게 발전했을 것이다. 도저히 그런 동물적 성질이 들어갈 여지는 없어 보였는데…….

"근대화의 구슬픈 말로지. 이 나라는 문명개화를 한 게 아니야. 외관만 그럴듯할 뿐. 내가 살던 헤이안 시대와 전혀 다르지 않아. '미개인'의 인력에 거역할 수 없는 것이지. 동물적 에너지는 강력한 동력이 된다. 뭐, 나처럼 처음부터 자신의 욕망에 충실하며 살아가는 녀석들이 봤을 때는 웃기는 전개다만."

하카마다레는 다시 문 위로 뛰어올랐다.

"너는 죽었다. 죽어서 가족을 불행하게 만든 대신, 너의 문학적

지위는 확고해졌지. 잘됐지 않나. 미래가 어떻게 되든 죽은 자와는 아무런 관계도 없으니까."

가족…… 그래, 내가 죽은 이후에 후미와 아이들은 어떻게 살았을까?

"잠깐 기다려……."

맨 처음 노파에게 찔려 가슴에서 피를 내뿜으며 쓰러져 있는 여자 위로 남자가 올라탔다. 죽은 사람까지 강간할 셈인가. 눈을 가리고 싶어지는 광경이었다.

아름다운 여자였다. 친구인 우노 코지*가 말하길, 내가 좋아하는 여자는 두 종류로 나뉜다고 했다. 하나는 아내인 후미처럼 얼굴이 갸름하고 이목구비가 반듯한 고풍스러운 미인, 또 하나는 정통적인 미인의 계보에서 벗어난 낭만적인 향기가 나는 여자라고 했다.

하지만 이것은 우노의 생각일 뿐, 나는 그런 식으로 구분하지는 않았다.

그러나 지금 눈앞에서 사경을 헤매는 여자는 고풍스러운 용모의 미인이었다. 내 아내인 후미와 비슷한 계보, 아니, 그보다도 내 첫사랑과 쏙 빼닮았기에 마음이 강하게 끌리는 것을 부정할 수 없었다.

---

* 다이쇼 문학의 중심 작가 중 한 명. 아쿠타가와 류노스케와 가까운 사이로 아쿠타가와가 자살한 전후로 정신 이상과 뇌빈혈에 시달렸다.

"하다못해 저 여자만이라도 구할 수 없겠나?"

"멋대로 자살해 놓고는 뻔뻔하구나."

하카마다레는 내 바람을 듣고 코웃음을 쳤다.

"아름다움은 위대하다. 아름다움이 그곳에 존재하는 것만으로도 세계는 어떻게든 무너지지 않고 돌아가지. 내가 이 나이까지 살아남은 것도 후미처럼 아름다운 여자들 덕분이다. 그러니 저 여자가 저렇게 죽는 모습은 차마 볼 수가 없군."

"기회를 한 번 줄 수는 있어. 하지만 두 번은 없다. 해볼 텐가?"

답은 정해져 있었다. 죽은 자가 무슨 두말이 필요할까.

"어떻게 하면 되지?"

하카마다레는 내 질문에 즐거운 듯이 가슴을 흔들며 웃었다.

제1부

마술의 각성

1. 한 문화 센터의 광경

아아, 여러분, 안녕하십니까. 저에 대해서는 이미 TV에서 자주 보셨을 테니 잘 아시겠죠. 네, 여러모로 악평도 듣지만 실제로 보니 괜찮은 남자죠? 그렇지 않다고요? 한쪽 눈은 의안이냐고요? 여기에 대해서는 우리 언급하지 않기로 하죠. 이렇게 색이 조금 들어간 안경을 쓰고 있으니 별로 신경 쓰이지 않죠? 이런, 여러분들도 참 많이 짓궂으시군요.

저는 화법에 대한 경험이 풍부합니다. 여러분도 인정하시죠? 그렇지 않다면 여기에 모이셨을 리가 없으니까요. 오늘은 여러분께 말의 해석에 대해 설명하겠습니다. 이 강좌는 총 10회로, 다 듣고 나면 반드시 이해력이 높아질 겁니다.

여기에 계신 분들은 전부 타바타에 살고 계시죠? 아아, 역시 그렇군요. 다행입니다. 잘됐네요. 그래야 타바타에서 강좌를 연 보람이 있으니까요. 아무튼 이곳은 아쿠타가와 류노스케가 살았던 땅이 아닙니까. 아, 모르셨습니까? 그렇다니까요. 타바타는 아쿠타가와 류노스케가 살던 곳이랍니다. 모르셨군요. 하지만 《라쇼몽》 정도는 아시죠? 네, 맞아요. 교과서에 실려 있던 그 이야기 말입니다.

아쿠타가와를 중심으로 타바타 문인 마을이 형성되었습니다. 무로우 사이세이*와 키쿠치 칸**과 코바야시 히데오***도 이곳에 살았죠. 여기는 그런 문학의 향기가 짙은 지역입니다.

으음, 지금은 2018년이던가요? 2019년? 뭐, 어느 쪽이든 상관없습니다만. 곧 있으면 도쿄 올림픽이 열리죠. 여러분, 일본인이 일본어 화법이나 해석법에 대해 잘 모르면 관광객들이 당황할 겁니다.

우선 해석이라는 단어의 의미를 생각해 보죠. 이 강좌의 이름이죠. '일본어 해석 강좌.' 그러니까 우선 해석이란 무엇인지를 알아보겠습니다. 시작할까요? 메모할 준비를 해주세요.

해석이란 한마디로 말하자면, 오해를 뜻합니다.

어, 그럴 리 없다고요? 네, 그렇게 말씀하실 만합니다. 하지만 말이죠. 네, 저는 지금 스마트폰을 들고 있습니다. 여러분은 이것을 스마트폰이라고 합니다. 하지만 사실 이건 손거울입니다. 제가 손거울이라고 말하기 전까지 여러분은 다들 스마트폰이라고 생각하셨죠? 크기도 비슷하고요. 그럼 제가 정답을 말하지 않았다고

---

* 일본의 소설가이자 시인. 서정시를 중심으로 한 아름다운 작품 세계로 유명하다.
** 일본의 소설가이자 극작가. 〈분게이슌주(文藝春秋)〉를 창간했으며 아쿠타가와 상과 나오키 상 등을 제정했다.
*** 일본의 비평가. 일본의 근대 문학 비평을 확립했다는 평가를 받는다.

가정해 보죠. 제가 이 손거울을 귀에 댄 상태로 뭔가 말을 하고 난 다음 주머니에 넣었다면 어떨까요? 이제 이것은 스마트폰인 거예요. 그런 겁니다. 요컨대 이것이 스마트폰인지 아닌지는, 제가 스마트폰이 아니라고 말하지 않는 이상 아무래도 상관없는 일이죠. 오해야말로 진실이 되는 것입니다.

또 다른 예를 들어 볼까요. 제가 포메라니안은 일본의 재래종이라고 말했다고 치죠. 이것은 어떨까요? 거짓말입니까? 자료가 남아 있다고요? 아아, 과연. 그렇군요. 하지만 이러면 어떻습니까? 포메라니안의 검은 눈과 검은 코는 재래종인 시바견과 많이 닮았죠? 게다가 이토 쟈쿠츄*가 남긴 그림을 보면, 포메라니안과 닮은 개가 가끔 나옵니다. 시대를 좀 더 거슬러 올라가면 포메라니안과 더욱 비슷한 그림이 있을지도 모르죠.

그림으로는 증명이 안 된다고요? 뼈라도 나와야 한다고요?

하지만 그런 것은 가짜일지도 몰라요. 포메라니안은 재래종일지도 모릅니다. 오해라고요? 네, 오해입니다. 하지만 이것이 이해한다는 것입니다. 이것이 해석입니다. 저는 지금 포메라니안을 해석했습니다. 그 해석을 방해한 것은 포메라니안이 외래종이라는 사실입니다. 우리는 이것을 멀리해야 합니다. 이해를 방해하는 현실은 철저하게 때려 부숴야 해요. 끈질기고 끈기 있게, 조금씩 조금

---

* 18세기 교토에서 활약한 일본의 화가. 화조화를 많이 그렸으며, 대표작으로는 〈닭〉이 있다.

씩 불편한 현실을 물리치는 겁니다. 이것이 이해한다는 것, 해석한다는 것입니다.

과거의 영웅이라는 존재는 바꿔 말하자면 야만인과 마찬가지입니다. 하지만 그 인물에게 다양한 미담을 붙이는 겁니다. 그렇게 하면 모두가 그 인물을 숭상하게 되지요. 숭상하는 것의 효용이 뭔지 아세요? 모두의 감정이 하나가 되는 겁니다. 우리는 이런 위대한 사람과 같은 세계에 있어! 굉장해! 이렇게요. 마음이 하나가 되는 겁니다.

그럼요. 이것은 무척 멋진 일입니다. 불편한 현실을 수정해 가는 거죠.

괜찮습니다. 여러분이 현재 사용하고 있는 일본어도 대부분 옛날과는 의미가 달라졌으니까요. 그런 겁니다. 그렇다고 지금의 용법이 틀린 것은 아니죠. 그것이 옳은 겁니다. 역사란 수정해 나가야만 하는 것이니까요.

아셨죠? 여러분, 긍지를 가지십시오. 여기는 아쿠타가와 류노스케가 살던 마을, 타바타입니다. 우선 우리는 이 땅에서 올바른 해석에 대해 이해해 보도록 하죠. 모든 것은 거기서부터 달라질 겁니다.

2. 부동산 업자는 기묘한 손님을 안내했다

"타바타도 달라졌군."

"그런가요? 다른 지역에 비하면 도쿄의 옛 정취가 남아 있는 곳이죠."

부동산 중개 사무소 '카시와자키 부동산'의 카시와자키는 옆에서 걷고 있는 기모노 차림의 남자에게 대답했다. 하루에 몇십 명이나 되는 사람을 접객하다 보면 다양한 손님을 만나게 된다. 어떤 손님이든 집을 보고 싶다고 하면 동행해야만 한다. 그것이 바로 부동산 중개업자의 일이었다.

그러니까 설령 시대착오적인 기모노 차림에, 장례식을 마치고 돌아가는 듯한 얼굴의 남자라도 함께 걸었다.

"어디가 말인가. 전부 다 바뀌지 않았나."

남자 손님은 그렇게 내뱉듯이 말하더니, 뭔가가 퍼뜩 떠오른 것처럼 갑자기 말을 바꿨다.

"말대로 별로 바뀌지 않았을지도 모르겠어."

그렇게 생각하지 않는다는 것은 명백했다.

"손님, 예전에 타바타에서 사신 적이 있나요?"

"처, 천만에. 처음이다."

이상한 부분에서 동요하는군. 기묘한 손님이다. 카시와자키는 옛날부터 감이 좋았다. 위탁받은 집에 방문했을 때 묘한 느낌이 들어서 알아보면, 사고물건(事故物件)*인 경우가 적지 않았다. 옛날부터 사념이 강하게 남아 있는 곳이 보였던 것이다.

이제부터 손님을 안내할 곳도 사고물건이라고 할 수 있었다. 한 노부부가 동반 자살을 도모했던 것이다. 남편이 치매에 걸린 아내를 간호하다 남편도 병마와 싸우게 되었다. 남편은 자신이 죽고 난 뒤에 남겨질 아내를 생각해 아내를 죽이고 자신도 자살했다. 그 이야기를 들었을 때는 한동안 한숨과 눈물이 멈추질 않았다.

하지만 지금 등골이 오싹한 느낌은 집에서 느껴지는 영적인 오한과는 조금 달랐다. 손님이다. 손님에게 느끼는 것이다.

"손님, 무슨 고민이라도 있으세요?"

혹여 자살을 희망하는 남자가 자살할 장소를 찾아 적당한 집을 빌리려는 것은 아닌지 걱정되었다.

"고민? 고민 없는 사람도 있나."

"아하하, 그야 그렇죠. 저, 이를테면 죽고 싶다거나."

"죽고 싶지는 않군. 바로 얼마 전에 죽어 봤으니까."

"네?"

"…… 농담이다."

전혀 농담으로 들리지 않았다. 하지만 어쨌든 지금은 죽고 싶지 않다니, 일단 안심이었다.

---

* 과거에 자살이나 살인 등 사망 사고가 있었던 집.

"그런데 왜 그런 질문을 하지?"

"아, 별거 아닙니다. 그밖에 다른 고민은……."

"집 때문에 고민이지. 곧 해결되겠지만."

"그럼요. 해결해 드리겠습니다. 분명 마음에 드실 겁니다."

카시와자키는 남자의 얼굴을 새삼 다시 바라보았다. 얼굴이 길긴 했지만 미남이라고 할 수 있었다.

남자는 검은 기모노를 입고 한 손으로 계속 턱을 쓰다듬었다. 그 모습을 보고 어떤 명탐정이나 문호(文豪)를 흉내 내는 줄 알았다. 그러고 보니 카시와자키의 첫째 딸은 요즘 문호가 전혀 다른 이미지로 활약하는 만화에 푹 빠져 있었다. 젊은이들 사이에서는 그 만화 속의 문호가 입는 의상이 유행하고 있을지도 몰랐다. 다음에 첫째 딸에게 물어봐야지.

잠깐만. 하지만 이 남자는 아무리 젊게 봐도 삼십 대로 보이는데. 이런 남자가 나잇값도 못 하고 만화 코스프레를 할까? 아니, 할지도 모르겠다. 어쨌든 코스프레 문화도 역사가 꽤 기니까 현역으로 활동하는 삼사십 대도 있겠지.

그렇게 생각한 다음 등 뒤에 있는 남자를 보니, 아무래도 문호흉내를 내는 것처럼 보였다. 그렇게 보이는 이유가 복장이나 몸짓 때문만은 아니었다.

이 남자의 얼굴이다.

왠지 기시감이 들었다. 어딘가에서, 어딘가에서, 어딘가에서 본 것 같은데. 으으으으음. 그런 생각을 하며 38초 정도 걸었을 때 '앗' 하고 떠올랐다.

이 얼굴은……

"아직 멀었나. 조금 지치는데."

등 뒤에서 손님이 말을 거는 바람에 사고의 흐름이 끊겼다.

"아, 죄송합니다. 곧 도착합니다. 음, 여기 모퉁이를 돌아서……. 아, 저기 두부 가게 앞의 좁은 길로 들어가면 소개해 드릴 저택이 보일 겁니다. 외관은 낡았지만, 내부는 확실하게 리폼이 되어 있답니다."

"리폼이라, 외래어인가. 폼이란 영어로 형성하다는 뜻이지. 그럼 리폼은 재형성이라는 뜻일 테니, 다시 만들었다는 말이로군? 자네는 상당한 학식을 갖추고 있군. 부동산 중개업자로 일하기엔 아까운데."

"네……? 아하하하…… 감사합니다."

무슨 말을 하는 건지 전혀 알 수가 없었다. 이 남자는 도대체 뭐지? 어쩐지 기분이 나쁜데. 게다가 만난 뒤로 계속 뭔가 이 세계의 고민을 전부 짊어진 것처럼 우울한 표정을 짓고 있는 것도 신경 쓰였다.

어이, 어이, 나는 이 이상 사고물건을 늘리고 싶지 않다고. 카시와자키는 내심 그렇게 생각했다. 다만 사고물건이 재차 사고물건이 되는 건 큰 문제는 아니었다. 어차피 낡아빠진 집이었다. 다음에는 집주인과 상의해서 집을 헐고 땅만 팔아야 할 테니까.

"여깁니다."

두부 가게 앞의 좁은 길로 들어가자, 당장에라도 지붕의 오른쪽 귀퉁이부터 와르르 무너져 내릴 것처럼 보이는, 비스듬히 기울어진 저택이 보였다. 도쿄는 언덕이 많았다. 이 동네도 언덕이 많아서 지붕을 봤을 때는 어떤 각도가 바른 각도인지 잘 알 수가 없었다. 일단 내부 구조는 기울어져 있지 않은 모양이니 문제없었다.

다만 뜰은 방치된 상태였고 현관문이 미닫이에 자물쇠도 구식이었다. 요즘 도둑이라면 몇 초 만에 간단히 잠금장치를 풀 수 있을 정도니, 안전에 신경 쓰는 사람은 싫어할지도 몰랐다.

장점도 있긴 했다. 일이 층을 합치면 방이 여섯 개나 됐다. 요즘 도쿄에서 이만큼 넓은 집은 찾아보기 힘들었다.

"어떠십니까? 이런 집입니다만……."

"낡았군. 언제 지어진 건물이지?"

"쇼와 초기에 지어졌다고 들었습니다."

"아니, 쇼와 초기라고? 최근에 지어졌군. 마음에 든다."

"최, 최근이요……?"

"보증금과 사례금은 가지고 왔다. 당장 오늘부터 살고 싶은데 괜찮겠나?"

"어…… 음, 오늘부터요?"

"안 된다면 다른 곳을 알아보지."

"아, 아닙니다. 오늘부터 지내셔도 됩니다!"

집주인은 이 집을 거의 방치한 상태였다. 예전에도 사람이 살기만 한다면 그것만으로도 고맙다고 했었다. 이런 상황이니 이 남자가 누구든 상관없었다. 여기서 살기만 하면 된다. 문제가 생기든 안 생기든, 어차피 이 집은 사고물건이니까.

"그럼 성함을 여쭤 봐도 되겠습니까?"

"챠가와다. 챠가와 타츠노스케."*

"아아…… 으음……. 어떤 한자를 쓰시나요?"

카시와자키는 계약서에 사인을 받으면서 조금 전 머릿속에 떠오르려 했던 인물의 정체를 알게 되었다.

그래, 맞아. 이 남자, 어디서 봤나 했더니…….

"챠가와 씨, 아쿠타가와 류노스케와 닮았다는 말을 들은 적 없으세요?"

"없다."

즉답이냐. 이렇게나 닮았는데. 카시와자키는 고개를 갸웃했다. 바로 부정하는 모습이 수상쩍었다. 닮았다는 말을 하도 많이 들어서 질리기라도 한 걸까. 그렇다면 괜한 질문을 했는지도 몰랐다.

"왠지 제가 실례되는 질문을 한 것 같네요. 죄송합니다."

"아쿠타가와 류노스케와 닮았다는 게 실례되는 말인가?"

---

* 아쿠타가와 류노스케(芥川龍之介)와 한자가 유사하다.

"아, 아뇨. 그런 의미가 아니라……."

"그럼 신경 쓸 거 없다."

"아, 네. 아무래도 캇파의 소행인가 봅니다. 캇파키(河童忌)*가 얼마 전이었으니까요."

"캇파키?"

"네. 아쿠타가와의 기일을 그렇게 부릅니다."

"…… 자, 서명했다. 이걸로 됐지?"

"감사합니다!"

"그리고 여기 보증금과 사례금이다."

그는 돈다발을 아무렇게나 건넸다.

"감사합니다!"

지폐는 진짜였다. 카시와자키는 돈다발을 꼼꼼히 세어 본 다음, 다섯 장을 남자에게 거슬러 주었다.

"그럼 이만 실례하지."

남자는 가볍게 인사한 뒤, 저택 안으로 들어가 버렸다. 미닫이 문을 닫더니 신중하게 자물쇠까지 잠갔다.

"잘 부탁드립니다. 그럼 이만 실례하겠습니다."

카시와자키는 잠긴 문을 향해 깊이 고개를 숙였다. 그다음 계약서를 다시 확인했다. 그리고 계약서에 적힌 한자를 보고 무심코

---

* 캇파는 물속에 산다는 상상 속 동물이다. 아쿠타가와가 생전에 캇파 그림을 즐겨 그렸고, 《캇파》라는 작품이 있다는 것에서 유래되었다.

소리를 지를 뻔했다.

순간 계약서에 적혀 있는 이름이 '아쿠타가와 류노스케(芥川龍之
介)'로 보였기 때문이다. 하지만 실제로는 이렇게 적혀 있었다.

챠가와 타츠노스케(茶川龍之介)

3. 우츠미 야요이의 긴 전화

여보세요……? 미이 선배……. 아아, 이제 들리네요. 잠시 연결
상태가 좋지 않았나 봐요. 죄송해요. 아마 저희 쪽 문제일 거예요.

그래서…… 으음, 네, 맞아요. 저는 언제나 그분을 원했지요.

예를 들면 기분 좋은 봄바람에 하얀 커튼이 살랑살랑 흔들리
는, 잠이 들 것 같은 오후의 국어 수업 중에도 저는 넋을 잃고 교
과서 안에 있는 그의 얼굴을 바라보았으니까요.

어머, 그게 누구냐고요? 쯧쯧쯧. 미이 선배도 참 둔하시네요.
뻔하잖아요. 제가 넋을 잃고 바라볼 사람은 이 세상에 단 한 명.
일본이 자랑하는 최고의 소설가, 아쿠타가와 류노스케뿐이죠.

아쿠타가와 님……. 하아, 멋져라. 고등학생 시절 같은 반 친구
가 그런 저를 조금 못마땅하게 바라봤지만 아무래도 상관없었죠.
아쿠타가와 님이 뽑아내시는 문장은 하나하나 다 아름다웠죠. 그

렇기에 그분의 흑백 사진은 한층 더 소중했고 저를 항상 다른 세계로 이끌곤 했답니다. 아아, 지금 생각해도 견딜 수가 없네요.

그리고 저는 늘 한숨을 내쉬었지요. 다디단 한숨을요. 아아, 왜 이 세상에는 그가 없을까. 나는 왜 그가 있는 시대에 태어나지 못했을까? 그가 있는 시대에 태어났더라면, 그와 사랑의 도피든 뭐든 했을 텐데. 그랬다면 그는 '단지 막연한 불안' 때문이라고 말하며 자살하지 않았을지도 몰라요.

네? 망상이요? 망상 같은 게 아니에요. 현실적인 예상이죠. 시공이 일그러져서 제가 과거로 갈 수 있었다면, 분명 아쿠타가와 님은 자살하지 않았을 거예요. 무섭…… 무섭다고요? 무슨 말씀이세요. 실례예요……. 자기 전에 아쿠타가와 님이 저에게 팔베개해주시는 모습이나, 제 무릎을 베고 누운 아쿠타가와 님의 귀를 청소해 드리면서 이야기를 나누는 모습을 상상한 적도 있으니까요. 평범하다고요. 미이 선배도 요전에 아이돌과 동거하고 싶다고 했었잖아요. 마찬가지예요.

미나요가 그러더라고요……. 네? 미나요…… 기억 안 나세요? 선배와 같은 동아리였는데. 네, 그 미나요요. 지금도 친구로 지내요. 미나요가 저보고 '어딘가 이상하다.'라고 말하더라고요. 웃지 마세요. 그러니까 선배가 무슨 말을 하는 건지 잘 알아요. 망상이라고. 그런 말 자주 듣거든요. 하지만 전 항상 미나요에게 말하죠. 어딘가 이상하지 않은 사람이 더 이상한 거라고요.

그래서 그런가, 실제로 아쿠타가와 연구에 모든 시간을 바쳤던 대학 시절에는 아쿠타가와 님을 꼭 닮은 남자와 사귀기도 했죠. 잊을 수가 없어요. 아와츠카 나나토라는 남자예요. 그 남자와 사귄 건 제 일생일대의 실수였죠.

무슨 일이 있었냐고요? 나나토는 인간 쓰레기였거든요. 아니, 확실히 아쿠타가와 님도 인간적으로 보면 다자이 오사무* 이상으로 쓰레기 같은 부분이 있었죠. 난봉꾼에 비꼬길 좋아하고 어리광쟁이에다 세상 물정도 모르고요. 배짱도 없어서 갖은 핑계를 대면서 죽고 싶어 하는, 확실히 쓰레기의 귀감이죠.

그래서 저도 처음에는 나나토가 쩨쩨하게 굴거나 냉담하게 굴거나 바람을 피워도 신경 쓰지 않았어요. '신경 좀 쓰지 그랬어.' 하고 말하지 말아 주세요. 여고 출신에 연애 경험도 없으면 원래 이런 건가 생각하게 된다고요. 선배도 그랬죠? 아니라고요……. 그렇군요.

으음, 제 이야기로 돌아가자면 대학 시절에는 그런 부분을 굳이 보지 않으려고 했어요. 그런데 교사가 되어 담임을 맡게 되고, 해본 적도 없는 탁구 고문이 되어 분주해지면서 그와 만나는 횟수가 점점 줄어들었거든요.

그래서 이대로라면 말없이 헤어지겠구나 싶었는데, 마침 일요일

---

* 전후 무뢰파(無賴派)를 대표하는 일본의 소설가. 여러 번 자살을 기도했으며, 여성 편력으로 유명했다.

에 그의 집 근처에서 교사 세미나가 열린 거예요. 돌아가는 길에 잠시 들르겠다고 문자를 보냈는데, 답장이 없더라고요. 일요일이니까 평소라면 집에 있을 텐데, 자택에서 기절이라도 한 거면 큰일이라고 생각해서 찾아갔더니…….

이미 상상이 가니까 그만하라고요? 네, 예상하신 대로예요. 설마 그런 드라마 같은 수라장을 맞닥뜨릴 줄은 몰랐죠. 그것도 한창일 때요. 과연 정신이 확 들더라고요. 그제야 쓰레기는 문장 안에서만 봐도 충분하다는 걸 깨달았죠.

뭐, 아무튼 말이죠. 그 뒤로는 일에 몰두했어요. 잠시라도 여유가 생기면 나나토가 생각나서 화가 치밀더라고요. 선배도 생각 못하셨죠? 제가 교사가 되다니. 하지만 아이들도 꽤 잘 가르쳤고 일도 즐거웠어요.

과목이요? 그야 물론 국어죠. 현대 문학, 고전 문학, 한문학 전부 가르쳤어요. 하지만 2년 반 정도 지나니까 매너리즘에 빠지더군요. 학생들도 의욕이 별로 없고, 제가 아무리 잘 가르쳐도 학생들 성적은 그대로고요. 위에서는 잡무만 맡기지, 잔업도 엄청 많고……. 그럼요. 교사가 방과 후에 한가할 거라고 생각하신다면 엄청난 착각이에요. 교사는 방과 후에도 엄청 바쁘다고요.

그렇게 뭐가 뭔지도 모른 채 그저 정신없이 노력해 왔는데, 실이 뚝하고 끊어져 버린 거예요. 매일 9시 넘어서 퇴근하는 것도 싫었지만, 그런 시간적인 부분보다 일에서 보람을 느끼지 못하게 된 이유가 컸죠.

사회인으로서 안일하다고요? 말씀하신 대로예요. 안일했죠. 지망한 대학교에 바로 합격해서 아르바이트도 제대로 한 적 없으니까요. 학업에만 몰두해서 우수한 성적으로 대학교를 졸업하고 교사가 되었죠. 세상의 안 좋은 면은 별로 보지 못한 채 사회인이 된 거예요.

그러니까 선배의 비판은 달게 받아들이겠어요. 하지만 반성은 꼭 같은 자리가 아니라 다른 장소에서도 할 수 있잖아요. 저에게는 그때 어떻게든 다른 장소가 필요했어요. 그런 기분을 이해하실까요?

그러던 어느 날 교과서를 펼쳤는데 보인 거예요. 누구긴요. 선배도 참. 요요요~ 새침데기……. 다 아시면서. 그분이요! 아쿠타가와 님! 그분이 저를 보며 차가운 미소를 짓고 계시더라고요. 운명을 느꼈다니까요……. 왠지 '나랑 같이 도망가자. 지쳤잖아?' 이렇게 말하는 것 같아서. 아이참, 선배 너무 웃으시는 거 아녜요?

"우츠미 선생님…… 우츠미 야요이 선생님?"

그때 갑자기 제 이름을 부르는 소리에 무심코 교과서를 덮고 일어날 정도였는걸요. 그 정도로 순간 제가 고등학생으로 돌아간 것 같았어요. 그런데 쿡쿡거리는 웃음소리가 들려오지 않겠어요? 아차 싶었죠. 교실 안이었거든요. 그리고 저를 부른 건 교사가 아니라 학생 중 한 명인 카노 후카였어요. 그녀는 살짝 별난 학생으로 조금 거만하게 구는 아이였죠. 그때도 이런 식으로 주의를 주더라고요.

"선생님, 너무 멍하니 계시네요. 선생님이 수업 중에 딴 생각을 하다니 뻔뻔하세요. 하지만 귀여우니까 봐 드릴게요."

이미 반 아이들이 폭소를 터뜨리고 있어서 낯이 뜨거울 정도로 부끄러웠어요. 어머, 사실은 기쁘지 않았냐고요? 선배도 짓궂으시네요. 그야 뭐, 미소녀에게 칭찬 받는다는 건 꽤 기쁜 일이죠. 지금도 아무렇지 않게 자랑할 정도니까요.

하지만 부끄럽다고요. 아쿠타가와 님을 보고 완전히 고등학생 시절로 돌아간 것 같아서……

"자자, 어른을 놀리면 못써요."

헛기침을 한 뒤에 주의를 줬지만, 이미 위엄 따윈 없었죠. 그러자 건방지게도 후카미 카에데라는 잘생긴 남학생이 분위기에 편승해서 이렇게 말하는 거 있죠. 아아, 분해라……

"야요이 짱, 이번 시험에 어떤 문제가 나오는지 알려 줘."

야요이 짱이라니요. 학생이 선생님에게! 선배, 웃을 때가 아니거든요! 정말 용서할 수가 없었다고요!

"안 가르쳐 줄 거예요!"

발끈해서 화를 냈지만 이미 늦었지요. 다른 학생들도 덩달아 기세등등해졌어요.

"현대 문학은 공부할 시간이 없어요. 물리도 생물도 화학도 수

학도 공부해야 하는데 그럴 틈이 어디 있겠어요."

반에서 은근히 발언권이 강한 아이가 그렇게 말하자, 다들 입을 모아 '맞아, 맞아.' 하고 호응하기 시작했죠. 이런 소란을 잠재우는 효과적인 방법은 딱 하나예요. 교과서로 교탁을 탁 내리쳤죠.

"조용히 하세요!"

하지만 그런 다음 아차, 어쩌지 싶었어요. 생각해 보세요. 교과서에는 아쿠타가와 님이 계시잖아요!

죄송해요, 아쿠타가와 님. 안 아프셨어요? 저는 마음속으로 교과서에게, 아니 아쿠타가와 님께 사과드렸어요. 그야 사과드릴 만하죠. 불쌍하잖아요. 그랬더니 말이죠!

"야 요이 짱, 물건을 함부로 다루면 안 되지."

후카미 카에데 녀석이 그렇게 말하는 거 있죠! 요즘 남고생은 자신이 좀 잘생겼다 싶으면 바로 기어오른다니까요!

어머, 좋지 않았냐고요? 선배는 그런 쪽으로만 생각하시네요. 전혀 아니거든요. 저는 내면이 성숙하지 않은 미소년 따위에게는 흥미 없어요. 제가 필요로 하는 사람은 아쿠타가와 님 딱 한 분뿐이라고요.

그보다 문제는 요즘 십 대 아이들에게 현대 문학의 중요성을 이해시키는 게 어렵다는 점이죠.

"너희는 현대 문학이 왜 필요한지 아니? 국어가 왜 필요한지."

화가 나서 말했더니, 학생 중 한 명이 이러더라고요.

"저희는 일본어로 말하고 있으니, 국어가 필요한 이유는 잘 안 다고 생각하는데요."

다른 학생은 또 이렇게 말했죠.

"소설 속 등장인물의 심정 같은 건 몰라도 곤란할 거 없잖아요?"

"맞아, 맞아. 한자 시험만 봐도 되잖아요. 독해 문제는 없어도 되니까."

이렇게 말하는 아이까지 있었어요! 그러더니 '맞아, 그게 좋겠다.'고 또 합창이 시작되었죠.

"그 입 다물어요!"

저는 무심코 큰 소리로 호통을 쳤어요. 어머, 언제 적 표현이냐고요……? 뭐, 저는 그런 여자예요. 그보다 더 적당한 말이 생각나지 않았단 말이에요. 이미 요 몇 달 동안 국어가 얼마나 중요한지에 대해서는 충분히 설명했죠. 그 애들도 머리로는 알고 있을 거예요. 단지 그럴 여유가 없고 열심히 공부하지 않아도 한자와 문법만 공부해 두면 점수는 그럭저럭 받을 수 있으니까요. 이런 이유로 수업을 해도 아무도 안 들어요.

결국 저는 그 애들이 기분 좋게 낮잠을 잘 수 있도록, 적당한 성적을 받을 수 있도록 하기 위해 교단에 서 있다는 것을 그때 확실히 깨닫게 되었어요. 길을 잘못 들었죠. 대학원에 진학해서 계속 연구를 하고 싶었는데, 부모님께 더는 부담을 드릴 수 없다는 생각에 교사가 됐거든요. 이럴 줄 알았으면 연구를 계속할 걸 그랬나 싶더라고요. 새삼스럽지만요…….

이제 교사 일에는 진절머리가 난다는 생각이 들었어요. 그때 아쿠타가와 님이 말씀하시는 거예요. '괜찮아, 너는 충분히 노력했어. 여기서 마무리를 짓자.'라고요. 뭐, 확실히 허울 좋은 핑계일지도 몰라요. 안일하다면 안일할지도 모르죠.

아무튼 저는 그때 결심했어요. 그리고 교과서를 가방에 집어넣었죠.

"저는 오늘로 교사를 그만두겠어요."

교사가 된 지 2년 반. 이런 말을 입 밖으로 꺼낼 날이 오리라고는 생각도 못 했죠. 교실 안이 떠들썩해졌어요. '레알 멋있다.'라는 의미를 알 수 없는 성원까지 들려왔죠.

평범하지 않다고요? 확실히 그럴지도 몰라요. 하지만 저도 후회하긴 했어요. 입 밖으로 꺼내자 마자 '우와, 말해 버렸어. 어쩌지.' 하는 생각이 들었지만, 한편으로는 엄청난 해방감이 들더라고요.

생각해 보면 몇 년 만에 자유를 손에 넣었으니까요. 후회도 했지만, 교실의 소란이 자유를 찬양하는 성원으로 들리기도 했어요. 교실 한구석에서 아쿠타가와 님이 박수를 보내는 것 같은 느낌! 그 느낌 아시죠? 그렇죠?

어머, 모르시겠다고요? 아이참, 미이 선배도 재미없게. 선배는 남자 친구가 생기더니 교양인이 되셨네요. 어, 내년에 결혼하신다고요? 어머머, 처음 들었어요. 축하드려요. 축하드려야죠……. 네,

엄청 충격이지만요……. 여고생 시절에 제가 현실 세계에서 사랑했던 사람은 선배 정도였으니까요.

아, 안 믿으시는군요. 뭐, 상관없지만요. 그런 이유로 이번에 저 우츠미 야요이는 백수가 되었답니다. 머리카락이라도 잘라서 기분 전환을 하고 싶지만, 머리카락을 자를 용기도 없어요. 이거야말로 전 남친의 저주일까요. 그 사람이 제 긴 머리카락을 자주 칭찬했었거든요. 그러다 보니 어쩐지 제 매력이 머리카락에 있는 것 같아서……. 저도 참 구제불능이죠?

앞으로요? 으음, 이제부터 생각해 보려고요. 어떻게든 되겠죠. 아쿠타가와 님이 저와 함께하시니까요. 아이참, 웃을 부분이 아니라니까요. 아니, 아주 농담만도 아닌 게요. 아까 편의점에 가려다가 묘한 전단지를 주웠거든요.

급모(急募)

소생, 사정이 있어 이번에 가정부를 모집하려 하오. 부엌일과 빨래는 물론이고 소생이 심심할 때 이야기 상대를 해주면 좋겠소. 무엇보다 가장 시급한 일은 이 혼미한 시대에 대해서 소생에게 설명해 주는 일이오. 그리고 여성이면 좋겠고, 외모는 고통스럽기만 하면 되오. 이쑤시개 같은 체형이라도 괜찮소. 덧붙여서 다이쇼 시대의 소설을 잘 안다면, 이에 대해 한참 이야기꽃을 피울 수도 있을 것이오. 외모는 물론 나이도 묻지 않겠소. 아니, 묻기는 하겠지만, 너무 꼬치꼬치 따져서 귀찮게 구는 남자라고 생각되고 싶지 않소. 그러니 신중하게 꼭 필요한 부분만 물어보겠소. 관심 있는 자는 찾아오길 바라오. 면접을 보고 채용할지 하지 않을지 바로 결정하겠소. 입주 가정부를 원하기에 면접을 보려올 자는 미리 모든 짐을 가지고 오시오.

　　　　　　　　　　　　　　– 북구 라바라 ○번지 ○○, 챠가와

어떻게 생각하세요? 예스러운 문체에 붓으로 쓴 글씨였어요. '외모는 고풍스럽기만 하면 된다'거나 '이쑤시개 같은 체형이라도 괜찮다'거나 '다이쇼 시대의 소설을 잘 안다면'이라니. 이건 정말이지 전부 저를 위한 조건 같잖아요. 게다가 광고주의 이름을 언뜻 봤을 때 '아쿠타가와(芥川)'인 줄 알았어요. 다시 보니 '갈색의 강'이라는 뜻으로 '챠가와(茶川)'였던 거 있죠. 어쩐지 제 마음을 끌어당기는 이름이더라고요.

역시 아쿠타가와 님이 저와 함께하시는 거예요. 어머, 광고주의 흑심이 보인다고요? 그런 사람이 다이쇼 시대의 소설을 잘 아는 사람이라는 조건을 붙일 리가 없잖아요. 선배도 걱정이 많다니까요. 네? 물론 갈 거예요. 아무래도 저는 지금 백수니까요. 시간만큼은 남아도는걸요. 내일 당장 가보려고요. 연락처는 적혀 있지 않으니까 따로 약속 없이 방문해도 괜찮겠죠. 쇠뿔도 단김에 빼라잖아요.

그럼 결과가 나오면 알려 드릴게요. 필요 없다고요? 그런 말씀

마세요. 또 전화 할게요. 정말이에요, 선배.

4. 가위가 카요코를 부르고 있었다

가위가 카요코를 부르고 있었다.

여든 살. 시간이 앞으로 나아가기만 하는 게 아니라는 사실을 알게 되었으니, 나이를 먹는 것도 마냥 나쁘지만은 않았다.

가위가 여자를 없애면, 시간은 되돌아갈 것이다.

시간이 돌아왔을 때, 카요코는 자신이 과거에 여자를 없앴다는 사실을 잊어 버렸다. 하지만 들고 다니는 일기에는 자신이 과거에 여자를 없앴다고 적혀 있으니, 아마 그게 맞을 것이다. 필적을 보니 자신이 쓴 것이 분명했다. 카요코는 자신의 글씨를 믿고 있었다.

하지만 내버려두면 시간은 다시 나아갈 것이다. 마치 마당의 잡초처럼 시간은 제멋대로 자라서 카요코의 마음을 좀먹을 것이다. 그럴 때마다 카요코는 여자를 없애야 한다고 생각했다.

가위는 언제부터인가 무척이나 고마운 존재가 되었다.

언제든 그 여자를 없애 주니까.

가위의 편리함을 깨달은 것은 정기적으로 순찰을 다니는 경찰과 이야기를 나눴을 때였다.

"할머니, 가끔씩 식사하는 걸 잊어버리시는 모양이니까 냉장고에 무엇을 먹었는지 적어 두시는 편이 좋아요."

경찰은 카요코를 보살펴 주며 이렇게 말했다. 친자식도 그런 말은 해주지 않는데.

"바보 같은 말씀 마세요. 저는 꼬박꼬박 잘 챙겨 먹는걸요. 하지만 걱정해 주셔서 감사해요."

항상 같은 경찰이 살펴보러 와 주었다. 친자식보다 훨씬 가족 같았다.

그날도 역시 경찰이 찾아와서 카요코의 어깨를 주물러 주었다. 그동안 카요코는 옛날에 있었던 안 좋은 일들을 차례차례 이야기했다. 이야기하다 보면, 안 좋은 감정이 다소 빠져나가는 기분이 들었다. 오히려 더 말하고 싶은 기분도 들었다.

"할머니, 아무튼 안 좋은 감정은 쌓아 두지 않는 게 중요해요."

다정한 말에 눈물이 나왔다. 아마도 타인에게 다정함을 느낀 적이 별로 없기 때문일 것이다. 알고 있다. 경찰은 그저 마을의 안전을 위해 순찰을 돌고 있을 뿐이다.

하지만 카요코는 그 다정함 덕분에 깨달을 수 있었다.

가위라는 도구는 감정의 배출구가 될 뿐만 아니라, 시공마저 바꿀 수 있다는 것을.

한 명의 주부로 평범하게 살아온 자신이 설마 이런 식으로 시공을 넘나드는 마법을 손에 넣을 날이 오리라고는 생각도 못 했다. 마치 마술 같았다. 학창 시절에 읽었던 아쿠타가와 류노스케의 《마술(魔術)》에서는 아욕을 지닌 자는 마술을 쓸 수 없다고 했다. 카요코는 욕심이 없다. 증오만이 있을 뿐. 분명 그렇기에 마술을 쓸 수 있게 된 것이다.

나쁜 짓은 전혀 하지 않았다.

딱 하나 있다면, 제악의 근원이라고 할 수 있는 검고 긴 머리카락의 여자를 없앴을 뿐.

그러면 모든 것은 원래대로 돌아온다.

카요코는 타바타역 앞에 있는 전봇대의 그늘에 숨어서 곧 패스트푸드점 마카렐도날드에서 나올 여자를 기다리고 있었다. 검고 긴 머리카락의 미인이 조금 전에 가게 안으로 들어가는 모습을 본 것이다. 그것도 친구로 보이는 여자와 즐거운 듯이.

이런 대낮에 잘도 뻔뻔스럽게 얼굴을 드러냈구나.

카요코는 가위를 꾹 쥐었다.

부탁한다, 가위야.

또 저 여자를 없애주렴.

그리고 시간을, 시간을 되돌려다오.

5. 문호 A의 시대착오적인 시점

"왜 그러지? 내 얼굴이 그렇게 이상한가?"

나는 눈앞의 여자에게 물었다. 이 여자는 현관문을 열고 내 얼굴을 보자마자 가장 먼저 '우오오……' 하고 얼빠진 소리를 냈다. 첫사랑인 여자와 많이 닮은 외모에서는 상상도 못할 엉뚱한 분위기에 맥이 빠질 것 같았다.

그녀는 지금 나의 새집 현관 앞에 서서 양손으로 입을 가린 채 몸을 비비 꼬고 있었다.

"으아아아……. 어어, 아…… 아으으……."

무엇 하나 제대로 된 말이 아니었다.

숨 쉬는 것도 잊었다는 표현을 자주 쓰지만, 실제로 인간은 대개의 경우 숨을 쉬고 있다는 것을 의식하지 못한다. 평소에는 의식 없이 숨을 쉬다가, 모르는 사이에 숨을 멈추고 있는 경우도 많다. 의식하는 순간 숨을 쉬는 것이 어색하게 느껴지지만, 무의식 중에는 오랜 시간 숨을 쉬지 않는 경우도 자주 있다.

아마도 지금 그녀는 자신이 숨을 쉬고 있지 않다는 사실을 눈치채지 못한 게 틀림없다. 너무 놀라는 것 같은데.

하지만 그녀가 이렇게 놀라는 이유를 상상하기란 어렵지 않았다. 내 외모 때문이겠지. 그녀의 반응을 보기 전까지는 하카마다레의 이야기를 반쯤 농담으로 생각하고 흘려들었지만, 아무래도 여기는 정말로 내 작품을 수용한 뒤의 세계가 맞는 모양이었다.

왜냐하면 눈앞에 있는 여자의 반응은 내 애독자가 나를 보고 소녀 같은 표정을 지을 때와 똑같았다. 나는 이렇게 일그러진 세계에도 내 독자가 있다는 사실에 크게 놀랐다.

"하, 하지만…… 저기…… 어어어."

긴장 때문인지 말이 전혀 나오지 않는 모양이었다.

볼을 붉게 물들인 모습을 비롯해, 그녀는 내 첫사랑을 떠올리게 했다. 얼빠진 성격을 빼면 확실히 많이 닮았다. 하지만 내 머릿속에는 지금 눈앞에 있는 여자가 길 위에서 가위에 찔려 살해된 장면이 펼쳐졌다. 톱니바퀴의 환영에 시달렸던 요 몇 년도 가혹했다. 하지만 피를 흘리며 쓰러진 여자의 모습이 뇌리에 박힌 현재의 상태도 이상하고 불쾌했다.

정말로 이 여자가 그렇게 비참한 일에 휘말리게 될까?

하카마다레는 라쇼몽 아래에서 기계 장치의 환상을 보고 당황하던 나에게 그녀가 사는 곳을 알려 주었다. 그리고 마지막으로 이렇게 덧붙였다.

"아무튼 잔소리 말고 문을 지나가라, 문호. 조심해라. 문을 통과하면 너는 그곳에서 아무런 신분도 가질 수 없다. 뭐, 신분은 없어도 상관없겠지만, 돈이 없으면 아무것도 할 수 없다는 것은 네가 살던 시대와 비슷하지. 이것을 가지고 타바타역의 북쪽 개찰구 안쪽에 있는 코인 로커로 가라."

"코인 로커가 뭐지?"

"돈을 넣으면 잠글 수 있는, 작은 대여 금고 같은 것이지."

"왜 그런 곳에 가야 하지?"

타바타역에 그런 물건이 있었던 기억은 없다. 하지만 아마 내 작품을 수용한 후의 세계에 생긴 특수한 물건이겠지.

"코인 로커에 작은 전자 화면이 있을 거다."

"전자 화면……."

하카마다레는 성가신 것처럼 한숨을 쉬었다. 그런 것도 모르냐고 말하고 싶은 듯했지만, 모르는 것을 어쩌란 말인가.

"가 보면 알 거다. 화면에 비밀번호 2772를 입력해라. 그러면 달칵 소리가 난 뒤에 27번 코인 로커가 열릴 거다. 거기에 너에게 필요한 그 세계의 돈이 들어 있다. 그 돈으로 적당한 집을 빌려라. 그리고 가정부 모집 전단지를 만들어서 여자의 아파트 근처에 떨어뜨려라. 그다음은 시운(時運)에 맡기는 수밖에."

나는 그 말을 따라 문을 지나갔다. 그러자 꿈속에서 바닥없는 어둠으로 떨어질 때처럼 불안한 감각이 느껴지는가 싶더니, 거꾸로 낙하하기 시작했다.

낙하라고 말하기는 했지만, 떨어지고 있는지 아니면 올라가고 있는지조차 알 수 없었다. 단지 세포 하나하나가 조용히 사라지고 다시 새롭게 재생하는 것 같은 신기한 감각만이 내 몸속을 채웠다.

그리고 이 세계에 왔다. 그다음에는 오로지 하카마다레가 말한 대로 움직였다.

집 계약을 무사히 마친 뒤, 나는 압살 당할 것 같은 속도로 나아가는 야마노테 선에서 세이부신주쿠 선으로 갈아타고 그녀가 사는 노가타(野方)로 향했다. 그리고 그녀가 외출하기를 가만히 기다렸다가 사전에 만들어 둔 가정부 모집 전단지를 길 위에 떨어뜨렸다.

그리고 새집에서 하룻밤 자고 눈을 떴는데, 현관문을 두드리는 소리가 들렸다. 1층 가장 안쪽에 있는 서재 겸 침실에서 밖을 내다보니, 현관 앞에 그녀가 서 있었다.

우츠미 야요이는 하카마다레의 작전대로 가정부 채용 면접을 보러 왔다.

"세상에, 말도 안 돼. 이건……."

그녀와 마찬가지로 나도 당혹스러웠다. 나 역시 그녀가 내 첫사랑을 꼭 닮은 데에다, 이름도 첫사랑과 똑같은 야요이라는 사실에 상당히 당혹스러웠다. 앵무새처럼 그녀의 말을 그대로 되풀이하고 싶었다.

"잠시 심호흡 좀 할게요."

야요이는 그렇게 말한 뒤에 심호흡을 시작했다. 심호흡을 하고 싶은 것은 나도 마찬가지였다. 내 앞에서 첫사랑인 야요이를 쏙 빼닮은 여자가 말하고 있었다. 꿈에서 보던 광경이 눈앞에 펼쳐졌다.

설마 그녀는 야요이의 환생인가.

내가 다른 세계에 온 것처럼 그녀도……. 거기까지 생각하다가 자신을 제지했다. 잠깐, 류노스케. 그럴 리가 없잖아. 그냥 닮은 사람일 뿐이다. 겉모습에 현혹되지 마라. 그 불길한 환영 때문에 그녀를 동정하고 있을 뿐이다. 사랑과는 다르다.

그러자 야요이는 문득 생각에 잠긴 듯이 천장 주변을 멍하니 올려다보았다.

"어, 잠시만요……. 가정부를 구한다는 광고를 낸 게 당신인가요?"

"…… 그렇다. 내가 가정부 구인 광고를 냈지."

약간 억지스러운 수단이라는 것은 잘 알고 있었다. 하지만 하카마다레가 그렇게 하라고 했던 것이다.

"무리, 무리, 무리, 무리……. 심장이 백 개 있어도 무리예요."

부정하는 그녀의 사과 같은 뺨을 보고 있으니, 미묘하게 허기가 졌다. 야요이는 여전히 나에게서 고개를 돌린 채, 뭔가를 소곤소곤 중얼거리고 있었다.

"어떻게 이런 일이 있을 수 있지? 그것도 두 번이나?"

"두 번?"

이 여자는 무슨 소리를 하는 거지.

"아…… 아뇨, 아무것도 아니에요……."

뭐가 두 번이라는 건지 신경 쓰였다. 하지만 그녀는 나에게 더는 아무 말도 하지 않겠다는 듯 입을 꾹 다물었다.

첫사랑인 야요이와 많이 닮았지만, 그녀는 이렇게 이해할 수 없는 말을 중얼거리는 여자가 아니었다. 역시 첫사랑인 야요이가 환생한 것은 아닌 모양이다. 하지만 어쨌거나 심장이 백 개 있어도 무리라는 말은 거절로 보였다. 그러나 동시에 나를 향한 격렬한 호의가 느껴졌다. 심지어 그녀는 의식하지도 못한 채, 나에 대한 호의를 드러내고 있는 듯했다.

이 여자는 남자가 뒷말을 얼버무리는 행동에 가차 없는 생물이라는 사실을 모르는 모양이었다. 대범한 건지 단순히 멍청한 건지. 아니면 둘 다인 건지.

"두 번이나……."

그녀는 여전히 작게 중얼거리면서 고개를 갸웃거렸다. 나는 추리해 보았다. 이 격렬한 호의를 보건대 그녀는 작가 아쿠타가와 류노스케의 애독자겠지. 그리고 아마도 예전에 한 번, 나와 닮은 남자와 사랑에 빠진 적이 있을 것이다. 그래서 자신 앞에 아쿠타가와와 꼭 닮은 사람이 두 번이나 나타나다니, 하고 놀란 것이다.

이게 무슨 일인가. 이곳은 내 소설을 수용한 세계이니 당연할지도 모르지만, 그렇다고 해도 내 소설의 애독자가 내 첫사랑과 똑같이 생겼다니. 더구나 그 애독자도 나와 닮은 남자와 사귄 적이 있다니 말이다.

정말 대칭적인 관계가 아닌가.

하지만 전부 나의 끝없는 환상은 아닐까. 만약 그렇다면 고마운 환상이지만.

그러고 보니 예전에 《기괴한 재회(奇怪な再会)》라는 소설을 쓴 적이 있다. 첩인 여자가 옷이 물에 서서히 젖어가는 것처럼 조금씩, 조금씩 미쳐가는 이야기였다.

"도쿄도 숲이 되었구나."

내 머릿속에 여자의 중얼거림이 떠올랐을 때 '나도 끝이구나.' 하고 깨달았다. 지금 그 작품이 스친 이유는, 작중에서 그 여자가 미치기 전까지는 지극히 평범했다는 것을 떠올렸기 때문이다.

첫사랑과 똑 닮은 여자가 눈앞에 있다니. 그 작중의 여자와 마찬가지로 나도 미쳐서 환상을 보고 있을 뿐일지도 모른다는 생각이 들었다.

어쨌든 나는 죽었을 것이다. 죽은 남자가 다른 세계를 헤매는 일이 현실에서 정말로 일어날까? 요컨대 나는 지금 미쳤을 가능성이 높았다.

"볼일이 없다면 닫겠다."

나는 일부러 냉담하게 말했다. 하카마다레에게 들은 대로 움직인 내가 초래한 상황이긴 하지만, 지금이라면 없었던 일로 할 수 있다. 이 망상을 끝내고 죽음이라는 현실과 다시 마주 보면 된다.

"저기, 저는 면접을 보러 왔는데요."

"무리라고 하지 않았나? 자네가 방금 그렇게 말한 것 같은데."

"무리긴 한데요……. 굉장히 하고 싶기도 해서……."

역시 첫사랑인 야요이가 환생한 것은 아닌 모양이다. 그 야요이가 이렇게 조야한 말투를 쓸 리가 없다. 그녀라면 간결하게 '그렇사옵니다.' 하고 대답한 뒤, 내 반응을 살폈을 것이다.

"일단 그 말투는 불합격이군. 하지만 뭐 됐다. 들어와라."

들어오라고? 무슨 말을 하고 있는 건가. 내쫓을 생각이 아니었나? 조금 전에 이 망상을 끝낼 것이라고 선언을…….

"감사합니다! 실례하겠습니다!"

우츠미 야요이는 몇 번이나 고개를 숙이더니, 구두를 벗어 정리하고 마루 위로 올라섰다.

이렇게 빨리 올 줄은 예상하지 못했다. 아직 청소도 하지 못해서 곳곳에 거미줄이 쳐져 있었다. 꼴사나운 모습을 보였다.

"청소하는 보람이 있겠네요."

"…… 긍정적인 감상이로군."

이상한 여자다. 처음에는 그렇게나 긴장했으면서 지금은 무척차분해 보였다. 오래 긴장하지 않는 성격인가.

"내 이름은 아나?"

"네. 챠가와 님이라고 전단지에 적혀 있던데요."

"그래, 챠가와 타츠노스케다."

나는 복도를 걸어가면서 명함을 건넸다. 이 명함은 이 세계의돈과 함께 코인 로커 안에 들어 있었다.

문필가 챠가와 타츠노스케

그렇게만 적혀 있었다.

"아, '타츠노스케'라고 읽는군요. 분명 류노스케라고 읽는줄……."

"타츠노스케다."

어두컴컴한 거실에 다다라, 나는 별반 불쾌하지도 않으면서 미간에 주름을 잡은 채 골든 배트(Golden Bat)*를 한 개비 물고 성냥으로 불을 붙였다.

순간 야요이가 얼굴을 찌푸렸다. 그러더니 한 손으로 코를 잡고 다른 손으로 부채질을 했다. 이렇게 실례되는 행동을 하는 여자는 처음이었다.

"냄새……."

"뭐?"

"죄송해요. 이렇게 담배 냄새가 나면 면접에 지장을 줄 테니까 환기 좀 시킬게요."

몹시 단호했다. 조금 전에는 머리가 나빠 보였는데, 겉모습만 그렇게 보였던 건가.

"좋을 대로 해라."

그녀는 바로 일어나 창문을 열었다.

하지만 덧문이 닫혀 있었다. 평소에는 아내인 후미가 덧문을 열어 줬기에, 침실 덧문 하나만 열고는 다른 덧문을 여는 것은 깜빡했다.

야요이는 덜컹덜컹 소리를 내며 덧문을 열었다. 그러자 덧문 근

---

* 일본의 담배. 아쿠타가와 류노스케, 다자이 오사무, 나카하라 츄야 등 작가 중에 애호가가 많았다.

처에서 도마뱀붙이 몇 마리가 튀어나왔다. 그들은 다다미에 툭 착지하더니 기어 다니기 시작했다.

"히익, 도마뱀붙이……."

"뭐지, 도마뱀붙이를 싫어하나?"

나는 손 위에 도마뱀붙이를 올려놓고 가만히 관찰했다.

"이 둥근 눈동자를 보게. 오로지 살아가는 것만 생각하고 있지."

"…… 사냥감을 노리고 있을 뿐이잖아요."

"마찬가지 아닌가. 인간은 샛길로 빠질 때가 많지. 샛길은 어둠도 빛도 흐릿하게 만들어. 그렇기에 인간의 일생은 동물보다 아무래도 미적지근하지."

나는 그렇게 말하면서 도마뱀붙이를 밖에다 놓아 주었다. 슬슬 본론으로 들어가자. 본론. 이 여자를 고용할 것인가, 말 것인가.

뇌리에 그 처참한 광경이 다시 떠올랐으나 바로 지웠다. 동정은 금물이다. 나는 이 여자에게서 첫사랑의 환영을 보고 있을 뿐이다.

"자, 면접을 시작하지. 요리 솜씨는 어떻지?"

그런 걸 물어봐서 어쩔 셈인가. 그만둬, 류노스케. 얼른 불합격을 내리고 라쇼몽으로 돌아가면 된다. 이런 여자 한두 명 죽는다 해서 나와 무슨 상관이 있겠는가.

"달걀말이와 달걀프라이는 할 수 있어요. 그리고 날달걀 밥도 잘하고요."

"달걀이 들어가지 않은 요리는 없나?"

뭘 자세히 물어보고 있는 건가.

"오차즈케*도 잘합니다."

"…… 그건 나도 잘한다. 됐네, 잘 알았다."

분명 그녀의 눈에 띄도록 전단지를 뿌렸지만, 그녀는 이렇게 요리도 못 하면서 왜 가정부 일에 관심을 가진 것일까.

"아무리 그래도 청소와 빨래는 할 줄 알겠지? 여자인 이상."

왜 나는 그녀를 도와주려고 하지? 나 자신을 이해하지 못하겠다. 이래서는 마치 어떻게든 고용할 방법을 찾고 있는 것 같지 않은가.

그러자 야요이는 눈썹을 쓱 치켜올렸다.

"외람된 말이지만, 여자라서 청소와 빨래를 잘해야 한다는 건 사고방식이 너무 고루한 것 같은데요."

생각하지도 못한 반론이었다. 가정부 면접을 보러 온 자가 할 말인가.

"뭐라고? 나는 항상 새로운 가치관을 가지고 살아가고 있네만."

야요이는 내 발언을 듣고 깊은 한숨을 쉬더니 고개를 저었다. 이 여자는 계속해서 내 예상과는 다른 면을 보여 주었다. 방심할 수가 없었다.

"챠가와 씨, 분명히 말해서 지금 발언은 쇼와 시대에나 할 법한 말이라고요."

_____

* 녹차에 밥을 말아 먹는 일본 요리.

"쇼와가 뭐 어때서 그러나."

"쇼와 시대는 이미 진즉에 끝났으니까요."

"뭐라고……?"

야요이는 들고 있던 가방에 손을 넣더니 카루타(かるた)*보다 조금 더 큰, 네모나고 납작한 물건을 꺼냈다. 그 물건에서 갑자기 빛이 나는가 싶더니, 숫자가 쭉 나열되기 시작했다. 아무래도 오늘 날짜인 것 같았다.

2018년(헤이세이 30년)이라……. 내 눈을 의심한 것은 말할 것도 없었다.

"흠…… 놀랍군. 그럼 현대 여자들은 부엌일과 빨래도 안 하면 뭘 하는 거지?"

"뭘 하다뇨. 평범하죠. 일반 남자들과 똑같은 일을 해요. 일도 하고 차도 운전하고, 이런저런 집안일을 방치해 두고 뒹굴며 휴일을 보내기도 하죠."

"그, 그렇게 칠칠치 못해서야. 여자답지 못하군."

"왜요?"

"왜냐고?"

"왜 여자답지 못하다는 거죠? 다들 자유롭게 살아가고 있어요. 여자는 이래야만 한다는 그런 사고방식 자체가 이미 과거의 산물

---

* 일본의 시구절이 적혀 있는 카드.

이죠. 우리는 일본의 아저씨들이 만들어 놓은 그런 쇠사슬에서 해방되었다고요."

이미 내 얼굴은 엄청나게 일그러져 있겠지.

지금 있는 이 세계에서는 여자의 지위가 그렇게 높다는 사실에 놀라서 말이 나오지 않았다. 나는 여자의 지위가 향상되어 남자와 대등해질 날이 오길 고대하는 수필을 쓴 적도 있었다. 하지만 설마 그런 현실을 내가 실제로 보게 되는 날이 올 줄은 몰랐다.

"으음…… 뭐, 그건 그렇다 치지."

뭘 그렇다 친다는 건가. 하지만 그다음 내 입 밖으로 나온 말에는 더욱 놀랐다.

"감안하지. 외모를 아름답게 관리해 준다면 말일세. 다행히 자네는 외모가 괜찮군. 옷차림도 나름 말끔하고."

이렇게 칭찬하는 이유는 오로지 그녀를 채용하기 위한 명분을 찾기 위해서였다. 이게 무슨 짓인지. 나는 이 여자를 고용하고 싶어서 어쩔 줄 모르는 건가. 단지 외모 때문에 목숨을 구해 주고 싶다는 건가? 내면은 참으로 짜증 나고 건방진데도?

"외람된 말이지만, 그렇게 여성을 외모로 판단하는 말은 납득할 수 없네요."

거봐라, 이 여자는 내 아부도 거절할 모양이다. 야요이는 볼을 부풀리고 팔짱을 낀 채, 열이 받는다는 듯 화를 내고 있었다. 귀엽다. 응? 귀엽다고? 내가 지금 무슨 생각을 하는 거지.

"아름다운 것을 보고 아름답다고 말하는 데에 망설일 필요가 있나?"

"아름다운 것을 아름답다고 하는 것은 좋아요. 하지만 제 아름다움은 지금 잠시 이야기를 나눈 정도로 알 수 있는 것이 아니에요. 우선 제가 하고 싶은 말은 말이죠, 확실히 저는 오늘 잘 차려입었고 나름 화장도 하고 나왔지만, 그렇게 하지 않았더라도 저는 여자예요. 설령 제가 초라한 모습을 하고 있다고 해도 그것은 제 자유라는 거죠."

뭐야, 히라츠카 라이초* 같은 말을 하는군. 이건 예상 밖이었다. 내가 살던 시대에서는 극히 소수파였던, 의지가 강한 여성인 모양이다. 하지만 이런 계집아이의 주장에 굴복할 수는 없지.

"자유란 편리한 말이로군. 하지만 화장도 소홀히 하는 인간의 미의식은 과연 어떨까? 게다가 가슴도 없군."

야요이는 이 말에 더 화가 난 모양인지 얼굴이 새빨개졌다.

"요, 요즘 시대에 그런 '세쿠하라(セクハラ, 성희롱)' 발언을 하는 사람이 어디 있나요!"

"세쿠하라? 그건 뭔가? 어떤 '하라(腹, 복부)'지?"

잘도 의미를 알 수 없는 말을 계속하는군. 새로운 언어까지 동

---

* 일본의 평론가이자 작가. 쇼와 시대의 여성 운동 지도자였다. 여성의 성에 대한 결정권, 여성의 가사 전담의 부당성, 아동 양육의 사회적 책임, 여성의 경제적 독립 필요성을 주장했다.

원하다니. 여기에는 나도 손을 들 수밖에 없었다. 잠시 눈을 감고 배트의 맛을 음미했다.

그러자 그녀도 그런 내 기색을 눈치챘는지, 다시 본론으로 돌아가자는 듯 헛기침을 했다.

"크흠, 가슴 이야기는 제쳐 두죠. 아무튼 조금 전부터 챠가와 씨가 하는 말은 전부 챠가와 씨의 취향에 지나지 않죠. 그런데 자신의 취향을 '여자는 이렇게 해야 한다, 저렇게 해야 한다.'라며 세상의 기준이라도 되는 양 말하고 계시잖아요. 아 정말, 이 이야기는 이걸로 끝내죠. 화가 치미니까요."

그녀는 한숨을 쉬었다. 그러더니 볼을 더 부풀렸다. 마치 석탄을 잔뜩 넣어서 열기로 가득 찬 증기 기관차 같았다. 귀엽군. 잠깐……. 또 귀엽다고 생각했나, 류노스케…….

"재미있는 여자로군."

그만둬. 쓸데없는 말 하지 마라.

"네?"

"재미있어."

두 번이나 말할 건 없지 않나.

"하아……."

창문에서 들어오는 햇살에 실내를 떠도는 먼지가 반짝반짝 빛났다. 마치 이 계집아이가 마법을 써서 내가 토해내는 담배 연기를 황금빛 눈(雪)으로 바꾼 것 같았다.

"그럼 제일 중요한 부분인, 다이쇼 시대의 소설에 대해서는 잘 아나?"

"아쿠타가와 류노스케의 작품이라면 어느 정도는."

역시 내 독자였군.

"…… 다른 작가는?"

"시가 나오야, 나츠메 소세키, 호리 타츠오, 우노 코지……. 이 정도는 얼추 읽었습니다."

우노 코지의 이름이 나온 것은 의외였다. 문학을 좋아한다면 모르지는 않겠지만…….

"우노 군의 작품은 어떤 걸 읽었지?"

《고통의 세계(苦の世界)》를 좋아했어요."

그 제목이 나오자 괜히 기뻐졌다. 우노 군이 세상에 나오는 계기가 된 작품이었고, 그 계기를 마련한 것이 바로 나였기 때문이다.

기뻐서 그만 코밑을 손가락으로 쓱 훔쳤다.

"좋은 작품이지. 나(僕, 보쿠)는 우노 군이 그 작품을 집필하고 있을 때 읽고……."

"네? 집필하고 있을 때 읽어요? 어떻게요?"

그녀의 말을 듣고 나는 말을 삼켰다. 하마터면 내 정체를 밝힐 뻔했다. 이 세계에서 나는 아쿠타가와 류노스케가 아니다. 챠가와 타츠노스케인 것이다.

"아니 그, 아쿠타가와 류노스케라는 작가가 그렇게 말했지. 나는 그를 '보쿠'라고 부르거든. 벽창호라는 뜻인 보쿠넨진(朴念仁)의 줄임 말이지."

"그렇게 줄이는 법은 들어 본 적도 없는데요."

성가신 여자다.

"나는 그렇게 줄인다."

"그럼 나를 지칭하는 '보쿠'와 벽창호를 뜻하는 '보쿠'는 어떻게 구분하면 되나요?"

"그런 건 앞뒤 문맥에 따라 정해지는 거지."

"어렵네요."

"어렵지 않아."

"아뇨, 어려워요."

"까다로운 여자로군."

짜증 난다고 생각하면서 다시 담배 연기를 내뿜었다.

눈을 가늘게 뜨고 바라보자, 야요이는 어째선지 내 얼굴을 보고 작게 비명을 질렀다. 야요이의 눈이 사랑에 빠진 소녀처럼 바뀐 것을 나는 놓치지 않았다.

아아, 그렇군. 예전에 사진이나 영상을 찍을 때 자주 짓던 표정을 지었나 보다. 그래서 아쿠타가와 류노스케의 애독자인 그녀의 마음이 뒤흔들린 것이다.

담배를 피우는 옆얼굴이 그림 같다는 것은 정말 죄가 아닐 수 없다. 내 입으로 말하기는 뭣하지만, 내 얼굴은 마치 중국의 아름다운 수묵화처럼 수려하게 생겼다. 아무리 이 세계에서 '아쿠타가와와 많이 닮은 사람'인 척 군다고 해도, 내 미모에는 변함이 없었다. 그러니 이 미모가 여심을 뒤흔든다고 해도 어쩔 수 없는 일이다.

"그래, 나는 아쿠타가와 류노스케를 '보쿠'라고 말하는 극히 드문 인간이다. 알았나?"

"이…… 인정하긴 싫지만 할 수 없죠."

속으로는 여전히 의심이 가득한 모양이었다. 하지만 받아들이지 않으면 이야기가 진행되지 않을 것이라고 판단했겠지.

"아무튼 자네가 다이쇼 시대의 소설에 정통하다는 것은 잘 알았다. 채용하지."

말해 버렸다. 역시 채용하는 건가. 하지만 이 여자의 미래에 닥쳐올 비극을 저지하기 위해서는 이럴 수밖에 없다.

야요이는 그런 내 고민도 모른 채, 펄쩍 뛸 듯이 기뻐하며 "정말이요?" 하고 눈을 동그랗게 뜨며 물었다. 귀엽다. 아니, 잠깐만. 귀여운 겉모습에 너무 슬렁슬렁 넘어가는 것 아닌가, 류노스케.

"이런 일로 거짓말은 하지 않아. 2층 계단을 올라가서 오른쪽에 있는 방이 자네 방이다. 가서 짐을 풀게."

"됐다! 감사합니다!"

그녀는 만세 삼창이라도 할 기세로 기뻐했지만, 돌연 표정을 굳혔다.

"왜 그러지?"

"아뇨……. 저기…… 여기에 들어와서 일한다는 건……. 챠가와 씨와 한 지붕 아래에서 계속 함께 지낸다는 거죠?"

"그렇게 되겠지. 그게 왜?"

"…… 덮치진 않으실 거죠?"

무슨 말을 꺼내나 싶었더니.

"나는 가슴이 없는 여자는 여자라고 생각하지 않는다."

야요이의 눈에서 단숨에 생기가 사라졌다. 뭔가 하면 안 되는 말이라도 한 것일까.

"…… 아, 그렇군요. 다행이네요."

"얼른 위로 올라가라. 그리고 나를 부를 때는 '챠가와 씨'가 아니라 '선생님'이라고 불러. 그 편이 익숙하니까."

"…… 네."

아무런 감정도 담기지 않은 '네.'였다. 왜 화를 내는 거지?

변덕스러운 여자 같으니.

지금이라도 채용을 취소할까.

뭐, 됐다.

아무튼 내가 우츠미 야요이라는 여자와 사랑에 빠질 걱정은 할 필요가 없을 것 같았다. 감성이 전혀 맞지 않았다. 마음이 움직인다면, 그것은 분명 서로의 외모 때문일 것이다.

앞으로는 가능한 한 사적인 대화는 삼가고, 그저 그녀의 행동을 지켜보면서 그 참극을 막는 것만 생각하자. 한 번 죽은 나는 이

제 아쿠타가와 류노스케가 아니니까. 달리 할 일도 없었다.

6. 문호 A의 시대착오적인 시점

우츠미 야요이가 2층으로 올라간 뒤, 나는 혼자 한숨을 쉬었다. 이상하게도 저런 고풍스러운 외모의 여자를 화 나게 만들 때가 가장 즐거웠다. 이것은 아마도 내 친어머니의 정신에 조금 문제가 있었고, 그 때문에 나는 모성이라는 것을 거의 모른 채 어른이 된 것과 관계가 있겠지.[*]

나는 여전히 여성에게 모성을 원하고 있었다. 어떤 식으로든 진심 어린 감정을 주고받을 수 있는 장소가 필요했다. 때때로 마물을 끌어들이기도 했다. 그로 인해 과거에 몇 번인가 크게 고생했다.

하지만 우츠미 야요이는 그런 여자는 아닌 것 같았다. 아내인 후미나 첫사랑인 야요이와 비슷하게 생겼기에, 그녀의 자유분방한 가치관과 얼빠진 성격이 더 이질적으로 느껴졌다. 조금 더 애교가 있다면 정말 귀여울 텐데…….

그런 생각을 하자마자 다시 라쇼몽의 건너편에서 펼쳐졌던 광경

---

[*] 아쿠타가와 류노스케가 태어나기 1년 전에 큰누나가 여섯 살의 나이로 병사했다. 그의 어머니는 충격으로 정신 장애를 겪어서 류노스케를 양육할 수 없었다. 이에 류노스케는 생후 7개월 무렵 외가에 맡겨졌다.

이 되살아났다. 군중 속에서 노파에게 가슴을 찔려 쓰러진 여자. 그것은…… 역시 우츠미 야요이가 틀림없었다. 나는 그 비극을 저지할 수 있을까.

"그녀를 고용한 모양이군? 나에게 감사하는 게 어떤가?"

문득 책상 위에 앉아 있는 여자의 존재를 깨달았다. 하카마다 레였다. 그녀는 이 세계에도 자유자재로 나타날 수 있는 모양이었다. 코인 로커의 자금도 그녀가 미리 준비해 준 것이겠지. 그녀는 도둑이니까 분명 어딘가에서 훔쳐 온 돈이겠지만.

"느닷없이 들어오지 마라. 놀랐지 않나."

"후후, 놀라라고 이렇게 들어온 거다."

그녀는 그렇게 말한 다음, 병째로 술을 들이켰다.

"술 냄새."

"이 방은 담배 냄새가 나는군. 너도 술을 마시면 좋을 텐데."

"술을 마실 수 있었다면 조금 더 편했겠지. 나는 술은 못 해. 그보다 뭐 하러 왔나?"

"잘하고 있는지 걱정이 돼서 말이지. 너를 이 세계에 보낸 자로서 조금은 책임감을 느끼고 있으니까."

"아무래도 좋지만, 거기는 내 책상이다. 네 엉덩이 아래 깔려 있는 것은 내 원고고."

"투고할 곳도 없는 원고를 쓰고 있었나?"

너무 무료한 나머지 어젯밤 자기 전에 편의점이라는 곳에서 원고지를 사오자마자 글을 쓰기 시작했다. 하카마다레와 만나서 이 세계에 찾아오기까지 일어났던 사건을 잊어버리기 전에 기록한 것이었다. 분명 내일이면 졸문으로 보여서 쓰레기통에 집어넣겠지. 많은 원고의 도착지는 쓰레기통이었다.

"쓸데없는 참견이다. 나는 누구에게 부탁받지 않아도 계속 글을 쓰니까."

"그건 상관없다만. 가장 중요한, 그 여자를 구해낼 방법은 찾았나?"

"…… 할 수밖에 없지."

"어떻게?"

"그건……." 하고 말하다가, 말문이 막혀서 다시 배트를 피기 시작했다.

"아, 담배로 도망치는군."

"도망치는 게 아니다!"

애초에 내 하루 평균 흡연량은 배트 두 갑에 시키시마 두 갑이었다. 상당한 헤비스모커인지라 현대의 담배는 타르 수치가 너무 낮아서 같은 골든 배트라도 내가 살던 시대의 것과 비교할 수가 없었다. 무엇보다 아쉬운 점은 애용하던 시키시마를 더는 팔지 않는다는 것이다. 시험 삼아 말보로라는 상표의 담배를 피워 봤지만, 몸에 익숙한 전조 같은 것은 있어도 자극이 부족했다. 당분간은 여러 상표의 담배를 시험해 보는 수밖에 없겠지.

"아편이 있었으면 하고 생각하고 있지?"

"있나?"

"아니."

"…… 그럼 말도 꺼내지 마라."

나는 기분이 나빠졌다. 아편이라는 단어를 들으니 갑자기 하고 싶어졌기 때문이다. 내 몸은 예전부터 아편에 침식되어 있었다. 나는 아편 때문에 죽어 가면서, 아편 덕분에 살아가고 있었다. 나도 술을 마실 수 있었다면, 조금 더 편안한 마음으로 살았을지도 몰랐다. 하지만 그렇게 생떼를 써 봤자 별 수 없는 일이다.

"그 여자를 살릴 방법은 아직 모르겠지만, 라쇼몽에서 본 살풍경이 현재의 타바타역 앞에서 일어난다는 것은 알고 있다. 매일 지켜보고 있으면, 언젠가는 구할 수 있겠지."

"느긋하구먼. 일이 그렇게 잘 풀리겠어? 나는 안이하다고 생각하는데."

하카마다레는 그렇게 말하면서 배트 한 개비를 입에 물고 성냥으로 불을 붙이더니 갑자기 켁켁거렸다.

"잘도 이런 걸 맛있다고 피우는구나!"

허와 실을 방황하는 존재인 주제에, 현실의 담배에 관심을 가지니까 그렇지.

"하카마다레, 너라면 어떻게 할 건가?"

"글쎄. 나라면……. 어이쿠, 일할 시간이다. 미안하군. 힘내라. 또

올 테니까."

"오지 않아도 되니까 뭐라도 말하고 가지."

하카마다레는 '히히히' 웃으면서 사라졌다. 문자 그대로 사라졌다. 역시 저자는 저쪽과 이쪽 사이에 존재하는 모양이다. 나는 담배를 3센티미터 정도 피운 다음 버리고 새 담배를 찾았다. 끝까지 피우는 것은 성에 맞지 않았다. 그보다 새로운 담배 상표를 찾아볼까.

나는 산책을 나가기 위해 일어났다. 어찌됐든 오늘은 아무 일도 없을 것이다. 그녀가 이 집에 있는 한, 그 광경은 현실로 이뤄지지 않을 테니까.

모처럼 산책을 나가는 김에 거리를 관찰해 보자. 미래의 풍경에 있던 악당을 한 명이라도 만날지 모른다. 지옥보다도 지옥 같은 미래를 저지하기 위해, 오늘부터 움직이기로 마음속으로 다짐했다.

제2부
노파의 행방은
아무도 모른다

1. 우츠미 야요이의 긴 전화

맞아요. 그런 이유로 가정부 일을 시작하게 됐어요, 선배.

네? 어떤 느낌이냐고요? 으음, 일단 공동생활 첫째 날의 최대 사건은 목욕이었죠. 네, 맞아요. 그 목욕이요.

목욕 시각이 돼서 선생님…… 아아, 제 고용주요. 그렇게 부르라고 하더라고요. 대단하죠? 뭐, 별수 없으니 그렇게 부르고 있지만요.

아무튼 선생님이 목욕물을 받아 놓으라고 막 명령하는 거예요. 저야 가정부로 고용된 거니까 그 명령 자체가 싫은 건 아니거든요? 하지만 지금은 7월이잖아요. 이렇게 무더운 날씨에 꼭 목욕까지 할 필요는 없잖아요?

샤워로 충분하지 않아요?

아, 선배는 목욕파셨군요……. 실례했습니다.

하, 하지만 저는 샤워파라서 샤워를 하는 건 어떠냐고 제안했어요. 그랬더니 뭐라고 했는지 아세요? 샤워가 뭐냐며 엉뚱한 소리를 하는 거예요! 놀랍죠?

아, 그래서 어떻게 했느냐고요? 할 수 없이 일단 샤워하는 방법을 알려 드렸죠. 어머, 같이 들어가지는 않았어요. 그런 야릇한 이야기가 아니라고요.

그런데 "우선 이 수도꼭지를 돌리면 물이……." 하고 설명하는 도중에 선생님이 수도꼭지를 돌리는 거예요! 아아아, 짜증 나! 머리부터 물벼락을 맞았다니까요. 선배, 웃을 일이 아니거든요? 정말 흠뻑 젖어서 옷을 갈아입으러 방으로 돌아가야 했다고요.

그런데 선생님은 그런 저를 보고 "과연, 이렇게 되는 거군." 하고 태평하게 놀라는 거 있죠. 믿어지세요? 아니 선배, 아직도 웃고 계신 거예요? 너무해…….

하지만 이건 시작에 불과해요.

그 뒤에도 괴롭힘으로만 보이는 사건이 계속됐으니까요. 정말이에요. 선생님이 제가 휴식 중에 만지던 스마트폰을 가리키면서 "그 정체를 알 수 없는 물체는 치워라."라고 하는 거예요.

그래서 저는 "지금은 근무 시간이 아니니까, 지시받은 대로 할 필요 없거든요." 하고 대답했죠. 그랬더니 선생님은 무슨 건방진 소리냐면서 제 스마트폰을 뺏어서 쓰레기통에 버리려고 하는 거예요. 기가 막히죠.

"아, 잠깐 무슨 짓을 하는 거예요!"

저는 스마트폰을 되찾기 위해 선생님의 등 뒤에 매달렸죠.

그런데 스마트폰이 신기했는지, 선생님이 스마트폰을 유심히 바라보더라고요.

그러더니 "이건 어떻게 쓰는 건가?" 하고 물으셨어요.

할 수 없이 사용법을 설명했죠. 그랬더니 "호오호오." 하고 마치 할아버지처럼 반응하는 거 있죠. 정말 그런 건 그만뒀으면 좋겠어요.

네? 즐거워 보인다고요? 안 즐겁거든요! 오해예요!

얼굴이요? 뭐, 얼굴은…… 잘생겼다고 해야 할지, 못생겼다고 해야 할지……. 어떤 타입이냐고요……? 어떻게 아셨어요……? 그, 그치만 아쿠타가와 류노스케와 와아아아아아아아아아안전 똑 닮았다니까요. 아니, 닮은 정도가 아니에요. 정말 또오오옥같이 생겼어요……. 어, 반했냐고요? 농담하지 마세요. 아니, 제 마음은 겉모습 하나에 그리 간단히 흔들리지 않는다고요.

생기가 넘친다고요? 놀리지 마세요! 그야 사람이 살다 보면 생기가 넘칠 때도 있죠, 정말! 예전 남친을 떠올린 거 아니냐고요? 쯧쯧쯧, 전혀 아니거든요. 그 남자야말로 얼굴만 보고 만났다가 대실패했죠. 생각해 보면 저는 예전 남친의 얼굴을 좋아했다기보다, 아쿠타가와 류노스케를 좋아했을 뿐이니까요.

하지만 이제 외모만 보고 반할 나이는 아니에요. 저도 나름 탄탄해졌으니까요……. 가슴 이야기가 아니거든요! 선배는 좋겠네요. 가슴이 커서. 어머, 큰 가슴에는 큰 가슴 나름의 고민이 있다고요? 저도 큰 가슴 때문에 고민해 보고 싶네요!

으음, 그래서 무슨 이야기 중이었죠? 맞아, 선생님 이야기를 하고 있었죠. 선생님이 스마트폰에 엄청난 관심을 보이기에, 제가 예전에 쓰던 스마트폰을 드리겠다고 말했어요. 그랬더니 말이죠! 선생님이 엄청 기뻐하더라고요. "정말인가!" 이렇게 말하면서 눈을 빛내는 거 있죠.

여, 연애 이야기라뇨! 선배는 뭐든 그런 쪽으로만 생각하시네요. 그냥 있는 그대로……. 아, 이제 됐어요.

하지만 기뻐하기만 했으면 그나마 귀여웠을 텐데. 낡은 스마트폰을 만지며 노는 모습을 지켜보고 있자, 갑자기 증오의 눈빛으로 저를 보더니 얼른 제 방으로 가라며 짜증을 내는 거예요. 정말 성가시죠? 연애 이야기가 아니라니까요! 사실! 그냥 사실이라고요! 그리고 저는 그 사실에 분개하고 있다는 이야기고요! 정말!

선생님은 기분파에다가 불합리하고 인간성에 문제가 너무 많아요. 뭐, 그런 점은 전 남친이었던 나나토와 거기서 거기죠.

그건 그렇다 치더라도 선생님은 정말 현대인다운 부분이 안 보인단 말이죠. 똘똘 뭉쳐 있는 여성에 대한 고정관념은 정말 다이쇼나 쇼와 초기의 냄새가 풀풀 난다니까요. 가끔 여성 공포증과 연결되어 있는 것처럼 보일 정도거든요. 네? 아쿠타가와도 그러지 않았냐고요?

으음…… 확실히.

잘 모르기 때문에 여자를 무서워한다는 점은 아쿠타가와 님의 여성관과 가까운 것 같기도 하네요. 하지만 말이죠, 아쿠타가와 님의 여성관은 그 시대였으니까 허용된 거라고요. 요즘은 그냥 차별주의자죠.

바로 이틀 전만 해도 제가 복도 청소를 하고 있었거든요?

"집 안을 너무 서성거리지 마라. 나는 여자를 신용하지 않으니까."

이렇게 말하는데 정말이지 화가 치밀어 오르더라고요. 물론 저도 대응했죠.

"신용하지도 않으면서 왜 고용하신 건가요?" 하고요.

그랬더니 "가정부니까."라니, 영문을 모르겠죠?

"가정부는 여자가 아니라는 건가요?"

"그래. 게다가 자네는 가슴도 없지."

또 그 소린가, 이 사람이 정말. 분해서 뒤에서 망치로 후려갈겨 주고 싶었어요. 선배, 너무 웃으시는데 실례예요. 저는 정말 상처 입었다고요……

그 뒤에 뭐라고 했냐고요? 이런 느낌이었어요. 제가 먼저 "그럼 지금 하신 발언은 모순이네요. 저는 여자가 아닌 셈이니 신용하셔 야죠." 하고 꽤 쿨하게 되받아쳤죠. 하하하. 그랬더니 선생님이 "억지 부리지 마라." 하는 거 있죠.

하지만 선생님도 말하면서 자신이 불리하다고 생각했는지 눈이 흔들리더라고요. 뭐, 그 모습은 조금 귀엽긴 했지만요.

그래서 제가 이렇게 응수했어요.

"억지 부리는 쪽이 논리 파탄보다 훨씬 낫죠."

"자네, 여자 주제에 내 발언을 논리 파탄이라고 말할 셈인가!"

'여자 주제에'라는 말은 정말 오랜만에 들었네요.

"그럼 파탄이 아니라는 건가요?"

"닥쳐, 닥쳐, 닥쳐!"

그렇게 말하고는 정말이지 어린애처럼 발을 쿵쿵 구르는 거예요. 제가 또 대꾸했죠.

"그런 명령을 듣는 것은 고용 조건에 포함되어 있지 않아요."

"고용인에게 고용주의 명령은 절대적이지."

말투가 참 얄밉더라고요.

"그 고용과 피고용 관계에 대한 생각도 낡은 사고방식 아닌가요. 요새 고용인을 그렇게 대하는 건 블랙 기업뿐인데요."

"블랙 기업……?"

"이름을 밝히지 못할 정도로 지독한 기업이라는 뜻이에요."

아마도. 아닐지도 모르지만요. 아, 그런가요? 아마도요? 아아, 다들 정확한 유래는 모르는군요. 하지만 선생님 나이에 블랙 기업이라는 단어를 모른다니, 참 별나죠.

"나의 당연한 요구가 블랙이라는 건가?"

선생님은 이렇게 말했어요.

"네. 고용주의 논리 파탄을 지적할 권리는 고용인에게도 있으니까요."

저는 입술을 일그러뜨리는 선생님을 그 자리에 두고 부엌 청소를 마치러 갔지요. 화를 가라앉히려고요. 솔직히 고용됐을 때는 이렇게 불쾌한 일을 겪을 줄은 생각도 못 했어요. 그렇게 케케묵은 사상을 지닌 남자가 아직도 이 세상에 살고 있다니. 선배는 상상이 되세요?

화가 나는 건, 제가 정말 좋아하는 아쿠타가와 님과 얼굴이 똑 닮았다는 거예요. 저는 창문을 닦으면서 잠시만, 하고 생각했죠. 네, 사실은 이게 오늘 전화한 이유인데요. 선생님은 다이쇼 시대 소설도 잘 아시거든요. 요전에도 우노 코지가 원고를 집필하고 있을 때 읽어 보았다고 말하더니, 자신이 말한 '보쿠'는 벽창호를 뜻하는 '보쿠넨진'의 줄임말이라는 거예요. 그래서 자신이 말하는 '보쿠'는 '나'를 의미하는 게 아니라, 아쿠타가와 류노스케를 뜻한다며 궁색한 주장을 하기도 하고…… 그죠? 궁색하죠?

그래서 저는 이렇게 생각했죠. 어쩌면 선생님은 자신을 아쿠타가와 류노스케라고 믿고 있는 게 아닐까 하고요. 세기를 넘어 아쿠타가와 님을 사랑하는 소녀가 있을 정도니까, 세기를 넘어 자신을 아쿠타가와 님이라고 믿는 남자가 있어도 이상하지 않잖아요.

어머, 이상한가요? 제가요? 그런가요…….

하지만 말이죠. 그 정도로 외모가 비슷하면 아쿠타가와 님과 닮았다는 사실을 이용하고 싶어지는 것도 이해는 가요. 예전에 사귀었던 나나토는 아쿠타가와 님과 닮았다는 말을 별로 좋아하는 것 같지 않았지만, 아쿠타가와 님은 미청년(美靑年)이니까 닮았다는 소리를 들으면 좋아할 사람이 훠어어어어어얼씬 더 많을 거라고요.

분명 기모노 차림으로 지내면서 중산모자를 쓰고 다이쇼 시대소설을 탐독하다 보니, 어느샌가 자신을 진짜 아쿠타가와 류노스케라고 믿게 된 거죠.

'챠가와 타츠노스케'라는 이름부터가 아쿠타가와 님을 엄청 의식한 이름이잖아요. 분명 가명일 거예요. 음, 요컨대 선생님은 아쿠타가와 병에 걸린 상태인 거죠.

그렇게 생각하면 조금 가엽다는 생각도 들고, 한편으로는 굉장히 동정이 가기도 해요. 어머, 마음이 가냐고요? 그런 건 아니고⋯⋯. 동정이에요, 동정.

어제오늘 이어진 선생님과의 모든 말다툼이, 선생님이 아쿠타가와 류노스케에게 너무 이입한 나머지 나온 행동이라면 이제 전부 흘려 넘길 수 있을 것 같아요.

아아, 왠지 선배한테 이야기하다 보니 정말 그게 정답 같다는 생각이 드네요. 맞아요, 선생님은 아마 아쿠타가와 병에 걸린 거예요. 그렇게 생각하니까 마음이 조금 편해지네요.

아쿠타가와 님이 되고 싶었던 거라면 어쩔 수 없지요.

어머, 사랑이요? 아니라니까요. 정말! 앞으로도요! 그냥 동정심이라니까요. 그 이상의 감정을 가질 일은 없어요. 절대로요.

…… 아, 선생님이 부르시네요. …… 이런. 이제 곧 점심시간이군요. 네, 토요일이지만요. 입주 가정부라 휴일이 있는 듯 없는 듯해요.

선배가 이야기를 들어 주셔서 한결 마음이 편해졌어요! 또 전화할게요!

2. 문호 A의 시대착오적인 시점

"어이, 점심은 아직인가."

우츠미 야요이가 '스마트폰'이라는 통신 기기를 끊자마자, 나는 그녀의 등 뒤에서 말을 걸었다.

그녀는 부엌의 설거지대 앞에 있는 의자에 앉아 있었다. 아마도 청소를 끝낸 오전 중의 짧은 휴식 시간에 기분 전환을 위해 먼 곳에 있는 사람과 통신하고 있었겠지.

"고용된 입장이라는 걸 잊으면 곤란해."

"알고 있습니다. 자, 일 시작하겠습니다."

야요이는 의자에서 벌떡 일어났다. 솔직히 그녀의 요리는 도저히 기대할 수가 없어서 유감이었다. 하지만 오늘은 당장 입 안으로 넣을 수만 있다면 뭐든 좋을 것 같았다.

야요이는 갑자기 좋은 생각이 떠올랐다는 표정을 지었다.

"선생님, 참마죽(芋粥)은 어떨까요?"

그 질문에 당황스러우면서도 나도 모르게 입매가 허물어졌다. 단것을 엄청 좋아했기 때문이다.

하지만 바로 표정을 굳혔다. 참마죽이라는 소리에 기뻐했던 것이 드러나지 않았으면 좋겠는데. 마음을 진정시키기 위해 부엌의 낡은 선반 위에 있는 그릇을 괜히 만지작거렸다.

"참마죽이라. 좋지, 기대되는군."

그래, 이 정도는 허용 범위겠지. 나는 줄자가 늘어났다 원래대로 돌아갈 때처럼 스르륵 내 방으로 돌아갔다. 아아, 며칠만일까. 참마죽을 또 먹을 수 있을 줄은.

그렇게 생각하는 것과 동시에, 아내 후미의 얼굴과 목소리가 그립게 떠올랐다. "오늘은 참마죽을 먹을까요?" 하고 말할 때의 후미는 무뚝뚝하고 애교가 없었지만, 옆얼굴은 묘하게 아름다웠다. 그 모습을 떠올리니 이 세계에 그녀가 없다는 사실에, 새삼 허전하고 불안해졌다.

세상에 후미를 남기고 떠날 생각은 했지만, 후미가 나보다 먼저 떠난 상황은 전혀 생각해 보지 못했다. 그러고 보니 이 세계의 어딘가에는 내 묘비가 있겠지. 그곳에 후미도 잠들어 있을 것이다. 찾아가 보고 싶었다.

하지만 동시에 그런 행동은 아무 의미 없을 것이라는 생각도 들었다. 그녀는 내가 죽은 뒤에 어떤 인생을 보냈을까. 아이들은 어떻게 살았을까. 신경 쓰이기는 했지만, 그것을 알게 되면 내가 저지른 자살이라는 우행에 대해 후회하는 마음이 배가될 뿐이겠지. 아무것도 모르는 편이 좋을 것이다. 이 세상을 한 번 버린 자에게 가족의 인생을 알 권리는 없었다.

꼬르르르륵 하고 배가 울렸다. 신묘한 생각을 하고 있을 때일수록 배는 우스꽝스러운 소리를 낸다. 아니, 이것은 맛있는 냄새가 풍기기 시작했기 때문인가.

참마죽이라, 정말 오랜만이다.

내가 쓴 단편 중에 《참마죽(芋粥)》이라는 이야기가 있다. 참마죽을 좋아하는 오위(五位)* 사무라이가 괴롭힘을 당해 참마죽만 대접받는다는 이야기였다. 그 이야기를 쓴 나는 분명 단것을 좋아했다.

흰 팥소로 만든 오구라(小倉)** 단팥죽을 무엇보다 좋아하며, 좋은 설탕에 대한 의견을 피로한 수필을 쓴 적도 있다. 죽음을 생각했을 때, 치모토(ちもと)***의 일본식 과자가 몇 번이나 나를 현세에 붙들어 두었는지 모른다.

그런 생각을 하니, 안절부절 견딜 수가 없어서 다시 부엌을 들여다보았다. 그러자 내 기척을 눈치챘는지, 야요이가 강조하듯이 말했다.

"저, 예전에 아쿠타가와 님의 《참마죽》을 읽은 이래로, 참마죽

---

* 위계 중 다섯 번째. 5위 이상은 6위 이하보다 훨씬 더 좋은 대우를 받았다.
** 껍질을 제거하고 삶아 으깬 팥소에, 삶아서 꿀에 잰 팥 알갱이를 섞은 것.
*** 팥 관련 과자로 유명한 일본의 전통 과자점.

이 어떤 요리일까 계속 상상했었거든요. 그리고 마침내 고등학교에 들어갔을 때, 엄마한테 참마죽을 만들어 달라고 부탁했죠. 엄마 옆에서 제대로 된 배합법도 직접 배웠어요! 달걀말이랑 달걀프라이랑 오차즈케를 제외하면, 지금 제가 자신 있게 만들 수 있는 유일한 요리죠!"

유일한 요리라고 호언하는 것치고는, 그녀의 몸은 불을 무서워하는지 냄비에서 멀찍이 떨어져 있었다.

"쓸데없는 소리는 됐으니까 얼른 만들게."

그렇게 말한 뒤, 내 방으로 들어와 벌렁 드러누웠다. 점점 더 배가 고파오기 시작했다. 슬슬 한계에 다다랐다. 나는 배고픔을 잊기 위해 조금 전 서점에서 사온 책을 꺼내 읽었다. 이 세계에서 가장 잘 나가는 소설을 달라고 주인장에게 말했더니, 이 책을 가져다주기에 망설임 없이 구입했다. 그 세계를 알고 싶으면, 그 세계에서 많이 읽는 소설을 사면 된다.

책장을 넘기니 문체가 눈에 스르륵 들어왔다. 나는 기분이 좋아져서 책장을 넘기는 손을 멈출 수가 없었다. 마술 같은 문장이었다. 지극히 가벼우면서도 또 가볍지만은 않은 묘한 문체였다.

작가된 자로서 미지의 문체를 만났을 때는, 그 문체의 제조법을 확인해야만 직성이 풀렸다. 문장을 자세히 뜯어보면서 다시 읽고 있을 때, 드디어 참마죽을 다 만든 그녀가 나타났다. 나는 허둥지둥 책을 등 뒤로 숨겼지만, 야요이는 힐끗 내 등 뒤로 시선을 주었다.

이 여자는 덜렁대고 눈치 없이 굴 때도 많으면서, 이럴 때는 관찰력이 날카로워서 싫다.

"남의 방에 들어올 때는 들어온다고 한마디라도 해라."

"그거참 실례했습니다. 참마죽 장인이 들어갑니다."

뭐냐, 그 소리는. 하지만 참마죽의 맛있는 냄새에는 당해낼 수가 없었다.

"…… 너무 오래 걸리는 거 아닌가."

나는 등 뒤에 무엇을 숨겼는지도 잊은 채, 참마죽을 향해 젓가락을 들었다.

"맛있다……. 이거 괜찮군……."

단맛이 은은하게 올라오면서도 그 밑바탕에 깔린 맛국물 맛이 또렷하게 감돌아 깊은 맛이 났다. 덕분에 몇 분 만에 배가 불룩해졌다.

그런데 내가 아무 말 없이 볼이 미어지도록 참마죽을 먹고 있을 때, 야요이가 내 등 뒤에 숨긴 책을 거침없이 **빼냈다**.

"어머, 이건 뭔가요?"

"이, 이리 내라! 돌려다오!"

내가 매우 당황해서 휘젓는 손을 요리저리 피하며 야요이는 복도로 나갔다.

"어머, 이 책은 뭐죠……. 무라카미 하루키라니……."

나는 일부러 헛기침을 했다. 내가 갖고 있던 책은 무라카미 하루키라는 소설가의 최신작이었다.

"이 세상에 대해 알아보기 위해 읽은 것이다."

이 세계에서는 몇 년 숙성하지 않은 보졸레라는 포도주의 출시와 무라카미 하루키의 신간에 너도나도 열광한다고 했다. 그런 소리를 들으니 읽을 수밖에 없었다.

"…… 취향에 안 맞으시죠?"

"너무 가볍다. 밀기울 과자처럼 가볍다! 하지만 읽다 보니 신기하군. 뭔가가 납덩이처럼 가슴에 스며든다. 뭐지, 이건. 내(僕, 보쿠)가 살던 시대에는 이런 건 소설이라고 인정받기 어려웠지."

"어, 지금 말씀하신 '보쿠'는 아쿠타가와 류노스케를 뜻하는 건가요?"

"…… 어느 쪽이든 상관없지 않나."

"어느 쪽이든 상관없다는 것은 이상하네요."

"너는 참 성가신 여자로구나."

나는 얼굴을 찡그리면서 참마죽을 스푼으로 떠먹었다. 참마죽이 입안으로 들어오자, 얼굴에 다시 미소가 떠올랐다.

"인정하기 싫지만, 이건 훌륭한 소설이다. 소설이란 이렇게 자유로운 것인가 하고 소설의 깊이에 감탄하던 참이다."

"자, 잘 됐네요……. 뭐, 저는 별로 좋아하지 않지만요."

"자네는 여자니까. 여자가 문학에 대해 알 리가 없지."

"또 여성을 멸시하시네요. 조만간 고소할 거예요."

야요이는 나를 노려보았지만, 나는 열심히 참마죽을 먹느라 정신이 없었다.

"아무튼 이 참마죽은 일품이군."

"나가타니엔(永谷園)*의 분말 조미료가 비법이죠."

"나가타니엔이 뭐지? 고급 요릿집인가?"

내가 한 말의 어디가 이상했는지, 야요이가 웃기 시작했다. 나는 그 미소를 내심 또 귀엽다고 생각했다. 그것도 예전보다 더 자연스럽게 생각했다.

말도 안 돼. 그만둬라. 또 하나의 내가 나를 말렸다. 이제 사랑이라면 진저리가 난다. 하지만 첫사랑과 똑같은 얼굴에 똑같은 이름을 가진 여자라면.

하지만 감정이란 언제나 날뛰는 말과 같았다. 나는 내심 이 작은 감정의 싹을 길들이는 게 분명 매우 어려울 것이라는 사실을 예감하고 있었다.

3. 카요코는 오늘도 마법을 쓴다

또 여자가 나타났다.

타바타역 앞에서 카요코는 가방 안에 있던 일기를 꺼내 확인했

---

* 일본의 식품 브랜드. 오차즈케용 가루 등으로 유명하다.

다. 아무래도 요즘 계속해서 여자를 없애고 있는 모양이었다. 그런데도 다시 나타났다.

뭐가 문제지. 왜 저 여자는 이리도 끈질기게 되살아나는 거지.

자신을 불행하게 만들고 싶은 건가.

짜증 나는 여자다.

모든 것을 빼앗아간 여자.

나는 너를 몇 번이라도 없앨 수 있어.

알 수 없는 여자로구나. 알 수 없다면 다시 없애 주겠어.

"할머니, 여기는 사람이 많이 다녀서 위험해요. 집에 돌아갈까요?"

항상 우리 집에 들러 주는 그 경찰이었다. '내 마음이야.' 속으로 그렇게 생각했다. 도쿄가 너무 진화하는 게 문제라고도 생각했다. 나는 아무것도 변하지 않았다. 변한 것은 마을이다. 그러니까 나는 잘못한 게 없어. 나는 다 기억하고 있다고. 옛 정취가 남아 있던 타바타의 시골 풍경도, 타바타 만남 다리(田端ふれあい橋)*로 바뀌기 전의 구(舊) 타바타 대교도, 행복했던 가족과의 기억도, 그것을 빼앗아간 여자를 향한 증오도……

카요코는 눈을 가늘게 뜨며 미소 지었다.

"경찰 청년, 항상 신세를 지네요. 걱정해 줘서 고마워요."

깊이 고개를 숙이자, 경찰이 기뻐했다.

---

* 다리가 노후화되면서 1992년에 역 광장과 쉼터를 갖춘 보행자 전용 다리로 바뀌었다.

"저 기억하세요? 할머니, 기억력 좋아지신 거 아녜요?"

"어머나. 저는 옛날부터 기억력만큼은 자신이 있답니다."

카요코는 허둥지둥 일기장을 닫았다.

"집까지 모셔다 드릴게요. 가시죠."

경찰은 방긋 웃으며 말했다.

여기를 떠나면 안 되는데.

카요코는 역에서 몇 발자국 떨어진 곳에 있는 마카렐도날드 안을 바라보았다. 여자는 여전히 식사 중이었다.

"저기 경찰 청년, 나는 신경 쓰지 말아요. 혼자 갈 수 있으니까."

"…… 괜찮으시겠어요?"

그때 무전기가 울렸다.

"알겠습니다."

경찰은 무전기에 대고 짧게 대답했다.

"그럼 할머니, 저는 이만 가 볼게요. 산책이 끝나시거든 바로 집으로 돌아가세요."

"그럼요, 알았어요."

경찰은 만족스럽게 고개를 몇 번이고 끄덕이면서 사라졌다.

카요코는 경찰이 사라진 다음, 손가방 안에 들어 있는 가위를 손가락으로 더듬었다. 마법의 가위. 시공을 갈라서 원래대로 되돌리는 신기한 가위로 한 번 더 시간을 되돌릴 것이다.

마카렐도날드의 자동문이 열렸다.

안에서 검고 긴 머리카락의 여자가 나왔다.

카요코는 그 여자의 등 뒤로 살며시 다가갔다. 없애는 순서는 정해져 있었다. 가위가 만들어 내는 마법. 아무도 모르는 마법이 그곳에 있었다. 카요코는 오늘도 그 마법을 써서 여자를 없앨 것이다.

이번에야말로 두 번 다시 나타나지 말라고 빌면서.

4. 문호 A의 시대착오적인 시점

그 기묘한 소문에 대해 알게 된 것은 7월 말쯤이었다.

"카페에 가지 않겠나? 꽤 색다른 가게를 찾았는데."

야요이를 불러낸 것은 물론 다른 목적이 있기 때문이었다.

"어, 그건 저한테 데데데데, 데이트 신청하시는 거예요?"

이 여자는 왜 태평한 착각을 하는 걸까. 더구나 아무렇지 않게 데이트라는 서양 말을 넣어서 자신의 학식을 자랑하다니. 여자답지 않은 행동이었다. 아, 이건 남녀가 평등한 이 세상에 어울리지 않는 케케묵은 사고방식이라고 했던가.

"무슨 말을 하는지 모르겠군. 갈 건가, 안 갈 건가?"

"가, 갈 거예요. 정말이지 선생님은 셋카치후(セッカチーフ)*라서

---

* 성급한 사람이라는 뜻의 'せっかち'에 'チーフ(chief)'를 합성한 신조어.

곤란하다니까요."

야요이는 알아들을 수 없는 말을 남기고 나갈 준비를 하기 위해 허둥지둥 2층으로 올라갔다. '셋카치후'라는 건 어느 나라 말이지? 만들어 낸 말인가? 잠시 생각했지만, 신경 쓰지 않는 편이 좋을 것이라는 결론에 다다랐다.

그나저나 여자라는 생물은 준비하는 데 시간이 너무 오래 걸린다. 이쪽은 나간다고 하면 바로 외출할 수 있는데 말이다.

"5분 안에 내려와라! 안 그러면 나 혼자 가겠다!"

"네!"

대답은 잘했다. 대답은. 실제로 야요이가 내려온 것은 15분 뒤였다.

"늦어……."

"죄송해요. 그런데 선생님, 먼저 안 가셨네요?"

"…… 자네에게 어디로 갈지 말하지 않았으니까."

나는 그렇게 말하면서 야요이의 모습을 똑바로 바라보지 못했다. 당황스러웠다. 그녀는 조금 전의 수수했던 복장과 달리, 탱크톱이라고 하는 어깨끈에 매달린 천 조각을 걸치고 있었다. 아래는 반바지라고 하기에는 너무 짧은, 허벅지가 드러난 옷을 입고 있었다.

"그 꼴은, 뭔가……."

"뭐라뇨. 여름을 누리는 거죠. 어? 선생님, 혹시 화 나셨어요?"

그녀는 내 얼굴을 들여다보려 했다. 그러자 그녀의 허벅지가 다시 내 시야에 들어왔다.

"다, 다가오지 마라……. 이 노출광아."

"네?"

"그렇게 살을 드러내서 어쩌려는 거냐."

당연한 주의를 줬다고 생각했다. 그런데 야요이는 깊은 한숨을 쉬었다. 마치 내가 쓸데없는 말을 한 것처럼, 평소보다 더 큰 한숨이었다.

"선생님, 여태껏 잘도 살아오셨네요."

"살아오지 못했다만."

그래, 나는 죽음을 택한 몸이다. 방금 한 말은 비꼰 건가? 아니, 그녀는 그 사실을 모를 것이다.

"살아계시잖아요. 됐으니까, 이만 나가죠."

"그 꼴로 밖에 나가겠다는 건가?"

무서운 여자다. 제정신이라고 볼 수 없었다.

"시끄럽네요. 안 가실 거면 됐어요, 정말."

"으음…… 어쩔 수 없지. 나가세."

나는 기모노에 흰색 중산모자를 쓰고 담배를 문, 평소와 같은 옷차림이었다. 하지만 그런 내 옆에 이렇게 알몸이나 마찬가지인 별난 여자가 있으면, 사람들 눈에 너무 띄지 않을까.

그런데도 말이다. 이 여자는 자신의 꼴은 생각도 못한 채 이렇게 말했다.

"저기, 저랑 걸을 때는 담배 피지 마세요. 그리고 요즘은 길에서 담배를 피우는 건 법으로 금지됐거든요?"

"그게 무슨 소리인가……. 길에서 담배를 피우지 못한다고? 그런 바보 같은 소리가! 이 드넓은 하늘 아래 누구에게 폐를 끼친다는 건가!"

"이 사람 저 사람에게 끼치고 있죠. 온 사방에 연기를 피우고 있으니까요."

"연기는 죄가 없다!"

"담배를 피우는 선생님한테 죄가 있다니까요."

어떤 논리인지 전혀 모르겠지만, 여기가 이세계라면 이해하지 못할 일도 있겠지. 이 여자의 옷차림을 이해할 수 없는 것처럼. 로마에 가면 로마법을 따르라고 했다. 그러니 이곳의 규율을 따라야 하겠지. 나는 부루퉁한 얼굴로 담배를 집어넣었다. 대신에 기분 나쁘다는 것을 표현하기 위해 빠른 걸음으로 걸어갔다. 최소한의 항의 표시였다.

그런데 어째선지 야요이는 그런 나를 보고 웃음을 터뜨렸다.

"여러모로 큰일이네요, 선생님도."

"뭐가 말이냐!"

"후후후, 아무것도 아니에요."

우리 집에서 역 앞까지는 5분도 걸리지 않았다. 내가 말한 카페는 역에서 몇 걸음 떨어진 곳에 있었다. 역 앞을 몇 번 산책했는데, 그 가게에서 희미하게 감도는 감자 향기에 텅 빈 위장이 자극을 받곤 했다. 언젠가 들어가 보겠다고 생각했다. 게다가 그곳은 라쇼몽에서 봤던 지옥도의 무대를 잘 볼 수 있는 곳이기도 했다.

"여기다."

드디어 가게 앞에 도착했다. 붉은 지붕에 노란색으로 커다랗게 'M'이라고 적혀 있는 문자가 무척 기품 있게 느껴졌다. 처음 들어가는 곳이지만, 나름 고급 카페로 보였다.

"어, 설마 여기가……."

"그래, 강렬한 색채로 꾸며진 카페 마카렐도날드다. 거대한 M 자가 산뜻하지 않나? 들어가 보지."

그런데 야요이는 어째선지 주저했다.

"저기, 여기는, 카페라기보다 패스트푸……."

"또 내가 모르는 말로 나를 망연자실하게 만들 생각인가?"

나는 야요이의 말을 더는 듣지 않고, 자동으로 열리는 투명한 문을 지나 가게 안으로 들어갔다. 기름과 감자가 혼연일체된 향기가 위장을 자극했다.

야요이는 당황해서 내 뒤를 쫓아왔다.

둘이서 주문을 마친 뒤, 창가에 있는 흡연석에 앉았다. 내가 부탁한 것은 감자를 튀긴 프라이드 포테이토라는 음식과 커피였다. 그녀는 환타라는 묘한 색깔의 발포성 음료를 주문했다. 프라이드 포테이토는 내가 상상했던 것과는 상당히 달랐지만 맛있었다. 하나를 집어 먹은 뒤에 다시 또 하나를 먹었다. 손이 멈추질 않았다.

"그나저나 돈을 먼저 지불하게 하다니, 꽤 별난 가게로군. 그렇게 지불을 재촉하면 뭐 좋은 점이라도 있는 건가?"

"패스트푸드점은 어디든 다 그래요."

야요이는 또 서양 말을 자랑스럽게 내뱉었다. 이 여자가 이상한 건가, 이 세계 사람들은 다들 이러는 건가. 말세라고 생각하면서 나는 다시 담배를 꺼냈다.

"피운다."

"오, 양해를 구하게 되셨네요. 성장하셨군요, 성장."

"건방진 여자로군. 태워 줄까."

성가신 여자다. 나는 성냥을 켠 다음, 담배 필터를 빨면서 선단에 성냥불을 들이댔다. 슈욱 소리가 나며 화산처럼 붉게 빛나는가 싶더니, 타르가 몸 안으로 기분 좋게 스며들었다.

"커피가 어떻게 이 나라에 퍼졌는지 알고 있나?"

"아뇨, 몰라요."

"모리 오가이(森鷗外)* 선생이 '판의 모임'이라는 것을 결성해, 한 달에 한 번 문인들을 모아서 사교의 장을 열었지. 이 판의 모임

---

* 일본의 번역가이자 작가. 군의관으로 독일에서 유학하며 서양 문학을 두루 섭렵했다. 평론과 번역으로 일본 문학의 근대화에 크게 기여했다. 소설가, 시인, 학자로서도 여러 업적을 남겨 나쓰메 소세키와 쌍벽을 이루는 작가다.

은 커피 애호가들의 모임이었던 거야."

"그럼 커피 모임이라고 하면 되잖아요?"

"어리석긴. 먹는 빵(パン, 판)을 말하는 것이 아니다. 여기서는 목신(牧神) 판을 의미하는 거다."

"흐음. 저는 잘 모르는 이야기네요. 아쿠타가와 님은 모리 오가이와 교류가 없었죠."

"오가이 선생은 무리 짓는 걸 별로 좋아하지 않았지."

"하지만 사교의 장을 만드셨잖아요?"

"…… 뭐 그랬지."

"아쿠타가와 님은 그분께 미움을 받은 걸까요."

"그럴 리는 없다고 생각한다만……."

걱정됐다. 오가이 선생과 나는 애초에 나이 차가 많이 났다. 좀 더 교류하고 싶다고 생각하긴 했지만, 내 인생은 원래 무리해서 누군가와 접점을 만들 정도로 여유롭지 않았다.

그렇게 과거 문단 사정에 대해 생각하고 있을 때, 문득 그 생각을 방해하듯이 등 뒤에서 대화 소리가 들려왔다.

"말도 안 돼. 머리카락은 여자의 생명이잖아? 가엾어라."

"본인이 자른 게 아니었어?"

"아니야. 본인이 잘랐으면 그렇게 들쑥날쑥 자를 리가 없지. 저건 틀림없이 머리카락을 자르는 노파의 짓일 거야!"

큰 목소리로 나누는 대화 내용은 일그러진 이야기였다.

등 뒤에서 그런 이야기가 오가면 뒤를 돌아볼 수밖에 없지 않나. 야요이도 전적으로 나와 같은 의견이었던 모양이다. 우리는 거의 동시에 뒤돌아보며 대화를 나누는 사람들을 확인했다. 20대로 보이는 두 여자였다. 한 명은 화장도구를 한 손에 들고 있었고, 다른 한 명은 문고본을 읽으면서 대화하고 있었다. 두 사람은 기묘하게도 같은 옷을 입고 있었다.

"회사원인가 보네요. 아마 은행원 같은……."

야요이가 작은 목소리로 말했다.

"그래서 같은 옷을 입고 있는 건가. 쌍둥이인 줄 알았다."

자세히 보니 두 사람의 얼굴은 전혀 닮지 않았다. 어른이 돼서도 제복을 입어야 하다니 별나군. 다시 정신을 차리고 두 사람의 대화에 조용히 귀를 기울였다. 이야기의 내용은 아무래도 자신들의 이야기가 아니라, 두 사람의 공통된 지인이 겪은 이야기 같았다.

"마나가 어제 점심시간에 회사로 돌아온 뒤, 계속 그 상태로 엉엉 울었다니까."

"흐음. 안됐다. 머리카락을 자르는 노파가 정말 있구나."

'머리카락을 자르는 노파'라는 단어에 내 모든 신경이 반응했다. 아마 '머리카락을 자르는'이라는 표현을 듣고, 뇌리에 가위 이미지가 떠올랐기 때문일 것이다.

그것은 라쇼몽에서 본 광경으로, 야요이의 가슴을 찌른 노파가 들고 있던 가위를 바로 상기시켰다. 기괴한 폭도들에 대한 수수께끼를 풀기 위해서는 급선봉에 섰던 노파의 존재를 알아내야 했다. 그래서 이 가게에 찾아온 것이다. 군중 속에서 가장 행동 범위가 좁은 것은 운동 능력의 쇠퇴가 두드러지는, 나이든 인간이기 때문이다.

그런 생각 끝에 이 가게에 왔다. 창밖으로 그때 본 백발의 노파라도 찾아볼까 생각하고 있을 때, 이 대화를 들었다. 하늘의 계시란 이런 것이겠지.

더구나 대낮에 나누는 대화에서 나오기에는 어울리지 않는 단어였다.

"그런가 봐. 세 블록 떨어진 사무실의 접수처 직원도 얼마 전에 당했대."

이야기를 정리해 보면 '머리카락을 자르는 노파'라고 불리는 누군가가, 젊은 여성의 머리카락을 자르며 돌아다닌다는 말이다.

"잠깐, 아가씨들."

나는 뒤돌아서 그녀들에게 말을 걸었다.

똑같은 옷을 입은 두 회사원은 나를 보더니, 경악한 것 같기도 하고 의아해하는 것 같기도 한 표정을 지었다.

"그 이야기를 좀 더 자세히 들려 주지 않겠소?"

내 질문에 어째선지 옆에 있던 야요이가 머리를 감싸 쥐었다.

"'주지 않겠소?'라니……."

뭐가 이상하다는 건지 전혀 모르겠지만, 내 말에 머리를 감싸 쥔 모양이다. 뭐, 내버려두는 게 제일 좋겠지. 문제는 진지한 태도로 질문한 나를, 두 여자가 미심쩍게 바라본다는 것이었다.

"다, 당신은…… 누구……. 말투 극혐……."

"우와, 그건가 봐. 아쿠타가와 같은 차림새를 한 걸 보니까, 문호인지 뭔지 하는 작품의 오타쿠인 거 아냐?"

"아니야, 그 작품에 나오는 아쿠타가와는 검은 코트를 입는다고. 저런 기모노 차림이 아니라."

두 사람은 작은 목소리로 속삭였지만 다 들렸다. 여자들은 비밀 이야기라고 생각하며 대화를 나누면, 상대에게 들리건 말건 비밀이 된다고 생각하는 면이 있다.

그녀들도 그렇게 생각하는 모양이었다. 하지만 두 사람이 나누는 대화 중에는 알아들을 수 없는 부분이 많았다.

"극혐(キモい, 키모이)……? 오타쿠? 우리 집은 걸어서 5분 거리에 있네만.* 말하다가 중간에 '간(肝, 키모)'을 넣는 건 무슨 의미지?"

그러자 야요이는 다시 '아아아아' 하고 탄식을 하더니 갑자기 내 탐문 조사를 방해하기 시작했다.

"죄송해요. 이 사람이 갑자기 이상한 말을 꺼내서."

야요이는 일어서서 고개를 숙였다. 무례한 여자다.

"자네, 고용주를 보고 '이 사람'이라고 하는 건 아니지 않나?"

---

* 한 분야에 마니아 이상으로 깊이 빠진 사람을 뜻하는 '오타쿠(オタク)'와 남의 집을 높여 부르는 '오타쿠(お宅)'의 발음이 같다.

나는 야요이를 나무랐지만, 그녀는 그런 나를 무시하며 계속해서 말했다.

"이 사람은 좀 상식에서 벗어난 부분이 있으니까 신경 쓰지 마세요. 그런데 지금 이야기하신 머리카락을 자르는 노파가 실제로 있는 건가요?"

야요이의 방식은 내 신경을 거슬리게 했지만, 내가 묻고 싶은 것을 대신 묻는 자세만은 높게 평가할 수 있었다.

"…… 확실하진 않지만 있다고 하더라고요."

이 여자들은 뭐지. 나는 그렇게 수상쩍은 시선으로 봤으면서, 야요이의 질문에는 선뜻 대답하는 건가. 가소롭지만, 뭐 됐다. 아무튼 야요이의 공로로 두 회사원에게서 들은 이야기를 조합해 보니, 다음과 같은 도시 전설이 떠돌고 있었다.

한낮에 점심을 먹기 위해 회사에서 나오는 여자 회사원들. 그녀들이 마카렐도날드에서 식사를 마치고 가게 밖으로 나오면, 그곳에 낯선 노파가 서 있다. 초라한 모습에 신경이 쓰이지만 무시하고 지나가려고 했을 때, 등 뒤에서 머리카락을 잡아당기는 느낌이 든다. 당황해서 돌아보면, 거대한 가위를 든 노파가 히죽 웃으며 여자의 머리카락을 싹둑 자른 뒤에 도망간다. 그런 이야기였다.

"무서운 이야기로군……."

한낮에 노파가 히죽 웃으며 머리카락을 들고 달려가는 그 모습이 무엇보다 무서웠다. 마치 내가 창작할 때 자주 참고했던 《콘자쿠 이야기집》에 수록될 만한 이야기가 아닌가.

"공포보다 공포적이군. 하지만 마음에 걸리는 점이 있는데. 왜 노파를 그 자리에서 붙잡지 못한 거지?"

내가 두 회사원에게 물었다. 두 사람의 눈에는 나에 대한 경계심이 많이 사라져 있었다.

"…… 무서우니까 그렇겠죠?"

두 여자는 얼굴을 마주 보더니 머뭇거리며 대답했다. 하지만 여전히 내 질문에 당황하면서, 내심 나를 그냥 바보 취급하며 이야기를 끝내고 싶어 하는 것이 보였다. 일본인은 흔히 자신이 이해할수 없는 것에 대해, 가능하면 웃어넘기려고 하는 부분이 있다. 그것은 내가 살던 시대와 다를 바가 없었다. 아무래도 내 작품을 수용한 세계도 그런 부분은 변하지 않았나 보다.

하지만 가장 알고 싶은 이야기를 듣지 못했다. 그런 답변에 내가 납득하리라고 생각한 건가.

"이상하지 않나. 한밤중에 아무도 없는 곳에서라면 몰라도 대낮인데. 피해 여성은 어쩔 수 없다 쳐도, 다른 사람들은 뭘 하고 있었던 거지? 주위에 발 빠른 남자가 없었던 건가?"

두 사람은 완전히 입을 다물어 버렸다. 내 질문에서 빨리 도망치고 싶은 게 틀림없었다. 그러자 야요이가 내 귓가에 속삭였다.

"선생님. 그건요, 보통 나이 든 사람에게는 다들 친절하게 대하잖아요."

야요이의 말은 요컨대 머리카락을 자르는 노파의 행위는 이상하지만, 노인을 배려하는 풍조 때문에 도망치는 모습을 그대로 지켜볼 수밖에 없었다는 것이겠지.

"흠……."

그럴 가능성도 있다. 하지만 납득할 수 없었다. 아무리 노인을 공경한다고 하지만, 그냥 넘어가기엔 너무 이상한 행동이지 않은가.

하지만 이 두 여성에게서 뭔가를 더 캐묻기엔 불쾌했고, 특별한 정보가 나올 것 같지도 않았다. 나는 내가 앉아 있던 테이블로 몸을 되돌린 다음, 조금 식은 커피를 마셨다.

도대체 머리카락을 자르는 노파의 목적은 뭘까?

그런 생각을 하고 있을 때, 야요이는 내 옆에서 스마트폰을 만지작거렸다(스마트폰이라고 줄여 말한다는 것을 포함해서, 스마트폰에 대해서는 요전에 야요이에게 배웠다. 자신이 쓰던 것이라고 해도 이런 선진 기기를 나에게 주다니, 의외로 인심이 좋은 여자일지도 모른다).

"지금 찾아봤는데요. 확실히 이 타바타역 앞의 마카렐도날드를 중심으로 '머리카락을 자르는 노파'라는 도시 전설이 돌고 있나 봐요."

이 여자는 인터넷이라는 것을 사용해서 무엇이든 재빠르게 조사해 주었다. 요전에는 속이 더부룩하다고 했더니 바로 발바닥에 소화를 도와주는 혈이 있다며, 스마트폰을 내밀면서 가르쳐 줬다.

"도시 전설이라고……?"

"네……. 사건은 아닐지도……."

"도시 전설이라는 게 뭐지?"

"역사성이 없는 괴담 같은 거예요. 소문이 근원이 돼서 마치 사실처럼 굳어진 이야기죠."

"과연. 내 취향이로군."

'머리카락을 자르는 노파'를 듣고 바로 《콘자쿠 이야기집》을 떠올린 내 느낌이 아주 틀리지는 않은 모양이다.

"《콘자쿠 이야기집》이나 《우지슈이 이야기(治拾遺物語)》*에도 그런 이야기가 많지."

나는 《콘자쿠 이야기집》과 《우지슈이 이야기》에서 작품의 모티프를 얻었다. 야요이는 내 지식에 감탄했는지 살짝 기쁜 기색으로, 내가 흠뻑 빠진 프라이드 포테이토를 "실례하겠습니다." 하고 말하며 한 개 뺏어 먹었다. 실례하겠다고 말하며 정말로 실례를 저지르는 녀석은 처음이었다.

"《콘자쿠 이야기집》을 좋아하세요?"

"음. 그 거칠고 군더더기 없는 행간을 통해 언뜻 보이는 중세의 모습에서 형용할 수 없는 생명력이 느껴졌으니까. 예를 들면 그래, 시체가 산처럼 쌓인 라쇼몽의 모습은 내 창작 욕구를 크게 자극했지."

"아쿠타가와 님의 《라쇼몽》 말이죠?"

---

* 불교 설화, 세속 설화, 민간전승 등을 담은 중세 일본의 설화 모음집.

여기서는 아쿠타가와 류노스케에 대해 잘 모르는 척해 볼까.

"그런 작품이 있나? 나는 모르겠는데."

너무 시치미를 뗐나. 야요이가 내 얼굴을 이상하게 바라보며 "어떤 이야기인지 가르쳐 드릴까요?" 하고 물었다. 어쩐지 간파당한 것 같은데. 기분 탓인가.

"말해 보게."

"이런 이야기예요. 비 내리는 날, 해고된 남자 하인이 라쇼몽 아래에 앉아 있었어요. 그는 앞날을 생각하며 그곳에 앉아 있었죠. 이제 굶주림은 시간 문제였어요. 어떻게 살지 선택할 상황이 아니었죠. 이제 도둑이 될지 어떻게 할지 고민하고 있었어요."

"그래서 어떻게 되나?"

"남자 하인은 라쇼몽 위에 있는 누각에 누가 있다는 것을 알아차리고 위로 올라가죠. 그곳에는 시체가 산처럼 쌓여 있었어요. 라쇼몽은 당시 시체를 방치하는 장소로 전락해서 개수 공사도 할 수 없는 상태였죠. 그 누각 안에서 노파가 시체 사이에 쪼그리고 앉아 죽은 여자의 머리카락을 뽑고 있는 모습을 보게 돼요. 남자는 노파에게 왜 그런 짓을 하는지 물어보죠."

야요이는 눈앞에 소설의 문장이 떠 있는 것처럼 막힘없이 줄거리를 말했다. 독자가 내 소설을 이렇게나 자세히 기억하는 모습을 직면하다니, 작가로서 더할 나위 없는 행복이었다. 나도 모르게 입가가 느슨해졌다.

"호오. 그래서 노파는 뭐라고 대답했지?"

"노파는 머리카락을 뽑아 팔 거라고 대답했어요. 그 말에 남자는 자신도 도둑질을 해도 괜찮겠다 생각하고 도둑이 되죠. 말하자면 살기 위해 아욕을 긍정하는 인간의 이기주의를 폭로한 작품이라고 평가 받고 있어요."

모범 답안에 가까운 대답이었다.

하지만 마음에 들지 않았다.

"선생님? 왜 그러세요?"

나는 내 가슴속에 있는, 《라쇼몽》에 담긴 뜨거운 마음을 전하고 싶은 유혹에 사로잡혔다. 야요이는 분명 나의 엄청난 열성 독자일 것이다. 작가에게 열성 독자는 좋은 이해자와 마찬가지니까.

하지만 아슬아슬하게 그 욕구를 억눌렀다.

나는 프라이드 포테이토를 하나 집어 먹었다. 서민적이면서도 이색적인, 기품이 감도는 바삭한 식감이 내 욕구를 진정시켰다.

5. 문호 A의 시대착오적인 시점

"폭로했다라. 글쎄, 어떨까." 하고 나는 말했다. "나(僕, 보쿠)에게 그럴 생각이 있었던가."

어째선지 야요이는 내가 턱을 쓸어내리는 몸짓에 볼을 붉혔다.

넋을 잃고 보는 것은 상관없지만, 그럴 때에는 반드시 '후오오……' 같은 묘한 소리를 냈다. 그 이상한 소리는 그만둘 수 없는 건가.

"…… 지금 말씀하신 '보쿠'는 벽창호의 '보쿠'죠?"

"어, 아아…… 그래, 물론이지."

그렇다. 나는 아쿠타가와가 아니라, 여기에서는 챠가와라는 다른 인물이었다. 의식하지 않으면 바로 그 설정을 잊어 버렸다.

"자네는 이 작품이 인간의 이기주의를 폭로한 작품이라고 생각하나?"

그러자 그녀는 순간 생각에 잠긴 듯 고개를 숙이고 검지를 이마에 댔다.

"이 작품은 아쿠타가와 님의 초기 작품이에요. 아쿠타가와 님의 작품은 후기로 갈수록, 이른바 동물적 에너지를 희구하는 분위기가 강해지죠."

"그건, 확실히 그렇지. 하지만……."

"하지만 사실 저는 《라쇼몽》 때부터 그런 경향이 있었다고 생각해요."

"재미있는 가설이로군."

완전히 동의할 수는 없었지만, 그래도 일단 어느 정도 호응해 주었다.

"계속 해보게."

"네. 하인은 굶주림을 피하기 위해서는 도둑이 될 수밖에 없다고 생각하다가, 노파의 모습을 보고 마음을 굳히죠. 무슨 짓을 해서라도 살겠다는, 이 들이덤비는 정신이야말로 동물적 에너지가 아닐까요?"

"…… 어떨까. 뭐, 됐다. 그래서?"

"이 동물적 에너지 없이는 이후의 작품도 나오지 않았을 거라고 생각해요. 동물적 에너지는 달리 말하면, 인간이 지닌 상냥함이나 윤리에 등을 돌리고 이를 드러내는 정신적 동력이라고 생각하거든요. 아쿠타가와 님은 그런 쓰레기이긴 했지만, 근본은 상냥한 남자였죠."

"쓰…… 쓰레기……."

"왜 그러세요?"

"아니…… 계속하게."

"쓰레기지만 상냥하다고요. 그러니까 분명 여러 속박에 시달렸을 거예요. 그리고 그 속박은 나이를 먹을수록 늘어났겠죠. 윤리나 주위 사람들에 대한 배려 때문에, 움직일 수 없게 되는 답답함을 느꼈던 게 아닐까 싶어요. 아쿠타가와 님은 사랑스러운 쓰레기이기에, 죽음이라는 형태로밖에는 벗어날 방법을 찾지 못했던 거죠. 하지만 《라쇼몽》은 여러모로 살아갈 기력이 없다고 하는 현대 젊은이들의 마음에 강하게 호소하는 부분이 있다고 생각해요."

나는 눈을 감았다. 그리고 담배를 빨아들인 다음 후우, 하고 천천히 하얀 연기를 내뿜었다.

"그럼 자네는 내가…… 아니, 그 벽창호가 야만스러운 행동들을 정당화하기 위해 《라쇼몽》을 썼다고 생각하나? 이 세계를 향해서 마음대로, 동물적인 욕망대로 나아가라고. 도둑질도 살인도 마음대로 하라고?"

"그 부분 말인데요……."

아픈 곳을 찔렸다는 표정을 짓는 것과 동시에 야요이는 몸을 갸우뚱 기울였다. 이런 모습을 보면 뭐라고 말할 수가 없었다.

"실은 졸업 논문 지도 교수님도 같은 부분을 지적하셨어요. 제 논문은 고증이 잘 되어 있다고. 하지만 결론을 '에고이즘의 긍정'으로 내도 정말 괜찮은 것이냐고요. 저는 거기에 대답하지 못했죠. 만약 대학원에 진학할 생각이 있다면, 계속 연구해 보라고 하셨어요. 하지만 저는 교사 자격을 취득했기 때문에, 졸업한 다음에 바로 고등학교 교사가 되었거든요. 그래서 그 뒤로는 생각하지 못했어요."

나는 가볍게 고개를 끄덕이면서 아직 기다란 담배의 불을 껐다. 이 여자는 바보가 아니다. 조금 얼빠진 구석이 있고 상당한 괴짜지만, 그래도 천성적으로 재치가 있다.

"지금 생각해 보는 건 어떤가?"

"하지만 대학원에 진학하지 못했는데……."

"이상한 착각을 하고 있군. 연구란 다른 말로 표현하면 애정이다. 자네가 만약 아쿠타가와의 작품에 애정을 갖고 있다면, 그 애정의 힘으로 독해해라. 한 행 한 행, 한 문장 한 문장, 한 구절 한 구절 정성껏 읽어라. 그것만으로도 충분하다. 어디서 하느냐는 큰 문제가 되지 않아."

내가 야요이를 보며 미소 짓자, 그녀는 다시 '후오오오……' 하고 이상한 소리를 냈다.

"…… 왠지, 지금 처음으로 조금 멋있었어요."

나는 고개를 돌리며 괜스레 이미 불이 꺼진 담배를 물었다.

"뭐, 《라쇼몽》에 대한 해석은 다음으로 미루지. 그보다 '머리카락을 자르는 노파'가 도시 전설 종류인지, 정말로 일어나는 일인지를 판별할 필요가 있겠군."

"그렇게 신경 쓰이세요? 그냥 주위들은 괴담이잖아요."

"바보 같은 소리. 노파가 가위를 들고 다닌다고 하잖나. 내버려 두면 언젠가 큰일이 날 거다."

"괜한 걱정이세요. 그런 소문은 도쿄에 얼마나 흔한데요……."

"사람의 목숨이 달린 일인데도?"

이 여자는 아무것도 모른다. 당연한 일이지만 그게 불쌍하기도 했고, 태평스러운 모습에 괜히 화가 나기도 했다.

"어, 모, 목숨이요?"

"머리카락을 자른다고 해도 허락을 받고 자르는 게 아니다. 등 뒤에서 예고 없이 자르지. 만약 그 전에 여자가 알아차린다면 노파는 어떻게 나올까?"

"어떻게 나올까 물어보셔도 말이죠. 그건 그 할머니의 문제
지……."

"자네는 진지함이 부족하군. 자신이 노파라고 생각해 보게. 머
리카락을 자르려는데 그 범행이 들켰다면 취할 선택지는 둘 중 하
나지. 요컨대 도망치거나 여자를 찌르거나. 노파가 걷는 속도는 빠
하지 않나. 내가 노파라면 찔러 죽인 다음에 도망칠 거다. 그 편이
안전하니까."

이야기하는 동안에 가위를 지닌 노파의 모습이, 내 소설《라쇼
몽》에 등장하는 노파의 모습과 겹쳐졌다. 한쪽은 죽은 자의 머리
카락을 뽑는 노파. 한쪽은 산 사람을 대낮에 덮치는 노파. 둘 다
머리카락이라는 공통점이 있었다.

《라쇼몽》에 나오는 노파는 살기 위해 머리카락을 뽑았다. 그럼
현대의 도시 전설 속 머리카락을 자르는 노파의 경우는 어떨까?

"선생님, 이 수수께끼를 진심으로 계속 파고들 생각이세요?"

"안 되나?"

"단순한 도시 전설일 가능성이 높아서 파헤쳐 봤자 답이 없을
것 같은데……."

야요이가 그렇게 말했을 때였다.

갑자기 등 뒤에서 목소리가 들렸다.

"아! 또야! 봐봐! 저쪽!"

그렇게 외친 것은 조금 전에 대화했던, 쌍둥이처럼 같은 제복을 입은 회사원 중 하나였다.

그녀는 창밖을 가리키고 있었다.

나는 쏜살같이 뛰쳐나갔다.

"어, 선생님! 잠깐만요!"

등 뒤에서 야요이가 쫓아왔지만, 그녀에게 신경 쓸 여유는 없었다. 방금 백발에 허리가 굽은 노파가 인파 속으로 사라지는 모습을 확실하게 봤기 때문이다.

눈앞의 교차로에서 웅크리고 있는 여성에게 말을 걸었다. 역시 회사 제복을 입은 그 여성은 머리카락을 붙잡은 채 공포에 질린 모습이었다.

"노파는 어디로 사라졌지?" 하고 여성에게 물었다. 그녀는 눈물을 글썽이며 떨리는 손가락으로 역 반대쪽을 가리켰다.

하지만 점심시간이라 혼잡한 역 앞에서 그 모습을 찾기란 이미 요원해 보였다. 확실히 백발을 휘날리며 사라지던 노파는 라쇼몽에서 봤던 지옥도 속 인물과 흡사했다.

쫓아갔지만 그 모습은 홀연히 연기처럼 사라진 후였다.

과연 어떤 속임수를 썼을까.

나도 예전에 다중 해석 추리 소설*을 쓴 적이 있기에, 이런 종

---

* 하나의 사건에 몇 가지 진상이 공존하는 추리 소설. 다중 해결 추리 소설이라고도 한다. 아쿠타가와 류노스케의 단편 《덤불 속(藪の中)》이 여기에 해당한다.

류의 수수께끼 풀이를 매우 좋아했다. 더구나 야요이의 목숨도 달려 있으니, 이 수수께끼를 푸는 것은 숙명이라고 해도 좋았다.

그 뒤에도 길 가는 사람 몇 명을 붙잡고 물어봤지만, 어떤 단서도 나오지 않았다. 불가사의했다. 고작 노파 하나를 찾지 못하다니. 이 세계는 내가 아는 세계에 비해 속도가 너무 빨랐다. 탈것은 물론이고 사람들이 걷는 속도도 마찬가지였다. 어디를 향해 그리 바삐 가는 걸까.

온갖 쓸데없는 일에 화를 내면서 할 수 없이 원래 있던 M이 표시된 카페로 돌아가기로 했다.

그런데 돌아와 보니 야요이의 모습이 보이질 않았다.

어디로 사라진 거지?

그 덜렁대는 여자를 혼자 이런 인파 속에 두고 떠난 것이 진심으로 후회됐다. 돌아갔을 때, 야요이가 노파에게 찔리기라도 했다면. 그렇게 생각하니 식은땀까지 났다.

진정하자. 이 인파 속에서 빠져나와 그녀를 찾더라도 쉽게 만날 수는 없을 것이다. 내가 아는 도쿄와는 전혀 다른 미로 같은 도시. 도쿄는 이계(異界)였다. 노파도 간단히 사라졌다. 야요이 역시 찾더라도 보이지 않을 것이다.

여기에서 얌전히 기다릴 수밖에 없는가.

초조해하면서 담배를 물고 있을 때, 자동으로 열리는 입구 문이 열리며 야요이가 표표한 모습으로 돌아왔다.

"어디에 갔던 건가? 걱정했지 않나."

"그, 그건 제가 할 말이에요."

들어 보니 야요이는 피해 신고를 하기 위해 피해자 여성과 함께 파출소까지 갔던 모양이다. 그 말을 들으니 더는 불평할 수도 없어서, 어쩔 수 없이 그저 볼멘 표정을 짓는 데 그쳤다.

"어디까지 쫓아가셨어요?" 하고 반대로 야요이가 물었다.

"주택가 쪽으로 들어갔지만 놓쳤다."

"할머니는 안 보이던가요?"

"아니, 잔뜩 있었지. 노파들끼리 쑥덕공론하고 있었지만, 내가 찾던 노파는 아니었다."

야요이가 웃기 시작했다. 한없이 태평한 여자다. 자칫 그녀가 살해됐을지도 모르는데.

"하지만 정말 끔찍한 사건이네요!"

야요이는 조금 전 피해를 당한 여성의 눈물이 떠올랐는지, 불의에 분노한 기색으로 말을 꺼냈다.

"역시 범인은 우리 손으로 잡아요!"

씩씩거리며 선언하는 그녀를 의아한 표정으로 바라보았다.

"조금 전까지 그다지 내켜하지 않았으면서, 왜 그러지? 피해자를 실제로 보니 이제야 상상이 가던가?"

"으……. 뭐, 그렇다고 볼 수 있죠."

"뭐, 그래도 상상하지 못하는 것보다야 훨씬 낫지. 내가 조금 전에 가장 놀랐던 것은, 그 여자가 머리카락이 잘리고 웅크리고 있었을 때 다른 사람들이 무관심했다는 점이다. 타인에게 관심이 없다는 건 타인의 문제에 대한 상상력이 결핍되어 있다는 뜻이지. 이 모든 것은 세계가 이기주의로 기울기 시작했다는 징조로 볼 수 있다."

"또 그런 호들갑을……. 하지만 확실히 조금 전에 피해 여성이 울고 있었는데도, 저 말고는 다가가서 그녀를 위로하려는 사람이 없었어요."

"그랬겠지. 뭔가 이상해. 마치 모든 것이 그녀의 책임이라는 듯한 태도였어."

"머리카락을 자르는 노파를 잡으려는 사람도 전혀 없었어요. 파출소의 경찰관도 담담하게 사무적으로 피해 신고 수속만 재촉했을 뿐, 배려하는 말 한마디 하지 않더라고요. 말하고 보니 이상하네요. 언제부터 이런 분위기가 됐을까요? 저도 선생님한테 지금 이렇게 지적받기 전까지 그게 특별한 일이라고는 생각하지 못했어요. 지극히 당연한 일상 풍경이라고 여겨 왔던 거죠. 맞아요. 언제부터인가 이 나라에서는 무관심이 당연해졌는지도 몰라요……."

야요이는 그렇게 고찰한 다음 흐음, 하고 혼자 신음했다. 역시 그녀는 하나를 말하면 열을 깨달았다. 모모타로(桃太郎)* 같았다.

---

* 복숭아에서 태어났다는 일본 설화 〈모모타로〉의 주인공. 이 이야기는 용감함과 지혜로움의 비유로 지금까지도 회자되고 있다.

나는 속으로 그녀를 모모타로라고 불러 보았다. 더 귀엽게 느껴졌기에 그만두었다.

"이번 피해자로 최소 3건의 범행이 확인되었다. 이 대낮에 역 앞에서 그런 일이 벌어졌는데도 범인이 잡히지 않았어. 노파의 범행이라는 것을 알고 있으면서도 말이다. 도대체 이 나라는 어떻게 되어 가고 있는 건지. 나는 원래 이 나라 사람들을 좋아하지 않았지만, 그래도 다이쇼 시대의 사람들이었다면 좀 더 성실하게 일했을 것 같군."

마치 다이쇼 시대의 사람들을 아는 것 같은 말투였나 싶어서 반성했다. 하지만 이미 야요이도 방금 내 발언을 수상하게 여기는 것 같았다. 늦었나.

"음, 뭐…… 다이쇼 시대의 사람에 대해서는 잘 모르지만, 머리카락은 여자의 생명이죠. 머리카락을 자르는 노파도 젊었던 시절이 있었을 테니 잘 알 텐데. 그런데 잘도 이런 끔찍한 짓을 하네요."

"자신은 이미 잃은 것이기에 더욱 질투하는 것일지도 모르지."

"질투인가요."

"충분한 범행 동기지."

"요컨대 자신의 질투심을 해소하기 위해 머리카락이 긴 여성을 덮치고 있다는 거군요?"

"어디까지나 하나의 가설이다. 동기는 얼마든지 생각할 수 있지. 애초에 정말 노파가 맞는지도 모르겠고."

"노파가 아니었나요?"

"도망치는 게 너무 빨라. 어떻게 순식간에 군중 속으로 녹아들 수 있었겠나? 노파의 발로 그런 일이 가능할까?"

나도 꽤 빠른 속도로 노파를 뒤쫓았다. 그런데도 머리카락을 자르는 노파를 잡을 수가 없었다. 마치 요괴의 소행이었던 것처럼.

"그래서 도시 전설처럼 전해졌을까요."

"그러게 말이다. 하지만 그것은 수수께끼에 수수께끼라는 표시를 붙인 것에 지나지 않지. 수수께끼는 풀어야만 의미가 있으니까.

• 왜 노파는 여자의 머리카락을 계속해서 자르는가?

• 왜 아무도 노파를 붙잡지 못하는 건가?

설마 《라쇼몽》의 노파처럼 머리카락을 팔아 생계를 유지하는 건 아니겠지?"

"…… 그럴 가능성이 전혀 없지는 않겠지만요. 발모와 모발 이식 기술이 발전되었다고는 하지만, 지금도 가발은 존재하니까요. 부분 가발도 있고요. 여성의 머리카락을 매입하는 업자가 분명 어딘가에는 있겠죠. 하지만 그걸로 많이 벌 수 있을까요? 죄를 지으면서까지 할 만큼 가치 있는 일일까요?"

"모르겠군. 나는 이 세계에서는……."

"네?"

이런. 자칫했으면 비밀을 털어 놓을 뻔했다.

"아무것도 아니다."

만약 머리카락이 상품으로써 가치가 전혀 없다면, 노파는 왜 머리카락을 자르는 걸까?

애초에 이 도시 전설은 어디까지가 사실이고 어디서부터 과장된 걸까. 내가 아는 건 조금 전의 피해 여성은 정말 진심으로 상처받은 상태였고, 머리카락도 원치 않게 잘렸다는 점이다.

"그러고 보니 피해 여성이 말하길, 머리카락을 자르는 노파가 떠나면서 이런 말을 남겼다고 해요. 이제 없어졌다고."

"이제 없어졌다라……."

머리카락을 자른 뒤, 없어졌다고 말했다.

뭔가가 뇌리에 번뜩였다. 나는 바로 일어났다.

"뭐, 뭔가 알아내셨어요?"

마치 명탐정이 뭔가를 깨달았을 때처럼 벌떡 일어섰기 때문인지, 야요이를 기대하게 만든 모양이었다.

"전혀 모르겠다."

"어……."

"돌아가지. 텔레비전이라는 것을 사고 싶군."

그래, 이 세계를 파악하기 위해서는 우선 정보를 수집할 필요가 있었다. 요전부터 도쿄 거리를 걷다 보니, 움직이는 화면을 이곳저곳에서 볼 수 있었다. 물어보니 텔레비전이라고 부르는 물건이라고 했다. 이 세계에서 그 기기는 오락을 즐기기에도, 정보를 수집하기에도 편리한 모양이었다.

"흐에? 텔레비전이요?"

야요이는 또 기묘한 소리를 냈다. 왜 조신하게 굴지 못하는지. 안타깝기 그지없었다.

"그래. 사람이 움직이는 모습이 상자 속에 비춰진다고 하더군. 소형 영사기 같던데."

"저기…… 텔레비전에 대한 설명은 안 하셔도 돼요."

그런가, 하고 나는 진심으로 놀랐다. 이 얼빠진 여자라면 텔레비전을 모를 수도 있겠다고 생각했지만 야요이도 알고 있었던 건가.

나는 분한 마음으로 출구를 향해 걷기 시작했다. 야요이도 일어나서 나를 따라왔다.

"어디로 가면 되지? 텔레비전을 사려면."

나에게는 모든 지식이 부족했다. 굴욕적이다. 설마 이런 계집아이에게 물어봐야만 할 줄은.

"빅쿠카메라(ビックカメラ)*로 가면 되겠죠."

"거대한 카메라……. 기기를 사기 위해 거대한 기기 안으로 들어간다는……."

"빅이 아니라 빅쿠예요! 됐으니까 따라오세요."

야요이는 어이없다는 표정으로 내 팔을 붙잡고 걷기 시작했다. 나는 야요이가 나아가는 쪽으로 끌려가듯이 걸어가면서, 미지의

---

* 일본의 가전제품 매장.

거대 기기 속으로 들어간다는 사실에 묘하게 흥분한 자신을 발견
했다.

6. 요네코의 머리는 뜨거워졌다

"저기, 아까 왔던 그 남자 말이야. 아쿠타가와 류노스케랑 닮지
않았어?"

요네코의 말에 오하나는 "그랬나?" 하고 반문했다.

"자세히 보지 않아서 모르겠어. 순간이었잖아."

방금 전에 기모노 차림의 남자가 이곳으로 달려왔다.

"이야기 중에 송구하지만, 가위를 든 노파가 이곳을 지나가지
않았소?"

남자의 말에 그 자리에 있던 네 명의 여자는 크게 웃었다. 왜냐하
면 그곳에는 팔십이 넘은 노인뿐이었기 때문이다.

요네코는 그중에서도 최고령으로, 최근에는 임플란트 덕분에
가지런해진 이로 무엇이든 잘 먹었다. 건강 상태도 칠십 대 무렵보
다 더 좋아졌다고 했다. 보라색 가발도 잘 어울렸다.

"노파라면 우리를 말하는 건가? 꺄하하하."

"아, 아니, 그런 게 아니라……."

남자는 난처해하며 머리를 긁었다. 결국 아무도 그런 노파는 보지 못했기에 솔직하게 보지 못했다고 말하자, 남자는 인사를 한 뒤 돌아갔다.

"얼굴도 갸름하니 꽃미남처럼 생겼구먼."

오하나가 남자의 얼굴을 멍하니 떠올리며 말했다. 옛날에 자신에게 구애하던 남자 중에 저런 미남은 없었다.

"어머, 오하나도 참. 꽃미남이라는 단어도 알고. 젊구나."

요네코가 쿡 찔렀다. 그러자 최근 허리가 구부러지기 시작한 미사에가 턱으로 먼 곳을 가리키며 말했다.

"저기 봐, 저기. 세상에나, 요즘엔 별난 사람이 많다니까."

미사에가 가리킨 곳을 보니, 붉은 원피스를 입은 사람이 걸어가고 있었다. 키가 크고 우람한 팔다리를 봤을 때 남자가 분명했다. 수염도 나 있었다. 어떤 사정으로 저런 옷을 입게 된 걸까.

네 사람은 그 인물을 신기하게 바라보았다. 요즘에는 드물지 않은 모양이었지만, 오하나 일행의 세대에서는 남자가 왜 여자 옷을 입는지 이해할 수가 없었다. 어차피 여장을 할 거라면 예쁘고 여자답게 꾸미는 편이 좋지 않을까. 혹은 가부키 연기자처럼 여자보다 더 아름다운 생물이 되기 위해 입는 것이라면 그나마 이해할 수 있었다. 하지만 수염도 깎지 않은 채 붉은 원피스를 입다니. 뭘 하고 싶은지 알 수가 없었다.

이럴 때 오하나는 상대를 노골적으로 보지 않으려고 조심하는 타입이었다. 하지만 여든 살이 넘으면 호기심을 이길 수가 없는지, 오하나를 제외한 셋은 무람없는 시선으로 그 사람을 쳐다보았다.

그러자 그 사람이 돌연 발걸음을 멈췄다.

"왜, 왜 저러지……."

요네코가 적의를 드러내며 노려보자, 수염 난 여장 남자가 눈을 크게 떴다.

눈도 코도 입도 묘하게 또렷한, 화려한 이목구비였다. 제대로 차려입으면 호남으로 보일 것 같은데 아쉽다고, 오하나 일행은 생각했다.

하지만 다음 순간, 그 생각은 순식간에 날아갔다.

남자는 요네코의 보라색 가발을 덥석 잡더니, 그대로 들어 올렸다.

"자, 잠깐! 무슨 짓이야! 당신! 돌려줘! 돌려 달라고!"

남자는 씨익 웃고는 치마 주머니에서 지포라이터를 꺼내 켜더니, 가발에 불을 붙였다. 가발은 쪼글쪼글 오그라들면서 타들어 갔다.

"뭐 하는 짓이야……. 아아아아아아아아, 그만둬……. 그만두라고……."

요네코가 울부짖었지만, 남자는 그 소리를 무시하며 가발을 높이 들어 올렸다.

더욱 거세진 불길이 가발을 전부 태웠다.

"생긴 대로 살라고."

남자는 그렇게 막말을 내뱉더니, 휘파람을 불며 사라졌다.

"겨, 경찰! 경찰 불러."

요네코가 양손으로 숱이 적은 머리를 감싸면서 소리쳤다.

오하나는 고개를 끄덕이고 파출소로 달려갔다.

이것이 그 뒤로 다발할 '가발 방화범'의 첫 사건이었다.

제3부
짐승들이 풀려났다

1. 한 문화 센터의 광경

아아, 안녕하십니까, 여러분. 열 번째 강좌입니다. 이게 마지막 수업이군요. 어떠셨습니까. 눈 깜짝할 사이에 지나갔죠?

해석은 오해라는 것. 오해란 해방을 위해 행해진다는 것을 지금까지의 강좌에서 설명했습니다.

어떠십니까, 여러분. 마음이 조금 편해지셨나요?

여러분은 지금까지 괴로우셨을 거라 생각합니다. 예를 들어 누군가를 미워해서는 안 된다거나, 누군가를 상처 입혀서는 안 된다거나 하면서 말이지요.

하지만 세상을 보세요. 네? 실제로는 어떻습니까. 목소리 큰 사람이 이긴다는 것을 경험해 보신 적 없습니까? 저도 요전에 겪었답니다. TV에 출연해서 받은 출연료가 생각보다 적었어요.

예전에 PD에게 이건 너무 적다고 말했었죠. 그랬더니 PD가 고압적으로 말하더군요. 당신처럼 대형 기획사에 소속되어 있지 않은 사람은 써 주는 것만으로도 감사하라면서요. 그렇게 말하니 아무 말도 못 하겠더군요.

하지만 말이죠, 저는 변했습니다. 그들에 대한 대응을 조금 바꿨어요. 구체적으로 말하자면 이런 느낌입니다.

"바보 자식! 이렇게 낮은 출연료로 어떻게 출연하냐! 나를 뭘로 보는 거야! 다시 가져와!"

이렇게 말이죠. 어떻게 됐을 거라 생각하십니까? 방송국 녀석들은 싹싹 빌더니, 출연료를 두 배로 올려 주더군요.

그런 겁니다.

세상은 강한 자가 이기는 것이 아니라, 강한 척하는 자가 이기는 겁니다. 마음속에 증오를 쌓아 봤자 소용없어요. 부디 당당하게 이제까지 그러면 안 된다는 생각에 참아왔던 일을 하세요. 그런 행동들이 사회를 바꿀 겁니다.

좋은 이야기를 하나 들려 드리죠. 여러분이 잘 아시는 아쿠타가와 류노스케의 이야기입니다. 맞아요. 이제는 다들 잘 알고 계시죠. 그가 동물적 에너지를 작품 속에서 그려왔던 것은 이제까지의 강좌에서도 계속 말했죠.

오늘은 그가 쓴 《모모타로(桃太郎)》에 관해 이야기해 보죠. 네, 그렇습니다. 그 유명한 〈모모타로〉를 무려 아쿠타가와가 각색했답니다. 그가 묘사하는 모모타로는 방종한 남자죠. 일하기 싫어서 오니가시마의 보물을 손에 넣고 싶다는 생각에 요괴를 퇴치하러 갑니다. 그리고 자신의 권력을 휘둘러서 요괴가 나쁜 짓을 했다고

몰아갑니다. 이야, 정말이지 통쾌하기 그지없는 내용입니다. 아쿠 타가와의 역사수정주의*적 관점이 가장 빛을 발하는 최고의 걸작 입니다. 여러분도 꼭 읽어 보세요.

그래요. 자신의 욕망을 위해서라면 무엇이든 정당화해 버리면 되는 겁니다.

이제 무엇 하나 참을 필요가 없습니다. 싫은 사람이나 집단을 향해 싫다고 큰 목소리로 말하면 되는 겁니다. 그래요, 좀 더 큰 목소리로. 자, 일제히 각자가 싫어하는 것을 외쳐 보죠. 배에 힘을 주고!

좋습니다. 굿. 훌륭해요. 굉장하군요.

이곳에 있는 여러분이 똘똘 뭉치면 불가능한 일은 아무것도 없습 니다. 혁명적인 날을 만들어 보죠. 아무것도 참지 않는 날입니다.

우선 타바타부터. 이곳에서 시작해 세계가 변할 겁니다.

옛날에 어떤 개그맨이 말했죠. 모두가 빨간불일 때 건넌다면 누가 뭐라 하겠느냐고요. 그래요. 그러니까 8월 24일. 이 날이 무슨 날인 지 아십니까? 마침 아쿠타가와의 기일인 7월 24일의 한 달 뒤랍니다. 그날 타바타역 앞에서, 그곳에서 모든 것이 시작될 겁니다.

---

* 역사적 사건을 둘러싼 기존의 시각을 재해석하는 역사학의 한 분야.

2. 우츠미 야요이의 긴 전화

"이게 텔레비전인가……."

미이 선배. 아뇨, 정말로 있었던 일이거든요. 선생님은 정말 그렇게 말씀하시더니, 거실에 설치한 TV에 만족한 듯 고개를 크게 끄덕이시더라고요.

예의 머리카락을 자르는 노파 사건에 대해서는 조금 전에 말한 대로예요. 그 뒤에 저는 선생님을 신주쿠에 있는 빅쿠카메라의 TV 코너로 데려갔어요.

눈빛이 돌변한 선생님은 TV를 하나하나 끈덕지게 관찰하며 돌아다니더라고요. 수족관에 처음 간 아이처럼. 그리고 그중에서 24인치 초슬림 TV가 마음에 든다며 구입했어요.

돌아온 뒤에도 계속 흥분한 상태로 다양한 각도에서 TV를 바라보기에 "저기, 이제 슬슬 TV라고 하는 게 어떠세요?" 하고 저도 제 의견을 말했어요. 하지만 제 말은 선생님 귀에 닿지도 않았죠. "참으로 멋진 텔레비전이군." 하고 말하시는 거 있죠.

네? 연애 이야기냐고요? 그러니까 이게 왜 그렇게 되는 건가요! 목소리가 기뻐 보인다고요? 오해일 뿐더러, 완전 관위십이계(冠位十二階)*라고요.

---

* 일본 최초의 위계 제도. 조정에서 일하는 신하를 12등급으로 나누어 상하를 나타냈다.

어쨌든 그 24인치 TV를 구입한 뒤로, 선생님은 책도 읽지 않고 계속 TV 앞에만 계시는 거예요. 어머, 질투요? 왜 제가 TV에 질투하겠어요. 어이가 없어서 그렇죠.

때로는 뉴스 캐스터의 한마디에 맞장구를 치거나, 만담 방송을 보면서 배를 붙잡고 웃으시더라고요. 자주 다다미를 탁탁 두드리며 웃으시기에, 코미디를 좋아하나 싶어서 예능 방송의 존재를 알려 드렸어요. 그런데 공교롭게도 개그의 템포가 너무 빠른 모양인지, 전혀 따라가지를 못해서 의아한 표정을 짓더라고요……. 그 얼굴이 우스꽝스러워서…….

그러니까 연애하는 이야기가 아니라니까요!

현재 선생님이 한결같이 흥미를 갖고 계시는 건, 역사 검증 방송이랑 동물 방송이랑 뉴스예요. 시각을 통해 정보를 얻은 경험이 없는지, TV에 매달릴 기세로 집중하면서 지식을 빠르게 흡수하고 있어요. 어쩐지 생물의 성장을 관찰하고 있는 기분이 들어요.

모성을 자극한다고요? 무슨 소리를 하시는 거예요, 선배. 선배가 결혼을 앞두고 있다고 남의 고생을 연애 이야기로 만들지 마세요.

하지만 뭐, 선생님이 스스로 지식을 흡수하게 된 것은 다행이에요. 그보다 이제까지 너무 뭘 몰랐던 거죠. 도대체 이 남자는 어떤 환경에서 자란 건지, 정말 초 단위로 깜짝깜짝 놀란다니까요.

처음에는 서양식 화장실의 사용법도 몰랐어요.

역에서 화장실에 가는가 싶더니 몇 초 만에 돌아와서는 "미안하지만, 그…… 변기가 묘하게 생겼다. 뭔가 문제가 있는 것 같은데.”
하고 심각하게 호소하는 거예요. 알고 보니 서양식 화장실을 처음
봤다는 거 있죠. 믿어지세요? 요즘 세상에 어른이 될 때까지 서양
식 화장실을 한 번도 사용해 본 적이 없다니 말이에요.

챠가와 저택의 화장실은 일본식이니까 당연하다면 당연한 일일
지도 모르지만, 그래도 그렇지……. 선배, 너무 웃으시는 거 아녜요?

저는 공상 과학 소설을 보며 자란 세대잖아요. 어머, “세대잖아
요.”라고 말해도 모른다고요? 아니, 그럼 지금 기억해 주세요. 저
는 공상 과학 소설을 읽으며 자랐어요. 하버트 조지 웰스, 에드
거 앨런 포, 쥘 베른의 작품을 읽었죠. 아쿠타가와 님 작품 중에
서 맨 처음 읽은 것도 《마술》이었어요. 뭐, SF에 한 발 걸치고 있
는 작품이죠. 이 이야기로 아쿠타가와 님의 작품에 빠진 것 같기
도 하네요.

아, 무슨 말이 하고 싶냐고요?

그러니까 말이죠. 순간 아쿠타가와 님이 타임 슬립해서 이곳에
온 거야, 하고 SF적인 상상을 해보기도 했어요. 하지만 이제 저도
다 큰 어른이니까요. 아, 웃으셨어요? 지금 제가 말한 건 웃을 부
분이 아니라고요. 저는 현실주의자라니까요? 아쿠타가와 님을 신
봉하고 있을 뿐이죠. 근본은 현실주의자라고요.

그러니까 타임 슬립한 게 아니라면, 유감스럽게도 선생님은 조
금 위험한 남자겠지요. 뭐, 저도 나름 위험하다는 자각은 있다고

요. 제가 정말 좋아하는 아쿠타가와 류노스케 님인 척 구니까, 저도 모르게 그 행동들을 받아 주게 된다는 게 곤란한 부분이죠.

역시 연애 감정 아니냐고요? 으음, 아뇨……. 연애 감정은 아니에요, 아마도. 동정이죠. 동정이라고 해주세요. 동정치고는 너무 선생님 이야기만 한다고요? 그도 그럴 게 온종일 함께 있으니까요. 아, 아니, 같이 자는 건 아니지만요.

어머, 이야기가 완전히 벗어났네요. 그런 '아쿠타가와 역할 놀이'에 심취해 있던 선생님도 TV를 구입하고 나서는 빠른 속도로 현대인다움을 되찾고 있어요. 네, 감격이에요. 투구벌레의 애벌레가 번데기가 되었을 때처럼 흥분했다니까요.

오히려 너무 빠른 진화에 저는 선생님이 아쿠타가와 병에 너무 시달린 나머지 완치해서 현대인으로 돌아갈 계기를 찾고 있었던 게 아닐까, 하고 생각했을 정도였거든요.

무엇보다 재미있는 것은 TV를 향해 말을 거는 선생님의 모습을 자주 보게 되었다는 거죠. 그 모습은 한번 볼 가치가 있어요. 선배, 저희 집에 놀러 오실래요?

예를 들면 아침에는 반드시 그날의 운세 방송을 하잖아요. '오늘의 운세입니다.'라면서요. 선생님은 그 방송을 보니, 점술가를 소개하는 아나운서를 향해 이렇게 외치셨어요.

"나는 3월생이다! 물고기좌다! 오늘 내 운세는 어떤가?"

그쵸? 한번 볼 가치가 있겠죠?

정말이지, 아침부터 아나운서를 향해 몸을 기울인 채 말을 걸다니, 쏘 러블리……. 아, 아니, 우습다고요. 네? 러블리요? 제가 언제 그런 소리를 했어요. 정말 선배도 참, 그건 환청, 환청이에요.

하여간 말이죠. 덕분에 제가 선생님을 상대하는 횟수도 현격히 줄어서, 일일이 싸우게 되는 일도 줄었거든요. 만만세죠.

아, 맞다. 가장 도움이 된 것은 '오늘의 요리'라는 방송을 보고 직접 음식을 만들기 시작했다는 점이에요. 왜, NHK에서 하는 방송 말이에요.

"야요이 군, 자네의 요리는 심각하니까 말이야. 차라리 내가 매일 오늘의 요리에서 배운 요리법을 실천해 보는 편이 더 낫겠지. 히라노 레미 선생님은 아주 우수한 분이로군. 말도 무척 빠르고 만드는 법도 조잡해 보이긴 하지만, 그런 점도 마음에 든다."

엄청 진지하게 이렇게 말하는 거 있죠! 어머, 귀엽다고요? 귀여운 걸까요……. 저는 전혀 그렇게 생각하지 않지만. 그렇게 생각하면서라니……. 제 마음을 맘대로 단정 짓지 마세요. 그렇게 생각 안 한다니까요.

뭐, 하지만 그런 이유로 요즘에는 엄청 도움받고 있어요. 실은 요리만 도움받는 게 아니거든요. 선생님은 요리를 하면서 재료가 끓는 동안에 TV로 홈쇼핑 방송을 봐요. 그리고 편리한 가전을 차례차례 사들이기 시작했죠.

그게 무슨 도움이 되냐고요?

편리한 가전은 가사를 도와준다고요. 선생님은 기계에 대한 흥미 때문인지 결국 빨래까지 직접 하기 시작해서, 요즘에는 제가 뭘 위해 가정부로 고용된 건지 알 수가 없다니까요. 이제 저는 완전히 세끼 식사랑 간식을 대접받고 있는 식객이나 다름없어요.

네? 그러다 잘리는 거 아니냐고요? 그게 말이죠, 선생님은 저를 쫓아낼 생각을 안 하시더라고요. 오히려 자신이 부지런히 요리를 만든 다음, 기뻐하면서 저한테 요리를 가져다 주시거든요.

아니아니아니, 연애 자랑이 아니라니까요! 목소리가 웃고 있다고요? 무슨 소리세요. 목소리가 웃고 있다니. 제 목소리는 엄청 진지하거든요.

아, 죄송해요. 선생님이 또 부르시네요.

"네, 지금 갑니다."

그럼 선배, 또 전화할게요. 안녕히 계세요.

3. 문호 A의 시대착오적인 시점

"야요이 군, 아직인가!"

야요이는 불러도 바로 나타나지 않아서 곤란하다. 나는 초조해하지 않도록 자신을 다독이면서 2층에 있을 야요이를 한 번 더 불렀다.

요즘 그녀를 '야요이 군'이라고 부르려고 노력하고 있다. 예전에는 '어이'라거나 '거기 자네'라고 말하며 이름을 부르지 않았지만, 텔레비전을 보기 시작하면서 태도를 고치게 되었다.

텔레비전에 나오는 모든 남자는 여성을 대하는 태도가 상상 이상으로 신사적이었다. 일찍이 영국에서 유학했던 나츠메 소세키 선생님도 그 정도로 신사적이지는 않았는데.

하지만 그것이 이 세계의 상식이라면, 내 가치관을 수정해야 했다. 여자를 무시하지 않도록 주의해야지.

"무슨 일이세요?"

드디어 계단을 내려온 야요이가 나에게 물었다.

"거기 앉아 보게."

'앉으세요.'라고 말해야 하나. 뭐, 됐다. 그럴 때가 아니었다. 내가 그녀를 부른 이유는 급하게 볼일이 있었기 때문이다.

"…… TV에서 시선을 떼고 말씀해 주시겠어요?"

"그보다 이것 좀 보게."

텔레비전에서는 타바타역 부근에서 누군가가 나이든 부인의 가발을 빼앗아 불태웠다는 사건이 보도되고 있었다.

"피해를 당한 여성의 이야기를 들어 봤습니다."

뉴스 캐스터가 신묘한 표정으로 말했다.

다음으로 화면에 비친 것은 인간이 맞는지 확실하지 않았다. 화면 아래에 피해 여성이라는 자막이 있었지만, 사각형 무늬로 덮여 있었다. 목소리도 기묘했다. 이렇게 우물거리다니, 인간의 목소리라고는 생각할 수 없었다.

"정말 갑작스러웠어요. 여장한 남자가 다가오더니, 등 뒤에서 제 가발을 확 벗기더라고요……. 그런 다음 들고 있던 지포라이터로 불을 붙였어요. 정신 이상자일 거예요. 틀림없어요."

"범인의 인상착의는 어땠나요?"

"여장을 했다니까요! 빨간 원피스! 심지어 수염도 안 깎았었어요!"

고령의 여성에게는 낯선 모습이었던 걸까. 나는 요즘 온종일 텔레비전 앞에 있다 보니, 화장을 하거나 여성으로 보이고 싶지도 않으면서 여장하는 남자를 종종 보게 되었다. 그런 사람들이 이 세계에 있다는 것을 알고 있었기에 별로 놀라지는 않았다.

이 세상은 천차만별이었다. 참 다양한 취향의 사람들이 있었다. 아쿠타가와 류노스케에게 마음을 빼앗긴 이십 대 여성도 있으니, 뭐든 있을 법하다고 너그럽게 받아들였다.

마지막으로 뉴스 캐스터는 이렇게 마무리했다.

"저번 주부터 비슷한 사건이 세 건 정도 일어나, 경찰은 동일범의 소행으로 보고 수사를 시작했습니다."

이렇게 진묘한 사건이 벌써 세 건이나 일어났다는 사실에도 놀랐지만, 그보다 신경 쓰이는 부분이 있었다.

"이 피해를 입은 노파는 정말 인간이 맞나? 사각형 무늬가 도저히 인간으로는……."

"이건 영상 처리로 모자이크를 씌운 거예요!"

영상 처리라고 해도 전혀 감이 오지 않았다. 여하튼 내 머릿속에서는 사각형의 흐릿한 물체가 태연한 표정으로 걷고 있었다.

"목소리도 이상하지 않나."

"목소리에도 모자이크를……."

"목소리에 모자이크? 어떻게 하는 건가?"

"어…… 음…… 이건 조금 설명하기 까다로우니까 다음에 말해 드릴게요."

너무나 어중간한 설명 때문에 내 머릿속은 모자이크로 덮였다. 뉴스는 도쿄 올림픽 이야기로 넘어간 상태였다. 아직 새 경기장에 대해서도 논의의 여지가 남아 있었고, 올림픽이 정말로 개최될 것인지에 대해서도 의심쩍어 하는 기색이 있는 모양이었다.

이 작은 나라에서 올림픽을 열기 위해서는 몇 가지 검증 절차가 필요했다. 가난뱅이의 자식이 부모에게는 비밀로 하고 자신의 생일에 친구를 부른 격이었다. 이를 받아들인다면 이 나라는 필연적으로 아픔을 동반할 것이다.

차마 볼 수가 없었다. 나는 텔레비전을 껐다. 야요이에게 조금 전의 뉴스를 보여 준다는 목적을 달성한 이상, 켜 놓을 필요는 없었기 때문이다.

"저기, 조금 전 사건은 왜 보여 주신 거예요?"

굳이 불러내서 보여 줄 정도였으니 뭔가 의미가 있을 거라 생각한 듯, 야요이는 몸을 내밀며 나에게 물었다.

"보고 느껴지는 게 없나? 요전에 머리카락을 자르는 노파 사건에서는 노파가 가해자였지. 하지만 이번에는 노파가 피해자다. 장소는 같은 타바타역 부근이고."

"자, 잠깐 기다려 주세요. 확실히 타바타역 부근에서 사건이 두 개나 일어난 것은 이상하다고 치죠. 하지만 고령의 여성이 관련되어 있다는 것만으로 두 사건을 엮는 것은 억측이지 않나요? 너무 간 것 같은데요. 그리고 계속 노파, 노파 하고 부르는 것도 문제가 있고요."

"그럼 노파를 노파라 하지 뭐라 그러나."

"아, 아무튼, 아무리 둘 다 '노파'와 관련 있는 사건이라 해도, 추리가 너무 난잡하잖아요."

"하지만 사건 현장이 가깝다니 기이하지 않나? 요컨대 타바타역 부근에 있는 노인 A는 가위를 들고 젊은 여성의 머리카락을 잘랐고, 노인 B는 여장 남자에 의해 가발이 타 버렸지. 숨겨진 공통점은 타바타역, 노파, 그리고…… 머리카락이다."

"그래서 관련성이 있다는 건가요?"

"그렇게 말하지는 않았네. 열 가지 이상의 공통점이 있다고 해서 사건이 관계성을 띠는 것은 아니니까. 하나하나의 사건에 대한 물적 증거야말로 진실을 말하지. 하지만 관계성이 느껴지는 것을 무시할 수는 없어. 한쪽에는 여자의 머리카락을 자르는 노파가 있고, 한쪽에는 가발을 빼앗긴 노파가 있다. 두 가지 사건이 전혀 관련 없다는 증거도 없지 않나?"

"머리카락과 가발은 다르고, 한쪽의 범인은 노인 여성이고 다른 한쪽의 범인은 남성이잖아요."

이해력이 나쁜 여자다.

"범인에 대해 말하면 그렇게 되겠지. 하지만 내가 하고 싶은 말은 그런 게 아니다. 사건의 근간에 대한 것이다."

"근간……이요?"

"그래. 뭐, 됐다. 어디 두고 보게. 이 사건은 아마 계속될 테니까."

그래, 나는 그 사실을 알고 있다.

아마 이 세계에서는 나만이.

사건을 하나하나 짚어 볼 필요가 있었다. 내가 알고 있는 사실은 사건의 최초 발화점이 머리카락을 자르는 노파라는 것이다. 그리고 그 몇 초 뒤에 지옥도가 펼쳐졌다. 그 지옥도 속에는 흠뻑 젖은 여장 남자도 있었다. 젖어 있는 모습과 하얀색 술 같은 것을 들고 있던 점을 제외하면, 가발 방화범의 특징과 일치했다. 그날의 폭동에는 분명 어떤 복선이 있을 것이다. 폭도들이 단숨에 우발적으로 행동했다고 해도, 거기에 도달하는 과정이 반드시 있을 테니까. 지금은 그것을 하나씩 확인해 볼 때였다.

다시 텔레비전을 켜고 채널을 바꾸며 원예 방송을 보기 시작했다. 요즘 내가 가장 즐겨 보는 방송은 이 원예 방송이었다. 매번 내가 있던 세계에는 없었던 외래종을 키우는 방법에 대해 알려 줬다. 시간이 난다면 다음에 씨앗을 사와서 우리 정원에 심어 보고 싶었다.

"오늘은 튤립을 심는 방법입니다."

사회자 여성이 말했다.

"오오, 저 외래종인가! 집에서도 키울 수 있는 건가?"

나는 매번 이렇게 질문했지만, 텔레비전 너머와 이쪽은 이어져 있지 않은 모양이라, 여태껏 대답을 들은 적은 없었다.

야요이가 나를 보면서 다시 쿡 하고 웃었다.

요즘 들어 야요이는 내 옆에 있을 때 웃는 일이 늘었다.

가능하면 이 미소를 앞으로도 쭉 지켜 주고 싶었다.

가능할까.

차라리 내가 라쇼몽에서 본 환영이 가짜였으면 좋을 텐데. 이때의 나는 아직 그 환영이 실제로 일어날 일인지 아닌지 반신반의했다. 어쩌면 하카마다레가 나에게 보여 준 것은, 신기루 같은 것일지도 모른다는 희미한 희망에 매달리고 있었던 것이다.

그로부터 며칠 뒤의 일이었다.

달이 바뀌어 8월이 된 첫째 주 화요일. 나는 그 환영대로 사건이 착실하게 진행되고 있다는 것을 깨달았다.

새로 일어난 별개의 사건에 의해, 그 전의 두 사건이 연관되어 있다는 점이 더욱 분명해진 것이다.

4. 문호 A의 시대착오적인 시점

며칠이 지났다. 그날 나는 평소처럼 눈을 뜬 다음, 새 배트를 한 개비 물었다. 하지만 바로 빼서 옆에 두었다. 타르가 부족하다는 사실이 떠올랐던 것이다. 그래서 담배 가게 주인과 상담한 끝에 사온 피스라는 담배를 피워 보기로 했다. 타르는 22미리. 이것은 내가 예전에 자주 피웠던 골든 배트의 16미리를 뛰어넘는 숫자였다.

다만 타르가 전부는 아니다. 담배는 예술품이다. 타르만이 아니라 니코틴의 양, 담뱃잎을 훈제한 정도와 마는 방법, 길이와 필터의 질감, 그 모든 것과 흡연자의 기분에 따라 맛이 결정된다.

그럼 피스의 맛은 어떨까. 마찬가지로 담배 가게 주인의 추천으로 구입한 지포라이터를 사용해 보았다. 라이터를 사용하는 것은 처음이었다. 성냥에 비해 불을 붙이는 게 훨씬 편리했다.

실은 요전에 뉴스에서 '지포라이터'라는 이름을 들었지만 어떤 것인지 잘 몰랐다. 그래서 가게 주인에게 물어보다가 추천을 받아 구입하게 된 것이었다.

담배 끝에 불을 붙이고 깊이 들이마셨다. 처음에는 기침을 했다. 맛이 있는지 없는지도 판단이 되지 않아서 몹시 충격이었다. 하지만 두 번째로 들이마시자 묘하게 기분 좋게 몸속으로 침투했다. 이거 오랜만에 괜찮은 담배를 찾아냈을지도 모르겠다.

그런 다음 다시 지포라이터로 불을 켰다. 수염 난 여장 남자는 이

불로 노파의 가발을 태웠다고 했다. 그 남자의 목표는 뭘까?

"어때? 잘 돼 가고 있나?"

또인가. 뒤를 돌아볼 필요도 없었다. 그곳에 하카마다레가 있다는 것을 이미 알고 있으니까.

"노크 정도는 하는 게 어떤가?"

"노크? 그게 뭐지? 맛있는 건가?"

이자에게 노크를 요구하는 것은 어리석은 짓이겠지. 나는 체념하며 돌아섰다.

오늘은 한층 더 가슴이 드러난 차림이라 눈 둘 곳이 없었다.

"그 가슴, 뭔가로 가리는 게 어떤가?"

"음? 가슴이 뭐 어쨌다고?"

하카마다레는 신경 쓰는 기색이 전혀 없었다.

"야요이라는 여자, 아직 살아 있더군."

"아아……."

"얼마 전에 그 집단 폭도 사건이 일어나는 날짜를 조사해 보았다. 알고 싶나?"

"말하고 싶다면 해보게."

"알려 줄 수 없다. 그게 규칙이거든. 미래에 대한 일은 말할 수 없어."

"하지만 나에게 미래의 광경을 보여 주지 않았나."

"보여 줬을 뿐이지. 말로 할 수는 없어. 다만 그리 멀지 않다. 그 미래는 아직 아무것도 변하지 않은 채, 너희 앞에 놓여 있어. 야요이가 피투성이가 될 날도 멀지 않다는 이야기다."

나를 도발하기 위해 일부러 저속한 말투를 쓴다는 것을 알았다. 나는 연기를 깊이 들이마신 뒤, 하카마다레의 얼굴에 연기를 내뿜었다.

"으앗! 그만둬라! 뭐하는 짓이냐!"

하카마다레가 눈물을 글썽이며 기침을 해댔다.

"몇 가지 신경 쓰이는 점이 있다. 럭키퍼즐로 예를 들자면 찾고 있던 퍼즐 조각을 몇 개 찾았지만, 어떻게 조합하면 좋을지 알 수 없는 상태라고 할 수 있지."

나는 내가 신경 쓰고 있는 머리카락을 자르는 노파와 가발 방화범 사건에 대해 간략하게 말했다.

"과연. 둘 다 그 지옥도에 등장하는 인물이로군."

"그래. 하지만 이 두 가지 사건은 현재 별개의 사건으로 보이지. 두 사람은 공범 관계도 아니고."

"우연은 무시할 수 없지."

"우연이라고?"

"바람이 불면 통장수가 돈을 번다는 말이 있지. 언뜻 관계없어 보이는 사건도 어딘가에서 연결되어 있다는 뜻이야. 예를 들어 내가 이렇게 여기에서 떠들고 있는 것은 네가 《라쇼몽》이라는 소설을 썼기 때문이지."

"나는 너 같은 인물을 등장시킨 적이 없다만."

"하지만 《콘자쿠 이야기집》을 바탕으로 소설을 쓰지 않았나. 나는 《콘자쿠 이야기집》에 등장하는 도적이지. 그리고 이 세계의 어딘가에는 네가 쓴 《라쇼몽》에 등장하는 도적을 멋대로 여자로 바꾼 화가가 있어. 그런 수용과 공급의 혼합체로서 내가 있는 것이지. 앞으로 일어날 사건도 네 작품이 이 세계에 영향을 끼치고 있는 것과 무관하지 않아. 너는 앞으로 그 사실을 깨닫게 될 거다."

"내 작품이라고?"

머리카락을 자르는 노파에 대해 들었을 때, 내 작품이 떠오르긴 했다. 하지만 그뿐이었다. 여장 남자는 내 소설에 등장하지 않으니까.

하지만 하카마다레는 계속해서 말했다.

"알겠나. 아무튼 조심하라는 소리다. 앞으로 일어날 사건은 네 일이라고 할 수도 있고, 전혀 관계없다고 할 수도 있지. 어떻게 생각할지는 네 마음이지만. 네가 어떻게 생각하느냐에 따라 야요이의 생사가 달라질 거다."

하카마다레는 예언 같은 말을 남긴 뒤에 사라졌다.

나는 다시 피스를 피웠다.

타르 수치가 높은데도 전혀 신경 쓰이지 않았다. 묵직한 감촉만이 폐에 남았다.

또 아편을 피우고 싶어졌다.

하지만 공교롭게도 이 세계에서는 아편을 쉽게 구할 수 없었다.

대신 마약이나 탈법 허브*가 만연하고 있다고 한다. 예나 지금이나 단지 살아 있다는 것만으로도 고통스러운 사람들이 많은 것이다. 그렇기에 쾌락을 추구하는 거지.

아무튼 8월을 맞이했다.

일단 더는 죽음에 대해 생각하지 말자.

원래대로라면 나는 7월에 죽을 예정이었으나, 운명을 극복해 버렸다.

나는 담뱃불을 끄고 그 자리에 있던 메모장에 가발 방화범 사건과 관련된 의문점을 적어 보았다.

• 남자는 왜 가발을 노리는가?
• 왜 수염을 깎지 않은 채로 여장을 하고 대낮에 당당히 범행을 저지른 것인가?
• 왜 붙잡힐 위험성도 아랑곳하지 않고 그 자리에서 가발을 태운 것인가?

그리고 잠시 망설인 다음, 마지막으로 이렇게 덧붙였다.

• 왜 타바타인가?

---

* 대마의 주성분을 화학적으로 합성한 물질을 허브와 함께 말린 것.

가장 성가신 것은 이 '왜'라는 질문에 반드시 답이 있다고 볼 수 없다는 점이었다. 나는 한숨처럼 흰 연기를 토해냈다. 그런 다음 거실로 나가서 텔레비전으로 히라노 레미 선생님의 새 요리를 배우기로 했다.

5. 마츠오카는 태우기로 했다

"마츠오카, 이 짐 좀 부탁한다."

"네."

공장에서 화물 아르바이트를 한 지도 올해로 3년째가 되었다.

대학을 졸업한 뒤 취직을 못 해서 시작한 아르바이트였지만, 어느샌가 그만둘 타이밍을 놓치고 말았다.

매일 밤 트럭이 정해진 공장으로 신문을 싣고 오면, 그것을 또 다른 트럭에 옮겨 쌓는다. 사실 난 신문이 어디로 가는지도 모른다. 단지 오른쪽에서 왼쪽으로 중량을 이동시킬 뿐이다.

거기에 의미는 필요 없었다.

그런 나날을 보내던 어느 날이었다. 지친 몸을 이끌고 집으로 돌아오니, 좋아하는 아이돌이 인터뷰를 하고 있었다. 그녀는 좋아하는 옷을 입으면 즐거워진다고 말했다.

저런 취미가 있으면 내 일상도 조금은 즐거워질까?

하지만 남자 옷은 왠지 무미건조한 디자인이 많았다. 옛날에 비하면 나아졌지만, 색상이 다양하지 않았다. 물론 컬러풀한 옷도 있긴 하지만, 이 나라에서는 남자가 컬러풀한 옷을 입으면 묘하게 눈에 띄었다. 내가 이탈리아 사람이라면 좋았을지도 모른다. 마츠오카는 그런 생각을 했다.

여장을 해볼까.

그런 생각이 들었다.

마츠오카는 여자를 좋아했고, 이제까지의 인생에서 여장을 하고 싶다고 생각한 적도 없었다. 다만 여자라는 생물에게는 계속 관심을 갖고 있었다.

특히 가장 좋아하는 아이돌, 시리타니 미코토에게는 관심이 넘쳐났다.

그녀는 좋아하는 옷을 입으면 기분 전환이 된다고 했지만, 마츠오카는 입고 싶은 옷이 없었다. 그럼 자신이 시리타니 미코토라고 생각하고, 그녀가 입을 법한 옷을 입는다면 기분 전환이 되지 않을까 생각했다.

기묘한 생각이었지만 한번 그런 생각이 떠오르자 도저히 참을 수가 없었다. 마츠오카는 바로 그날 여성복을 몇 벌 구입했다.

거울은 필요 없었다. 어차피 시리타니 미코토와 외모가 비슷해질 리는 없었으니까. 중요한 것은 자신이 시리타니 미코토와 같은 기분이 되는 것이다. 그뿐이었다.

원피스를 입어 보았다. 왠지 하늘하늘한 촉감이 어색했다. 하지만 마음속으로 시리타니의 목소리를 재생해 보았다.

'와아, 즐거워. 이 옷 엄청 귀엽다.'

그렇게 말하는 동안 점점 텐션이 올라갔다.

큰마음을 먹고 나가 보았지만, 역시 처음에는 세상의 시선이 신경 쓰였다. 그중에서도 가장 불쾌했던 것은 나이 든 사람들의 멸시하는 시선이었다. 젊은 사람들은 그나마 나았다. 아마 이상한 차림을 한 사람에 대한 내성이 있기 때문이겠지. 하지만 나이든 인간은 달랐다. 그들은 이상한 것을 용납하지 못했다.

뭐야, 자신들은 정상이라는 건가?

그런 거냐고.

너희들도 정상인 척하며 살아가고 있을 뿐이잖아.

어느 날 마츠오카는 중화요리점에서 식사를 하다가 60대 정도 되는 두 여성의 대화를 듣게 되었다.

"요즘엔 말이야, 이상한 게 너무 많지 않아? 외국인도 많이 들어오고. 이대로라면 이 나라가 점점 이상해질 거야."

딱히 외국인과는 관계없잖아. 마츠오카는 그렇게 생각했지만 가만히 있었다. 뭐야, 이 사람들. 쇄국이라도 하라는 건가?

두 중년 여성은 한층 더 흉을 보기 시작했다.

"남자인지 여자인지 모를 차림을 한 애도 많지 않아?"

"곤란하다니까. 일본 남자라면 반듯하게 입어야지. 그런 점에서

에고자일 멤버는 참 남자답단 말이야."

"어머, 에고자일도 아는 거야? 젊구나."

"요전에 시리타리 미코토라는 아이가 함께 나와서는 찰싹 들러붙는 거야. 분명 노리고 한 거지. 정말이지 요즘 젊은것들이란. 하지만 마음은 이해해. 나도 서른 살만 젊었다면 분명 에고자일에게 들러붙었을걸."

"무슨 소리를 하는 거야. 꺄하하하하하."

정신을 차리니, 마츠오카가 쥐고 있던 나무젓가락이 부러져 있었다.

여자 중에 말이 많았던 쪽은 녹색 파마머리를 하고 있었다. 분명 가발이었다. 증오심이 솟아오른 것은 그때였다.

미코토의 행동을 멋대로 억측하지 마, 빌어먹을 할망구.

이 나라를 망가뜨리고 있는 것은 여자 같은 차림을 한 남자도 아니고 외국인도 아니다. 너희의 그 앵무새 같은 가발 때문이지. 그리고 그 천박한 웃음소리도. 어차피 너희 낮에는 와이드 쇼만 보잖아? 그리고 와이드 쇼에 나오는 해설자가 하는 말을 곧이곧대로 받아들이고는, 이렇게 친구들과 만나서 거기에 대해 재잘재잘 떠들 뿐이잖아?

엄청 눈에 띄는 가발을 쓰고서 큰 목소리로 부끄러운 소리를 잘도 떠들어 대지.

그날 밤, 마츠오카는 화가 난 탓인지 바이크를 타고 일터로 가던 도중 속도위반으로 붙잡혔다.

경찰이 말했다.

"스트레스를 스피드로 발산하면 안 되지. 그러다 사람이 죽으면 어쩔 거야?"

조심하겠다고 대답했다. 스트레스 발산은 사람을 다치게 하지 않는 방법으로 하는 거야, 같은 주의를 더 듣고 나서 "네." 하고 고개를 끄덕였다.

다시 바이크를 타고 일터로 가는 도중에 신의 계시가 내려왔다.

그래…… 사람을 다치게 하지 않는 방법이라면.

이튿날 마츠오카는 지포라이터를 구입했다. 특히 오일이 스펀지에 잘 흡수돼서 사용하기 편리한 라이터를.

6. 우츠미 야요이의 시점

"건강에 나쁘니까 끊으시는 편이 좋아요."

나는 선생님께 진언했다.

하지만 선생님은 "인간은 어차피 죽어." 하고 말하며 담배를 맛있게 빨아들이더니, 창밖으로 연기를 토해냈다. 정말이지. 실내에서 문을 닫고 담배를 피우는 것에 대해 내가 지적하자, 선생님은 그제야 창문을 열고 담배를 피웠다.

창밖에서 8월의 열풍이 들어오자 땀이 맺혔다.

"그럼 최소한 제가 들어오면 담뱃불을 끄기로 하죠."

"왜지?"

"혹시 '후쿠류엔(副流煙)'이라고 아세요?"

"후쿠류엔? 그건 뭐지? 꽤 큰 정원 이름 같긴 한데."

어차피 '후쿠류엔(福竜園)' 같은 이름을 상상하고 있겠지. 하여간 참 엉뚱하다니깐.

"역시 모르시는군요. 담배를 피우는 사람 주변에 있는 사람이 마시게 되는 연기를 후쿠류엔이라고 해요. 그리고 이 후쿠류엔은 몸에 엄청 나쁘다고요."

"누구의 몸에?"

"당연히 제 몸이죠."

아아, 지친다.

"요컨대 내 담배 연기가 자네의 몸에 해를 가한다고?"

"그렇죠."

"흠…… 그런 투정을 내가 믿을 거라 생각하나? 발상이 너무 풍부하군. 너무 환상 속에 빠져 사는 건 아닌가?"

"투정? 환상 속에 빠져 살아? 잠깐 무슨 말을 하시는 거예요……?"

선생님은 천천히 후우, 연기를 내뱉었다. 오늘 피는 담배 브랜드는 피스인 모양이다. 웬일이래. 요전까지는 아쿠타가와 님이 사랑했다던 골든 배트를 고집했으면서.

이제야 아쿠타가와 류노스케 흉내를 그만둘 생각이 들었나.

하지만 그렇게 담배를 피우고 있으니, 정말 모자를 썼을 때의 아쿠타가와 류노스케와 똑 닮았다. 가슴이 두근거렸다.

"투정이 아니면 뭔가. 내 담배는 내가 피우는 거다. 당연히 내 건강이 안 좋아지면 안 좋아졌지, 왜 내 담배가 다른 사람의 건강을 해친다는 건가?"

"그러니까 후쿠류엔이라니까요."

선생님은 말이 안 통한다는 듯 머리를 흔들었다.

저기 말이죠, 말이 안 통하는 게 누군데요.

"나는 말이다, 뭐라 하든 담배는 끊을 수 없어. 왜냐하면 오늘 이렇게 멋진 물건을 구입해 버렸으니까."

그렇게 말하며 선생님이 높이 들어 올린 것은 지포라이터였다.

"그게 어쨌는데요?"

"이걸 단순한 상자로 보지 말게. 자."

선생님은 득의양양하게 지포라이터로 불을 붙여 보였다. 아마 어딘가의 담배 가게에서 강매당했겠지.

"…… 굉장하네요."

시험 삼아 그렇게 말해 보았다. 물론 아부였다. 그러자 선생님의 얼굴이 갑자기 밝아지더니 기쁜 표정을 지었다.

정말, 왜 이렇게 귀여운 거야.

아아, 또 머릿속의 내가 극찬하고 있잖아.

나는 선생님을 귀엽다고 인식하기 시작한 자신에게 당혹감을 감출 수가 없었다. 아쿠타가와 님에게 품고 있는 연심과는 또 다른 종류의 뜨뜻미지근한 감정이었다. 요전에 선배가 전화로 지적했던 '모성'이라는 걸까.

"굉장하지?"

선생님은 지포라이터를 자랑스레 보여 주었다.

"사실 나는 성냥을 긋는 게 서툴렀지. 하지만 이걸로 고민이 사라졌네. 마음껏 피울 수 있어."

이제까지 계속 마음껏 피웠잖아요.

"후쿠류엔이라는 것은 차치하더라도, 흡연은 선생님의 수명을 줄인다고요."

"그거야말로 아무래도 상관없다. 내가 죽을 시기는 병이 아니라 내가 정할 테니까."

하지만 그렇게 말한 선생님은 문득 아련한 눈빛을 했다.

"7월이 끝나 버렸군."

7월이라. 나의 아쿠타가와 님 기일이 7월 24일이지. 환경이 급변하여 선생님과의 생활에 적응하느라 정신이 없던 바람에, 아쿠타가와 님의 기일에 성묘하러 가는 연례행사를 완전히 잊고 있었다.

죄송해요, 아쿠타가와 님.

"죽을 시기를 자신이 정한다고 말하는 사람은 겁쟁이예요."

"뭐, 뭐라고?"

"저는 아쿠타가와 님을 정말 좋아하지만, 자살을 시도한 점만큼은 아무래도 납득할 수 없어요. 제가 아내인 후미였다면 불단에 재를 뿌렸을 거예요."

"무슨 그런 무례한……."

입 다물어요. 아쿠타가와 류노스케 흉내쟁이 씨. 나는 속으로 선생님을 나무랐다.

"내(僕, 보쿠) 불안의 편린도 모르는 계집이!"

지금 말한 '보쿠'는 역시 벽창호의 '보쿠'이려나?

"아내를 두고 냉큼 죽는 사람의 불안 따윈 알 바 아니네요. 남겨진 사람의 불안을 생각해 본 적은 있으신가요? 그런 행동은 상대방을 대등한 사람으로 생각하지 않으니까 할 수 있는 거라고 생각해요."

나는 벌컥 화를 내며 말했지만, 선생님 역시 한 치도 양보하지 않았다.

"대등하다고? 나는 한 집안의 주인이다! 뭘 하든 내(僕, 보쿠) 마음이지……."

지금 말한 '보쿠'도 벽창호의 '보쿠'일까? 아니, 다르다. 역시 선생님은 여전히 아쿠타가와 병에 걸려 있는 상태라, 자신을 아쿠타가와 님이라고 믿고 있구나. 불쌍하게도.

"아쿠타가와 님의 시대에는 그래도 됐겠죠. 하지만 지금은 그렇게 멋대로 굴 수 없어요. 그러니까 선생님의 생명도 선생님 마음대로 할 수 없으니, 흡연량도 줄여 주셔야겠어요."

나는 '흥' 하고 콧방귀를 뀌면서, 부채로 힘껏 연기를 밖으로 내보냈다.

선생님은 불쾌해 하면서도 다시 TV를 켰다.

곧 오후 4시가 될 무렵이었다. 드라마의 재방송 정도만 방영하는 시간대였다. 선생님은 한동안 초조한 기색으로 채널을 달칵달칵 바꾸더니, 결국 가장 재미없어 보이는 뉴스 방송에 채널을 고정했다.

"어제 새벽 JR 타바타역 앞 거리에서 사십 대 남성이 물 풍선 폭탄을 맞아 전신이 흠뻑 젖는 사건이 있었습니다. 헬멧과 선글라스를 쓰고 사이클로크로스 자전거를 탄 누군가에게 일격을 당한 건데요. 경찰은 현재 이 사이클로크로스 자전거를 탄 인물에 대한 목격 정보를 모으고 있습니다."

뉴스 캐스터는 미간을 찌푸린 채, 고개를 크게 끄덕였다. 화면이 현장 영상으로 바뀌었다. 피해자의 얼굴에는 모자이크 처리가 되어 있었다.

"무슨 일이 일어난 건지 알 수가 없었어요. 담배에 불을 붙인 순간이었죠. 아마 계속 기회를 엿보고 있었던 게 아닐까요."

그때 뉴스 캐스터가 더 자세히 물었다.

"참고로 북구는 전면적으로 노상흡연방지 조례가 시행되고 있습니다. 거기에 대해서는 알고 계셨습니까?"

"아, 그랬나요? 금연이라고 적힌 간판이 있는 곳은 피했습니다만……."

노상흡연방지 조례에 대한 인식이 아직 구 전체에 퍼지지 않은 모양이었다. 그래도 요 몇 년 사이에 도쿄 안에서 흡연하는 사람의 모습은 많이 사라졌다.

클린한 도시, 도쿄.

그것은 이제 다가올 도쿄 올림픽을 향한 필수 과제이기도 했다. 하지만 이 나라의 국민 의식을 거기까지 끌어올릴 수 있을까?

후지산에 쓰레기를 투척하는 사람은 줄어들지 않는다고 하고, 자신이 사는 마을과 문화에 대한 의식이 엄청 낮은 건 이 나라의 국민성이라는 생각도 들었다.

"들었나?"

"네. 어쩐지 바보 같은 사건이네요."

"그런 게 아니다. 연결 고리가 보이지 않나?"

"연결 고리요?"

"그래. 요전에 내가 말하지 않았나. 젊은 여성 회사원을 노린 머리카락을 자르는 노파, 노파를 노린 가발 방화범, 이번에는 흡연자를 노린 물 풍선 폭탄마."

듣고 나서야 깨달았다. 선생님은 이런 사건에 대해 이야기할 때는 이상할 정도로 관찰력이 날카로워졌다.

"불태운다는 행위와 물 풍선 폭탄으로 불을 끈다는 행위가 짝을 이루고 있네요."

"그렇지."

과연, 확실히 요전에 선생님이 말한 대로였다.

'어디 두고 보게. 이 사건은 아마 계속될 테니까.'

이 사건들은 언뜻 별개의 사건처럼 보이지만, 바로 전에 일어난 사건과 기묘한 연결 고리가 있었다.

"머리카락을 자르는 노파와 가발 방화범 사건의 특징을 종이에 써서 정리해 보지."

선생님은 그렇게 말하더니, 메모장에 사건을 비교하며 적기 시작했다.

범행	머리카락을 자름	가발을 태움
피해자	머리카락이 긴 젊은 여성	머리카락이 없는 나이든 여성
가해자	산발한 머리카락의 고령 여성 (가위 소지)	여장을 한 수염 난 남성 (라이터 소지)

젊은 여자의 머리카락과 나이든 여자의 가발이라는 대립 항이 바로 보였다. 그리고 나이든 여자가 머리카락을 자르는 노파 사건에서는 범인의 특징이라는 것도 연결 고리가 느껴졌다.

선생님은 이어서 가발 방화범과 물 풍선 폭탄마 사건을 비교해서 적었다.

범행	가발 방화	물 풍선 투척
피해자	머리카락이 없는 나이든 여성	담배에 불을 붙이려고 하는 남성
가해자	여장을 한 수염 난 남성	헬멧과 선글라스를 쓰고 사이클로크로스에 탄 사람

이번에는 불과 물이라는 대립 항이 뚜렷하게 보였다. 그리고 역시 물 풍선 폭탄마 사건의 피해자인 담배에 불을 붙이려고 하는 남성의 특징은, 바로 전 사건인 가발 방화범의 범인과 마찬가지로 라이터를 소지하고 있다는 점이었다.

이들은 무관한 사건일 텐데도 마치 줄줄이 연관되어 있는 것처럼 보였다.

"요컨대 이 사건들의 배후에는 누군가의 의지가 담겨 있다는 뜻인가요?"

"글쎄. 그건 모르겠군."

선생님은 그렇게 말하더니 다다미 위에 벌렁 누웠다. 선생님은 갑자기 의욕이 사라진 고양이처럼 뒹굴뒹굴했다.

"범인이 끝말잇기를 좋아하는 건 아닐까요?"

머릿속에서 떠오른 아이디어 중에 가장 그럴싸한 것을 말해 보았다.

"이렇게 장대한 끝말잇기가 즐거울까?"

"그런 사람도 있겠죠."

현대에서는 어떤 범죄든 가능했다. 유쾌범*이라는 것은 발에 치일 정도로 넘쳐났다. 이 사건이 유쾌범의 소행이 아니라고 단언할 수는 없었다.

하지만 선생님은 고개를 갸웃했다.

"그렇게 한가한 사람이 있겠나. 아무 의미도 없지 않나."

"의미 없는 일에 돈과 시간과 노력을 허비하는 것이 현대인이니까요."

"그것참, 아주 불모의 시대가 되었군."

"노래방(カラオケ, 카라오케)에서 시간을 죽이기도 하죠."

"텅 빈 통(空の桶, 카라노오케)에서? 그게 즐거운가……."

아아, 또 오해를…….

하지만 그냥 내버려두자.

"사람들이 검소하게 살았던 때는 그런 쾌락적인 범행이 별로 없었을지도 모르죠. 하지만 자본주의 경제가 일정 수준을 유지하게 되면, 풍족함에 취해서 묘한 짓을 일으키는 무리들이 나오는 법이거든요."

그래, 내가 생각해도 가장 그럴싸한 동기였다. 회심의 일격이었다. 나는 만족스럽게 고개를 끄덕였다. 하지만 선생님은 더욱더 물고 늘어졌다.

---

* 쾌감을 얻기 위해 누군가를 놀라게 하거나 당황하게 만드는 범죄. 혹은 그 범인.

"그렇게 한가한 나머지 쾌락 범죄가 횡행하고 있다면, 모든 국민에게서 돈을 빼앗으면 되지 않나."

"선생님은 절대로 정치가는 되지 마세요."

정말이지, 어이없을 정도로 난폭한 정치 이론이었다.

"될 생각도 없다!"

선생님은 그렇게 말하면서 자신이 적은 비교표를 바라보며 질문했다.

"그런데 이 사이클로크로스라는 것은 뭔가?"

"자전거요. 원래는 비포장도로에서 벌어지는 경기용 자전거인데, 주행 성능도 높고 가벼운 자전거죠. 도쿄에서는 요즘 샐러리맨들이 이 사이클로크로스를 많이 탄다고 들었어요. 그리고 헬멧과 선글라스를 쓰고 있었다고 하니, 메신저가 가장 먼저 떠오르네요. 그들이 사이클로크로스를 타고 있는 모습은 이제 도시 풍경의 일부가 되었다고 해도 좋을 정도니까요."

"멧센자란 게 뭔가? 닌자의 친척이라도 되나?"

"멧센자(めっせんじゃ)가 아니라 메신저(メッセンジャー)예요."

"호오. 끝을 길게 발음하는 건가? 그럼 요전에 전파상에서 봤던 전기밥솥(炊飯ジャー, 스이한쟈)과 같은 종류로군?"

"그렇게 눈을 반짝이며 말씀하셔도 전혀 달라요."

"다른 건가."

뭐야, 왜 이렇게 귀엽담.

"메신저란 자전거로 물건을 나르는 사람을 뜻하는 말이에요."

"배달부 말인가?"

"…… 뭐, 그렇죠."

"납득이 가는군. 과연, 자동차 기술이 발달한 현대에도 자전거에 의한 히캬쿠(飛脚)* 문화가 이 도쿄라는 도시에 숨 쉬고 있었구먼."

"뭐, 교통 체증에 영향을 받지 않으니까, 오피스 거리에서 서류 같은 걸 주고받기에는 메신저가 적합하다고 들었어요."

"흠. 도쿄에는 메신저가 많다는 거로군?"

"지역을 한정하면 조금 더 범위를 좁힐 수 있을지도 모르지만……. 애초에 범인이 메신저라고만 볼 수는 없으니까요. 그냥 자전거를 탄 사람일지도 모르고요."

최근에는 스포츠의 일환으로 사이클로크로스를 타고 다니는 젊은이가 늘었다. 그런 사람들의 모습과 메신저의 모습이 별로 구별이 안 된다는 게 솔직한 심정이었다.

"메신저는 제복 같은 건 입지 않나?"

"사이클링 웨어를 입는 사람이 많죠. 그냥 자전거를 타고 다니는 사람들도 마찬가지고요."

"흠…… 그럼 바로 범인을 특정하기는 힘들지만, 자전거를 타고

---

* 급하게 전달해야 하는 서류나 편지, 돈 등의 소화물을 배달하던 사람.

타바타 주변을 오가는 사람들의 숫자는 한정되어 있다고 할 수 있겠군."

"뭐, 범위를 타바타로 국한시키면 그렇죠."

선생님은 탐정 놀이에 푹 빠진 모양이었다.

선생님이 이렇게 탐정 놀이를 좋아할 줄은 몰랐다. 그저 소년이 매일 새로운 게임에 몰두하는 것처럼 TV에 푹 빠진 거라고 생각했다. 하지만 선생님은 처음부터 이번 사건에 대한 정보를 얻고 싶었을지도 모르겠다.

왜 이렇게 집착하는 걸까? 전혀 모르겠다.

TV에서는 아나운서가 저널리스트인 진노 코타로에게 의견을 묻고 있었다. 진노 코타로는 요즘 이 나라 문화의 중요성을 적극적으로 호소하며, 《일본에 한 번 더 긍지를》이라는 정신문화론 에세이로 일약 베스트셀러 작가 반열에 올랐다. 나는 그가 TV에 나오면 바로 채널을 돌렸지만, 열렬한 지지자들이 있는 것도 확실했다.

진노 코타로는 색이 들어간 안경을 휙 추어올리더니, 위엄 가득한 흰 수염을 만지며 말했다.

"통탄스러운 사건입니다. 하지만 이것은 시대의 변화를 상징하는 사건이라고 볼 수도 있겠죠."

캐스터는 흥미진진한 듯 고개를 크게 끄덕였다.

"그건 어떤 의미입니까?"

"말 그대로입니다. 일본은 지금 과도기에 서 있죠. 자국의 우수성을 자각하고, 자국의 강력함과 국민 한 명 한 명의 정신적 강인함을 재확인할 때입니다. 어떤 의미에서는 호랑이나 용처럼 사나워져야 돼요. 그 과정에서 제대로 된 윤리관을 갖추지 못한 사람이 잘못된 방향으로 가는 경우도 적지 않게 보게 되겠죠. 어쩔 수 없는 일입니다."

캐스터는 그 말에 고개를 끄덕이면서도 납득하지 못한 것처럼 미간을 찌푸렸다.

"하지만 이 세계에 어쩔 수 없는 범죄라는 것은 없지 않습니까?"

"그렇습니다. 용서할 수 없는 사건입니다. 다만 일어난 일은 필연이라고도 하지요."

이번에는 진심으로 납득한 것처럼 캐스터가 크게 고개를 끄덕였다. 캐스터의 이해도란 이 정도인가? 나는 전혀 다르게 받아들였다. 내 눈에는 이 진노라는 남자가 자신의 사상에 맞춰서 사건의 성질을 왜곡하는 위험한 인물로 보였다.

시대성인지 뭔지 모르겠지만, 그저 어리석은 사건을 시대의 맥락에 빗대다니 난센스다. 그가 정말 하고 싶은 말은, 지금 이 나라는 애국심을 드높이고 용과 같이 강하고 용맹한 정신을 가져야 할 필요가 있다는 것이다. 용맹한 정신을 추구하다 보면 한편에서 이런 사건이 일어나도 어쩔 수가 없다. 분명 그렇게 말하고 싶은 것이다.

그런 용맹한 정신이 과연 정말로 필요할까? 나는 그렇게 생각하지 않았다. 단순히 가치관의 차이일 수도 있지만, 현실적으로 피

해자가 있는 이런 사건을 자신의 주장을 펼치기 위한 재료로 삼는
다는 점이 무엇보다 불쾌했다. 캐스터는 다시 질문했다.

"진노 씨, 요즘 이런 기묘한 '묻지 마 범죄'가 타바타역 부근에서
많이 발생하고 있습니다. 어떻게 생각하십니까?"

질문을 받은 진노는 다시 흰 수염을 쓰다듬은 다음, 등받이에
기대며 튀어나온 배를 한층 더 내밀었다. 그러더니 나라(奈良)현의
거리를 활보하는 사슴보다 더 의기양양한 표정으로 다시 자신의
지론을 펼쳐 나갔다.

"일본인은 예로부터 좋은 쪽으로든 나쁜 쪽으로든, 먼저 한 사
람을 따라가는 나라지요. 말하자면 화합을 귀하게 여기는 정신입
니다. 그래서 어떤 사람이 뭔가를 시작하면 동시성(同時性)이나 그
런 게 아니라, 많은 사람이 동시에 비슷한 행동을 시작하는 거예
요. 일본은 그런 이상한 나라입니다."

"과연. 그럼 타바타역 주변에서 사건이 집중적으로 일어나고 있
는 것은 일종의 집단 심리라는……."

"단언은 못 합니다. 하지만 예를 들어 '묻지 마 범죄 A'가 있다고
치죠. 그리고 '묻지 마 범죄 A'를 보고 '저런 행동을 해도 되는구
나. 재미있어 보이네.' 하고 생각한 사람이 '묻지 마 범죄 B'를 저지
르는 거죠. 이렇게 반 재미로 범행이 연결된다는 점이 너무나 일
본스럽다고 생각되지 않습니까?"

"확실히 말씀하신 대로네요."

"여러분이 자주 오해를 하시지만, 먼저 한 사람을 따라하는 정신은 나쁘기만 한 것이 아닙니다. 오히려 앞으로 강하고 용맹한 일본의 정신이 많이 전염되었으면 합니다. 하지만 이번 사건은 용납할 수 없군요."

"역시 용납할 수 없는 사건이죠. 이 사건의 본질은 어디에 있다고 보십니까?"

"본질은 진상이 밝혀지지 않으면 뭐라고 말할 수가 없습니다만, 저는 이 부정적인 정신이 연쇄하는 현상을 '라쇼몽 현상'이라고 부르고 싶군요."

"라쇼몽 현상이요······? 그건 어떤 의미인가요?"

나도 궁금한 부분이었다.

이 타이밍에 아쿠타가와 류노스케의 대표작 제목을 꺼내다니. 팬의 입장에서 허튼 소리를 하면 가만두지 않겠어! 이렇게 말하고 싶은 수준이었다.

게다가 이 진노라는 수상한 남자가 꺼내서 그런지, 괜히 더 공격적인 자세가 되었다. 제대로 된 맥락에서 사용하는 거겠지.

"아쿠타가와 류노스케의 《라쇼몽》은 여러분도 잘 아시죠. 작중에서 하인인 남자는 노파의 범행을 보고 도둑이 될 결심을 굳히게 되죠. 노파가 살아가기 위해 선택한 야만적인 행동이, 하인에게 용기를 준 겁니다. 요즘 '묻지 마 범죄'가 유행하고, 교사가 학생을 성폭행하는 사건이 연속해서 일어나고, 사람들이 잇따라 자살하는 것도 비슷한 맥락으로 볼 수 있지 않을까요······."

선생님은 끝까지 듣지 않고 TV를 껐다. 선생님의 손은 희미하게 떨렸고 눈 안쪽에는 창백한 불꽃이 넘실댔다.

"용서할 수 없군. 뭐지, 방금 그 발언은."

불쾌감을 느낀 것은 나도 마찬가지였다.

단지 나는 불쾌감의 원인을 아직 말로 잘 표현할 수가 없었다.

그것은 내가 아쿠타가와 류노스케의 동물적 에너지에 대해 정말로 이해했다고 말하기 어려웠기 때문이다.

선생님은······ 왜 화를 내시는 걸까?

나는 선생님과 내가 같은 감정을 느꼈다는 것에 안도하고 있다는 사실을 깨달았다. 말도 안 돼. 뭐야, 이 유대감은······. 이 사람은 아쿠타가와 님의 흉내를 내고 있을 뿐이라고!

하지만 나는 어느새 선생님에게 이렇게 묻고 있었다.

"선생님, 왜 화를 내세요?"

그 질문에 대한 대답이 내 앞의 안개를 걷어 준다면, 나는 선생님을 특별한 존재로 느끼게 될지도 모르는데.

7. 문호 A의 시대착오적인 시점

"내가 화를 내는 이유를 정말로 모르겠나?"

텔레비전 안에서 엄청 거들먹거리는 수염 난 남자의 존재가 마음에 안 들어서, 나는 다시 피스를 입에 물었다.

야요이는 어둠 속에서 발밑을 조심하며 앞으로 나아가듯, 말을 고르며 이야기했다.

"진노라는 사람이 '라쇼몽 현상'이라고 부르는 이유는 이해가 가요. 다만 그 현상의 이름에 《라쇼몽》을 인용하는 것이 어울리는지는 미묘하지만요."

"흠……."

과연 이 여자는 얼빠진 것 같으면서도 날카로운 부분이 있다. 하지만 아직 부족하다. 내 분노는 그런 불명료한 동기에서 나온 것이 아니다.

하지만 바로 말참견을 할 수는 없었다. 그녀도 열심히 생각하고 있는 것이다. 그도 그렇다. 독자는 작가의 견해를 알 수가 없으니까. 그런 당연한 일에 우월감을 느끼는 자신이 바보처럼 느껴졌다.

타르는 내 신경을 진정시키고 냉정함을 되찾게 해주었다. 분노가 약간 누그러들었다. 기분 좋게 들리는 야요이의 목소리 덕분일지도 몰랐다.

나는 꺼 버린 텔레비전을 가리키며 물었다.

"그런데 저 진노라는 사람은 누구지?"

"꽤나 유명한 남자예요. 온갖 사건을 나라의 정신과 연결 지어서 말하고 싶어 해서 저는 별로 좋아하지 않지만요. 선생님은 진노 씨가 방금 한 발언의 어디가 불만이신 거예요?"

"전부 다. 무엇보다 이 일련의 바보 같은 범죄에 '라쇼몽 현상'이
라는 이름을 붙인 것 자체가 괘씸하기 짝이 없군."

"그건 저도 동감이에요. 뭐라 할 수 없이 불쾌하더라고요. 무엇
보다 저 사람은 아쿠타가와 류노스케 님의 작품을 별로 읽은 것
같지도 않은데, 그런 사람이 언급하지 말았으면 하는 바람도 있고
요. 하지만 확실히 요즘 일어나는 사건들을 보면, 분하지만 같은
범죄가 잇따른다는 의미에서 맞는 말일지도 모른다는 생각이 들
더라고요."

"뭐가 맞는다는 건가!"

"네……?"

무심코 언성이 높아졌다. 야요이는 말하지 말 걸 그랬다고 생각
했는지, 어깨를 움츠리더니 아랫입술을 비죽이며 고개를 숙였다.
귀여웠다. 아니, 이런 생각을 할 때가 아니지.

"자네는 도대체 뭘 공부한 건가?"

또 하나의 내가 그만두라고 말했다. 하지만 말이 멈춰지지 않
았다.

"대학 졸업 논문에서 《라쇼몽》을 다뤘다고 했지?"

"네, 다루긴 했죠."

야요이는 여전히 아랫입술을 내민 채 불만스러운 표정을 짓고
있었다.

"그럼 그 《라쇼몽》에 나오는 하인은 왜 노파의 옷을 빼앗았지? 단순히 아무 생각 없이 노파가 하는 짓을 흉내 낸 것인가? 살기 위해서는 어쩔 수 없다고?"

"졸업 논문을 쓸 때는 이런 식으로 썼어요. 하인은 원래 자신 안에 있던 동물적 에너지를 야만적이고 추악한 것이라고 생각했죠. 하지만 노파의 모습을 보고, 산다는 건 원래 그런 것이라고 씁쓸해 하면서도 받아들이게 된 것이 아닌가 하고요. 요컨대 그때부터 이미 아쿠타가와 님 안에는 '살아 있다면 이렇게 갈 수밖에 없다. 하지만 나는 그런 추악한 짓은 할 수 없다.'라는 상반되는 감정이 있었던 게 아닐까 하고……. 그렇기에 마지막에 자살을 선택했던 게 아닐까요? 다만 지금은 이 해석을 정답이라고 생각하지 않지만요."

엉뚱한 질문을 하고 있다는 자각은 있었다. 작가만이 알 수 있는 것을 묻고 있는지도 몰랐다. 이 여자의 해석은 나쁘지 않았다. 거의 정답에 가깝다고 말해 주자.

하지만 나는 결국 고개를 가로저었다.

그녀는 내가 내면의 갈등 끝에 죽음을 선택했다고 말했다. 그것만은 인정할 수 없었다.

"내(僕, 보쿠) 안에서는 답이 나온 상태였지. 명확한 답이."

또 '보쿠'라고 말했다. 말한 뒤에 아차 싶었다. 뭐, 이것도 벽창호의 '보쿠'라고 받아들여 줬으면 좋겠다.

"그럼 왜 죽음을 선택한 건가요? 동물적 에너지를 향한 상반된 감정 때문에 죽은 게 아닌가요?"

"그것은……."

아니다.

상반되는 두 개의 감정이 공존하는 것에 의한 갈등.

확실히 그렇긴 했다.

하지만 그런 것은 죽음의 동기가 되지 못했다.

내가 죽음을 선택한 것은…….

죽음을 선택한 것은…….

응?

나는 순간 굳었다. 내 안에서 죽음의 동기가, 마치 한낮의 유령처럼 서서히 존재감이 흐릿해지면서 사라지려고 했던 것이다.

잠깐. 죽음이여, 사라지지 마라. 이 연기 때문인가.

나는 서둘러 담뱃불을 재떨이에 눌러 껐다.

"그렇군. 아쿠타가와는 죽지 말았어야 했어. 죽지 않았다면 독자를 올바른 해석으로 이끌어서, 작품의 제목이 이런 현상의 이름으로 사용될 일도 없었을 텐데. 명예를 훼손해도 유분수지. 그렇게 생각하지 않나?"

나는 내가 정답을 잃어버렸다는 사실을 얼버무리고 싶어서 그렇게 정리했다.

"으음…… 아쿠타가와 입장에서 말인가요?"

"그래, 아쿠타가와 입장에서 말이지."

"글쎄요……, 아쿠타가와 입장에서는 명예 훼손이라고 생각할 만하죠."

중요한 동물적 에너지에 관한 해석이 틀렸다는 점에 대해서는 확실한 대답을 줄 수가 없었다.

하지만 그래도 우리는 일단 '아쿠타가와 입장에서는 용서할 수 없다.'라는 부분에서 마음이 통했다.

느리긴 했지만, 우츠미 야요이가 나와 같은 생각의 바다를 헤엄치는 것에 편안함을 느끼기 시작했다.

생각은 바다다.

혼자서는 때로 거친 파도에 흔들리기도 하고, 작은 배는 나무 조각으로 분해되어 휩쓸리기도 한다는 것을 이미 알고 있었다.

생각은 고독한 것이지만, 그 고독한 항해 속에서 우연히 누군가와 같은 배에 타기도 했다. 그 기적이야말로 계속해서 생각하는 것의 행복이기도 했다.

나는 지금 그 편린을 야요이에게서 보았다.

이것은 환상인가.

내가 있어야 하는 세계가 아닌, 이세계에서 함께 항해하는 동료를 찾은 것인가.

그리고 그 사람은 머지않아 죽음을……

"하지만 뭐, 그 진노라는 남자의 발언은 제쳐두지. 확실히 이 부정적인 연쇄는 앞으로도 계속될 거다. 그것은 그가 말한 대로 이 나라의, 먼저 한 사람을 따라가는 정신과 크게 관련되어 있겠지."

"그럼 더욱 나쁜 일이 일어날 거란 말인가요?"

"근간을 끊지 않으면 계속되겠지. 그러니까 머리카락을 자르는 노파의 수수께끼를 풀어야만 해."

나는 그렇게 말하고 지포라이터로 불을 붙여 내 앞머리 쪽으로 바짝 들이댔다. 왜 그런 짓을 저질렀는지는 나도 모른다.

그 뒤에 비명이 울려 퍼진 것은 말할 것도 없었다.

8. 마코토는 물을 뿌리고 싶었다

담배를 피우는 남자는 최악이다. 마코토는 그렇게 주입받으며 어른이 되었다.

어머니와 아버지는 마코토가 다섯 살 때 이혼했다. 아버지와는 1년에 한 번 끌려가서 함께 식사하는 것 외에는 접점이 없었다.

마코토는 아버지와 보내야 하는 시간이 몹시 우울했다. 아버지가 헤비스모커였기 때문이다. 아버지는 마코토 앞에서도 아무렇지 않게 담배를 피웠다. 그렇게 식사를 마치고 가게를 나오면, 가게 밖에서 기다리던 어머니가 격노하곤 했다.

"또 애 앞에서 담배를 피웠구나? 당신의 그런 무신경한 점이 정말 싫어! 몇 번을 말해야 알아듣겠어?"

아버지는 기죽은 기색도 없이 어깨를 으쓱하고는 떠나갔다.

"절대로 저런 어른이 되어서는 안 돼."

어머니는 항상 그렇게 말했다.

아버지의 담배 냄새는 싫었지만, 한편으로는 아버지와 좀 더 이야기를 나누고 싶다는 마음도 있었다. 하지만 결국 어머니에게는 그렇게 말하지 못한 채, 마코토는 어머니의 기분을 풀어 주기 위해 고개를 크게 끄덕일 수밖에 없었다. 그리고 어머니를 기쁘게 하기 위해 이렇게 말했다.

"걱정 마. 나도 아빠의 냄새는 너무 싫으니까."

얼마 뒤에 아버지가 재혼하여 아이가 생겼기 때문에, 마코토는 아버지와 1년에 한 번도 보지 못하게 되었다. 검은 액체 형태의 납이 마음속으로 훅 차올라서 움직일 수 없게 되는 날이 계속되었다. 학교도 꾀병을 부려 결석했다.

"담배 냄새 나는 남자는 만나고 싶지 않아."

마코토는 집 안에서 무릎을 끌어안고 앉은 상태로 주문처럼 외웠다.

마코토는 어머니에게 아버지를 만나고 싶지 않다고 말하며 아버지와의 면회를 거부했다. 어머니도 뭔가를 눈치챘는지, 더는 캐묻지 않았다. 오히려 기뻐 보였다.

정말로 아버지와 만나고 싶지 않다고 자신을 속이며 연기하는 동안, 그것이 자신의 진심이라고 믿게 되었다.

그렇게 시간이 흘러 마코토는 모든 여자에게 인기를 얻지 못하면 견디지 못하는 남자가 되었다. 그것은 아버지를 향한 복수였다. 아버지가 좋아할 것 같은 여자는 모두 자신에게 반하도록. 온 세상의 여자를 아버지에게서 빼앗겠다는 것이 마코토의 목표가 되었다.

성장한 마코토는 모든 여자를 갖기 위해 기를 썼다.

여자를 유혹하는 것은 잘 되는 날도 있었고 안 되는 날도 있었다. 하지만 어쨌든 마토코의 마음은 충족되지 않았다. 여자를 안는 것은 좋긴 했지만, 마음의 공동(空洞)은 전혀 채워지지 않았던 것이다.

자신 안에 있는 폭력적 충동에 대해 깨달은 것은 1년 전이었다. 그런 충동이 자신 안에서 일어나리라고는 상상도 하지 못했기에 깜짝 놀랐다.

계기는 타바타역 앞에서 일하다 쉬는 시간에 마카렐도날드에 들어갔을 때 일어난 일이었다.

금연 구역에서 담배를 피는 남자가 있었다. 그는 점원의 주의도 듣지 않고, 자리에서 꼼짝하지 않은 상태로 담배를 피워 댔다.

그러자 가까이에 있던 샐러리맨 남자가 그 손님에게 물을 뿌렸다.

남자는 무슨 짓이냐며 불평하면서 가게 밖으로 나갔다. 가게 안에 있던 손님들이 손뼉을 쳤다.

상쾌했다. 현장에 남겨진 젖은 담배가 비참해 보였다. 아버지가 피우던 담배가 몇 년 만에 뇌리 속에서 되살아났다.

내가 원했던 건 이거다. 마코토는 그렇게 생각했다.

자신도 물을 뿌리고 싶었다. 계속, 계속, 아버지를 한 번 더 만나서 물을 뿌리고 싶었다. 아버지는 놀랄지도 모른다. 화를 낼지도 모른다. 하지만 그렇게라도 하지 않으면, 아버지는 마코토가 무슨 생각을 하고 있는지 관심도 없겠지.

아버지는 마코토와 만날 때도 계속해서 담배를 피웠다. 담배를 들고 있지 않은 손으로 마코토의 얼굴을 쓰다듬어 주는 일도 없었다.

담배를 피우는 남자들에게 물을 뿌리며 응징하고 싶었다. 녀석들에게서 여자를 빼앗는 바보 같은 방법보다, 좀 더 직접적인 방법으로 놈들을 혼내주는 것이다.

그 뒤로 물 풍선 폭탄을 들고 다니게 되었다. 하지만 실제로 던질 용기는 좀처럼 생기지 않았다.

옆 아파트에 사는 공무원 청년은 마코토와 달리 무척 성실한 타입이었다. 마코토가 마카렐도날드에서 있었던 소동으로 속이 시원했다고 이야기하자, 그는 무뚝뚝한 얼굴로 "그런 짓은 범죄야." 하고 말했다.

"범죄라니, 그게 뭐야. 그 샐러리맨은 아무도 다치게 하지 않았다고."

"하지만 범죄야. 목격자가 있잖아. 피해자도 얼굴을 봤고. 언제든 신고할 가능성이 있지. 그가 범죄자가 되지 않고 끝난 것은 아무도 신고하지 않았기 때문이야."

"그야 그럴지도 모르지만……."

이야기를 나누다가 마코토는 깨달았다.

그래, 들키지만 않으면 되는구나.

들키지 않도록 얼굴을 가리자. 잡히지만 않으면 돼. 언제든 도망갈 수 있는 상태에서 해보는 거야.

그날부터 마코토는 이직을 결심했다.

마코토는 타바타역 근처에서 사이클로크로스를 타는 일을 찾기 시작했다.

제4부
톱니바퀴의 부활

1. 우츠미 야요이의 긴 전화

아이참, 들어 보세요, 선배!

이번에는 정말 용서할 수 없어요.

누구긴요, 선생님이죠. 챠가와, 챠가와 타츠노스케 선생님이요.

네? 아, 선배는 이제 저녁 식사하세요? 떠들어도 괜찮아요? 아아, 다행이다. 제가 방해한 줄 알고……. 저는 저녁으로 뭘 먹었느냐고요? 선배는 그런 걸 들어서 뭐 하시려고요? 그게 아니라, 참고가 안 되니까요. 저희는 전골을 먹었거든요.

한여름인데 전골이요.

듣기만 해도 더울 것 같죠?

그런데 나쁘지만도 않더라고요.

누가 만들었냐고요? 그야 말할 것도 없죠. 요즘에는 항상 선생님이 요리하시거든요.

"이것도 히라노 레미의 레시피인가요?"

제가 그렇게 물어보니, 선생님은 무뚝뚝한 표정으로 "찬찬미소

나베(ちゃんちゃん味噌鍋)*다."라고만 답하는 거예요. 아니, 이제 히라노 레미 선생님의 레시피라는 건 당연하다는 뜻이겠죠.

아쿠타가와 님을 똑 닮은 얼굴로 머리에 수건을 두르고 있으면, 정말 여러모로 데미지를 입는다고요. 네? 무슨 데미지냐니. 선배는 모르시겠어요? 누구나 한 번쯤은 동경하는 문호가 이런 코스프레나 저런 코스프레를 해줬으면 좋겠다고 생각하잖아요. 수염을 깎은 나츠메 소세키나 클럽 DJ 옷을 입은 하기와라 사쿠타로**를 보고 싶었던 적 없으세요? 없다고요……. 그렇군요. 뭐, 저는 늘 그런 생각만 했으니까요. 학창 시절 내내.

그중에서도 제가 평소에 망상 소재로 삼았던 분은 물론 아쿠타가와 님이었죠. 그러니까 정말 참을 수가 없더라고요. 머리에 수건을 두른 채 국물이 담긴 작은 접시를 저에게 내밀며 "먹어 봐라. 일품이군." 하고 말하다니, 그건 정말…….

네? 연애하냐고요? 그러니까 연애 이야기가 아니라니까요! 방금 말한 건 달라요. 그거죠. 으음, 맞아. 아쿠타가와 님과 똑 닮은 사람이 머리에 수건을 두르고 있는 모습에 심쿵한 거지, 선생님에게 심쿵한 건 전혀 아니니까요. 오해는커녕 징계 면직감이라고요.

하라는 대로 국물을 먹어 보니, 이게 또 맛있더라고요! 그래서 당연히 맛있다고 말했죠. 그랬더니. 이렇게 말하는 거 있죠.

---

* 연어 등의 생선과 야채를 구운 다음, 미소 된장과 물을 넣고 끓여 먹는 전골 요리.
** 일본 근대시의 아버지라고 불리는 시인.

"그렇겠지. 레미 선생님은 천재시니까."

웃기죠? 정말 웃음이 나오더라고요. 그게 또 수건을 두른 채 말하니까 멋있는 건지, 귀여운 건지 알 수가 없어서…… 아니, 이것도 외모 이야기예요. 아니라고요? 내면의 이야기가 되었다고요? 뭐, 어느 쪽이든 상관없잖아요.

정말 한여름에 전골 요리를 먹으니까 땀투성이가 되더라고요. 하지만 선풍기 바람이 기분 좋았어요. 저만 땀을 흘리고 선생님은 아무렇지 않게 시원한 얼굴로 먹고 있더라고요. 이 남자는 땀을 안 흘리나 싶어서 눈이 동그래질 정도로 놀랐다니까요. 유심히 관찰하고 있다고요? 그야 그럴 만하죠. 매일 단둘이 저녁 식사를 하니까요. 그러니 관찰할 수밖에요.

식탁에서는 또 그 일련의 사건에 대한 이야기가 나왔어요.

머리카락을 자르는 노파, 가발 방화범, 물 풍선 폭탄마라는 세 사건은 별개의 무관한 사건처럼 보이지만, 사실은 관련성이 있다는 게 이제까지 선생님의 주장이거든요.

선생님은 그중에서도 먼저 머리카락을 자르는 노파 사건에 집중해야 한다고 주장하셨어요.

"출발점으로 돌아간다는 거군요?"

"그렇지."

"흠. 범인은 현장으로 돌아온다고 하니까요."

"그것과는 조금 다른 것 같다만."

"오호…… 음, 뭐, 아무튼 찬성이에요. 복잡하게 생각하는 것보다 머리카락을 자르는 노파에 집중해서 생각하는 편이 지름길일지도 모르니까요."

이런 식으로 대화를 나누며 저도 선생님의 생각에 동의했죠. 범인이 고령의 여성이라면, 다른 사건보다 범인을 붙잡기도 쉬울 거라고 생각했으니까요.

제가 동의하니까 완전 기쁜 표정을 지으시더라고요. 선생님은 전골을 먹다 말고 노트를 꺼내서 가져왔죠.

"그럼 다시 확인해 보지. 머리카락을 자르는 노파 사건에는 두 가지 요점이 있었다."

그런 다음 선생님은 그 두 가지 요점을 적기 시작했어요.

• 왜 그 노파는 여자들의 머리카락을 계속해서 자르는가?
• 왜 아무도 노파를 붙잡지 못하는가?

그다음에 나눈 대화는 이런 내용이었어요.

"왜 아무도 노파를 붙잡지 못하는지부터 생각해 보지. 나는 남자들 중에서도 비교적 달리기에 자신 있는 편이다. 그때도 순식간에 쫓아갔지. 그런데 노파를 잡지 못했어. 이상하지 않나? 확실히 사람이 꽤 붐비는 한낮이긴 했지만, 놀랄 만큼 혼잡하지는 않았다. 잘 관찰하면 찾을 수 있을 정도였지. 그런데도 나는 노파를 놓쳤다. 그 사실이 이제까지 도무지 납득되지 않았는데, 가능성 있는 방법을 하나 깨달았지."

"뭐, 뭔데요?"

"변장이다."

"변장?"

"만약 범행 후에 바로 노파로 보이지 않게 변장했다면, 내가 그녀를 찾아내지 못했던 것도 납득이 가지 않나?"

"과연! 그러네요! 선생님, 머리가 좋으시군요."

"치켜세워 봤자 아무것도 안 나온다."

제 칭찬이 노골적이라고요? 아니, 그야 계속 수건을 두른 채 떠드니까, 그만 평소보다 부드럽게 반응해 버렸어요. 저 그런 차림 좋아하거든요. 게다가 기모노라고요. 기모노를 입은 남자가 머리에 수건을 두르다니, 최고잖아요?

선생님은 득의양양하게 담배 한 개비를 꺼내더니, 익숙해진 지포라이터로 불을 붙였어요. 물론 창문은 열려 있었죠.

"하지만 범인이 붙잡히지 않은 상태에서는 그것도 억측일 수 있겠네요."

"그렇지. 현재 상태로는 결말이 나지 않지. 하지만 나에게 비책이 있다."

"비책이요? 그게 뭔데요? 궁금해요."

저는 부채로 연기를 날려 보낸 뒤에 전골로 손을 뻗었어요. 레미 선생님의 레시피를 따라 만든 특제 전골은 정말 중독될 듯한 맛이었거든요.

"그건 말이지."

그때 선생님은 어째선지 저를 빤히 바라보셨어요. 좋지 않은 예감이 들었는데, 그 예감은 바로 현실이 되었죠.

뭐라고 했을 것 같아요? 네, 이게 오늘 전화한 이유예요. 정말이지, 용서할 수 없어요. 그 사람 같지도 않은 사람이…….

"자네가 미끼가 되는 거다."

이렇게 말하는 거 있죠! 믿어지세요?

"어, 네?"

정말, 전혀 예상하지 못한 소리에 양배추를 삼키다가 질식할 뻔했다고요. 서둘러 물을 마시고 간신히 부활했지만요. 감사해요. 부활 축제요? 안 해도 돼요.

처음엔 농담인 줄 알았어요. 그런데 선생님이 재떨이 가장자리에 담배를 올려 놓더니, 저한테 무릎을 꿇고 고개를 숙이더라고요!

"부탁이다. 미끼가 되어다오. 이것도 내……가 아니라…… 아쿠타가와 류노스케의 작품이 더럽혀지지 않게 하기 위함이다. 자네가 애써 주면 아쿠타가와 류노스케의 명예를 지킬 수 있을 거다."

아쿠타가와 님의 이름이 나오면 약해질 수밖에 없죠……. 맞아요. 아쿠타가와 님은 제 아킬레스건이니까요. 너무하죠? 다 알면서 아쿠타가와 님과 닮은 얼굴로 그런 말을 하다니.

"저, 정말인가요……."

"정말이다! 나를 믿어다오."

하지만 역시 미끼가 되는 건 싫다고 생각했어요. 긴 머리카락에 나름 미련도 있으니까요. 의외라고요? 그래요? 하지만 선배라면 어떨 것 같으세요? 갑자기 동의 없이 머리카락이 잘리면 싫잖아요?

그래서 이렇게 대답했어요.

"그렇게 말씀하셔도……. 아니, 지금 머리카락을 자르는 노파의 미끼가 되어 달라고 말씀하시는 거죠? 그럼 머리카락이 잘린다는 거잖아요?"

제 착각이었으면 좋겠다는 기대가 담긴 질문이었어요. '그런 위험한 미끼를 시킬 리가 없지 않나.' 이렇게 말해 주길 바랐죠. 그랬는데…….

"물론이다. 걱정 마라. 머리카락이 잘리기 전에 확실하게 붙잡을 테니까."

그런 구두 약속만 믿고 어떻게 미끼가 되겠다고 척척 나서겠어요. 너무하다고 생각하지 않으세요? 아니, 선배, 웃으시는 거예요? 너무해! 선배도 너무해요! 사과해도 소용없어요. 제가 얼마나 당황스러웠는지 아세요? 네? 뭐라고 대답했냐고요? 그야 물론 정색했죠.

"그럴 거라는 보증이 어디에 있나요? 선생님이 1초라도 늦게 등장하면 제 머리카락은 싹둑 잘리는 거라고요!"

선생님은 턱을 괴고 생각에 잠긴 듯 입을 다물었죠. 그야 다물 만하죠. 얼른 철회하라고 생각했죠. 그랬는데! 그랬는데! 선생님은 신중하게 말을 고르더니 "가능하면 늦지 않도록 하지."라고 말하는 게 아니겠어요? 고심 끝에 나온 말이 그거냐고요! 선배도 그렇게 생각하시죠?

"가능하면이라뇨!"

"절대로."

"신용할 수 없어요. 조금 전에 '가능하면'이라고 하셨잖아요."

그랬더니 제 말에 열이 받았는지, 선생님은 그때까지의 저자세에서 돌변하더니 본색을 드러내더라고요.

책상다리를 하고 다시 피스를 물더니, 하얀 연기를 토해내면서 내뱉듯이 이렇게 말했죠.

"그런 머리카락이 잘린다고 해서 딱히 불편할 건 없겠지. 오히려 더 편해지지 않겠나?"

무슨 말투가 그런지! 아아, 그렇습니까? 그게 당신의 속마음이었군요. 그럴 거라고 생각했지만요. 요즘 들어 아주 조금 좋은 사람이 되었나 생각한 제가 바보였죠. 당신이 최악인 인간 쓰레기라는 걸 까맣게 잊고 있었으니까요……! 그렇게 말했냐고요? 아뇨, 말은 안 했어요. 생각만 했죠.

실제로는 평정을 가장한 채 "여자에 대한 델리커시(delicacy)가 부족한 말이네요." 하고 대답했죠.

그랬더니 "델리카테센(Delicatessen)*이 뭐 어쨌다는 건가?"
하고 영문을 알 수 없는 대답을 해서 성가셨죠.

"델리커시라고요. 아무튼 저는 이 머리카락을 매우 소중히 여기
고 있어요. 거절하겠어요!"

아니, 저 같은 여자에게도 머리카락에 대한 미련은 있어요. 고
등학생 시절에는 짧은 머리였지만요.

언제부터 기르기 시작했냐고요? 대학교에 들어간 뒤부터요. 계
기는, 아아, 전에 말했던 아쿠타가와 님이랑 닮았다던 나나토 때
문이에요. 그 사람이 저한테 머리카락을 길러 보지 않겠냐고 했거
든요.

"잘 어울릴 것 같은데. 분명 예쁠 거야."라는 말에 넘어가 버렸
죠. 그 시절은 외모를 중시하는 바보였어요. 아무 생각 없이 그저
내 눈앞에 아쿠타가와 님이 강림했다고 생각해서 들떠 있었죠.

나나토는 실제로 제가 머리카락을 기른 뒤로 몇 번이나 제 머리
카락을 칭찬했어요.

그런데 나나토랑 헤어지고 나서도, 왠지 모르게 머리카락에서 자
신감의 근원 같은 것을 느끼게 되었어요. 학창 시절에는 여고를 다
녔고 아쿠타가와 오타쿠였으니, 저를 여자로 보는 사람이 없었죠.

그래서 처음 남자와 사귀었던 그때의 기억이 그대로 여자로서의

---

* 샌드위치처럼 바로 먹을 수 있게 조리된 서양 식품이나 그것을 파는 가게.

제 가치와 연결되어 버렸어요.

그런 생각도 있어서 머리카락이 잘리는 건 싫다고 생각했거든요. 그러자 선생님이 "그 애절한 표정은 뭔가. 그렇게 머리카락이 소중한가?" 하고 물어보기에 "…… 소중해요." 하고 대답했어요.

딱히 나나토에게 미련이 있는 건 아니에요. 착각은 하지 말아 주세요. 단지 머리카락의 중요성만이, 제 안에서 절대적인 위치를 차지한 채 남아 버린 거예요.

그런데 선생님은 제 말을 듣고 동정은커녕 화를 내는 거예요! 최악이죠? 장초를 구기더니 재떨이에 던져 버리더라고요……. 물건에 화풀이하는 남자라니…….

그런데 선생님이 그다음에 한 말이 터무니없어서 입이 다물어지질 않더라고요.

"그럼 내가 하지."

이렇게 말하더라니까요.

"네?…… 지금 뭐라고?"

저는 당연히 이렇게 되물었죠.

"내가 미끼가 되도록 하지."

선생님은 눈을 감고 부루퉁하게 말했어요.

"무, 무슨 말씀이세요……. 아니, 노파는 여성 회사원을……."

미끼라는 건 범인이 다가오지 않으면 의미가 없잖아요. 그런 의미에서 선생님은 미끼가 될 수 없죠. 그런데도 "여장 정도야 못할 것도 없다." 하고 말하는 거예요…….

"그렇게 얼굴이 긴 여성은 없어요." 하고 말했죠.

웃지 마세요. 아니, 이건 웃어도 돼요. 저도 웃음이 나올 것 같았거든요. 네, 정말 그렇죠.

선생님의 얼굴은 아쿠타가와 님과 똑 닮아서 얼굴이 길어요. 아쿠타가와 님은 잘생기긴 했지만, 본인은 항상 얼굴이 긴 것을 신경 썼다고 하죠.

선생님도 얼굴이 긴 것에 불만이 있었는지, 제 지적에 발끈하더라고요. 네? 당연하다고요? 그런가요. 얼굴이 길다는 건 칭찬이었고, 다만 여장은 어울리지 않을 것 같다는 이야기였는데요.

정말이지, 그 말을 들은 뒤로 내내 뾰로통해서는…….

"할 수 없지. 자네가 안 하겠다고 하는데 어쩌겠나. 하겠다고 마음먹은 이상 부끄러워할 수만은 없지. 기합을 넣어서 화장부터 복장까지 공을 들일 수밖에."

이 의욕 충만한 말을 어떻게 생각하세요? 어, 매일 즐거울 것 같다고요? 그렇게 태평한 상황이 아니라고요. 정말 큰일이라니까요?

"뭐, 저는 미끼가 되기 싫으니까 선생님이 대신 하시겠다면 저야 좋죠. 그런데 조금 당황스러운데요……."

냉정하게 생각해 보니, 너무 바보 같은 계획이라는 생각이 들더라고요. 어, 냉정하게 생각하지 않아도 바보 같다고요? 뭐, 그럴지도 모르죠. 하지만 선생님은 갑자기 의욕만만이더라고요. 반쯤은

오기일지도 모르겠지만요. "아무튼 할 거다."라고 말하더라고요.

선생님은 남의 말을 안 듣거든요. 제 옷을 빌리겠다고 주장하면서 갖고 있는 옷을 다 보여 달라고 하더라고요.

할 수 없이 제 방으로 데려가서 옷을 고르기 시작했죠. 네, 바로 조금 전에 있었던 일이에요. 한여름 밤에 남자를 위해 옷을 고르기 시작했다고요. 이상 사태 맞죠?

"이 붉은 안경 같은 것은 뭐지?"라고 말하기에 선생님이 뭘 들고 있나 봤더니, 속옷이 있는 곳을 멋대로 열어 보고 있었어요.

"아! 함부로 열지 마세요! 그건 브래지어라고요!"

"브래지어라……. 이건 어디에 입는 거지?"

"가, 가, 가, 가슴이요."

정말 얼굴에서 불이 나는 줄 알았어요. 누가 생각이나 했겠어요. 남자에게 브래지어의 기능에 대해 설명하는 날이 올 줄은.

더구나 선생님은 제 설명을 듣더니 "자네에게…… 필요한가?"라고 말하잖아요.

"죽여 드릴까요?" 하고 대답했어요. 당연하죠.

"…… 자네, 여자가 그런 말을 쓰는 건가?"

고리타분하죠. 하여간 하나부터 열까지 마음에 안 들어요.

저는 선생님을 무시하고 옷을 골랐어요. 남성은 아무리 여성복을 입어도 골격 때문에 들키죠. 남자가 여성복을 입었을 때, 자연스럽게 어울리는 옷은 그리 흔하지 않으니까요. 신중하게 골라야 했어요…….

 뭐, 검은색 롱 원피스라면 괜찮을지도 모르겠다는 생각이 들었죠. 검은색 옷을 입으면 신성한 사람처럼 보이는 효과가 있으니까요.

 골격을 감출 수는 없겠지만, 이 옷이라면 적어도 다른 옷보다 더 나은 인상을 줄 수 있을 것 같았거든요.

 "검은색 원피스로 가죠."

 "너무 수수하지 않나?"

 "괜찮아요. 화장을 화려하게 할 테니까요."

 이런 대화를 나누고 오늘을 마무리했답니다.

 아아, 지쳤어요…….. 뭐, 미끼가 되지 않아도 되니까 다행이라고 하면 다행이지만요. 정말이지 저 사람은 함께하기 힘들다니까요.

 네? 아직 애인 사이는 아니지 않냐고요?

 그런 의미가 아니라니까요!

 하아…… 남자친구로는 어떠냐고요? 싫어요. 저렇게 손이 가는 애 같은 사람은. 남자는 다들 애 같다고요? 그, 그렇지 않아요. 분명 어딘가에 어른스럽고 세련된 왕자님이!

 네? 어른스럽고 세련된 사람이면, 아쿠타가와 님과 전혀 다르지 않냐고요? 으음, 그게 문제죠……. 아아, 통화가 길어졌네요. 또 전화할게요. 안녕히 주무세요.

2. 문호 A의 시대착오적인 시점

다음 날 아침부터 화장을 하느라 정신이 없었다. 야요이는 내 얼굴에 '메이크업 베이스'라는 것을 듬뿍 발랐다. 마치 센베에 간장을 바르듯이 정성껏 발랐다. 이 메이크업 베이스라는 것을 적게 쓰면, '파운데이션'이라는 것이 잘 안 발리고 화장이 뜬다고 했다. 화장 과정도 다이쇼 시대에 비해 다소 복잡기괴한 양상을 띠었다.

입술연지를 다 바른 뒤에야, 야요이는 만족한 것처럼 보였다.

"응, 미인처럼 보이기 시작했어요. 얼굴은 길지만요."

"그건 상관없지 않나."

이 녀석, 더군다나 신경 쓰고 있는 부분을.

이어서 가슴 밴드(현재는 브래지어라고 하는 모양이다)에 천을 집어넣은 다음, 그것을 내 몸에 채웠다. 알몸에 가슴 밴드를 하고 얼굴에 화장을 한 남자를 거울로 보니 참으로 기묘했다. 하지만 그것은 내가 화장에 익숙하지 않기 때문일지도 몰랐다.

"혹시 지금 내 모습이 상당히 변태 같아 보이지는 않나?"

"바로 맞추셨어요. 완전 변태 그 자체예요."

"역시…… 그럴 것 같았다."

"양손을 위로 올려 주세요."

야요이가 시키는 대로 검은색 원피스를 입었다. 그 뒤에도 야요이는 필사적으로 내 얼굴에 화장을 했다. 얼굴이 긴 남자가 서서히 여성적으로 변모해 가는 모습이 기괴하고도 기괴했다. 마지막으로 긴 검정머리 가발을 쓰자 그럴듯하게 완성되었다.

"꽤 아름답군."

손거울로 보는 한, 주변에 이런 여자가 있어도 이상하지 않을 것 같았다.

"자주 하지는 말아 주세요."

나는 잠시 거울을 바라보다가 벌떡 일어났다.

"크흠, 그럼 바로 함정 수사를 하러 가 볼까."

"히, 힘내세요……."

야요이가 약간 당황한 것처럼 보이는 것도 기분 탓은 아닐 것이다. 현관으로 걸어가면서 야요이에게 한 가지 말해 둬야 할 일이 있다는 것이 생각났다.

"아아, 그리고 자네는 집에서 나오지 말도록. 절대로."

"네? 저, 저는 외출 금지인가요?"

"그래요. 집에 얌전히 있으세요."

나는 조금 높은 목소리로 그렇게 말한 뒤, 현관을 향해 안짱걸음을 걸었다.

하지만 사실 이때의 내 행동에는 커다란 위험이 동반되고 있었다. 우리는 완전히 깜빡 잊고 있었던 것이다. 가발 방화범이 여장한 남자이며, 경찰이 그런 차림의 남성을 경계하고 있다는 당연한 사실을.

3. 문호 A의 시대착오적인 시점

야요이는 현관 앞까지 따라와서 몇 번이나 정말로 외출하면 안 되냐고 물어왔다. 안 된다고 하면 안 된다. 그렇게 말하니, 마지막에는 풀이 죽은 채 알겠다고 말했다.

집에서 나가지 않으면 사건에 관여할 수가 없다. 처음에는 야요이에게 미끼 역할을 시켜야겠다고 생각했다. 그걸로 범인을 잡으면 일찌감치 그 지옥도를 저지할 수 있기 때문이었지만, 생각해 보니 위험한 계획이었다. 내가 미끼가 되는 것이 정답일지도 몰랐다.

요즘에는 거의 매일 밤 그 광경이 꿈에 나왔다.

예전에는 톱니바퀴의 환영에 시달리던 나였지만, 지금은 그 꿈이 훨씬 더 무서웠다. 작은 악의의 연쇄가 어느 순간 마치 끓는점에 도달한 듯이 지옥도처럼 폭동을 일으켰다.

그리고 피투성이가 된 야요이의 시체.

인생은 지옥보다도 지옥 같다고 생각했고, 목숨은 빨리 끊는 것이 제일이라고 생각했었다. 하지만 매일 밤 꿈에서 야요이가 죽는 모습을 보니 생각이 바뀌었다. 적어도 사람은 그런 식으로 죽어서는 안 된다.

그러니까 그 지옥도만은 절대로 피해야 했다.

야요이가 밖으로 나오지 않고, 그사이에 내가 머리카락을 자르는 노파를 붙잡기만 하면 내 바람은 이루어질 것이다.

그렇게 타바타역을 향해 걷기 시작한 지 얼마 지나지 않았을 때였다. 노상흡연방지법을 깜박하고 품에서 담배를 꺼내려 했을 때, 갑자기 시야가 가려졌다.

하카마다레의 등장이었다.

대낮에 그런 넝마 조각을 걸친 모습으로 나타나면, 이 세계 사람들이 수상하게 여길 텐데.

"헉, 뭐냐 그 꼴은……."

하카마다레는 무례하게도 내 얼굴을 보고 아무 말도 못 했다. 본인이야말로 엄청 허름한 넝마 조각으로 풍만한 가슴을 가리지도 못했으면서 왜 저러는 건지.

"너무 빤히 쳐다보지 마라. 너와 무슨 상관인가."

"서, 설마, 함정 수사를 할 건 아니지?"

눈치가 빠르군. 역시 도둑이다.

"그 설마다."

하카마다레는 배를 붙잡고 웃었다. 남의 피와 땀과 눈물을 비웃다니, 이런 모습도 역시 도둑답다. 사람이 아니다.

"실컷 웃어라."

"미안, 미안. 하지만 참으로 눈물겹군. 그렇게나 그녀의 목숨이 아까운가?"

"그렇게 죽는 모습을 보면, 누구나 막아야 한다고 생각할 거다."

"상관없지 않나. 어차피 너는 이미 죽은 몸이잖아?"

"무슨 소린가? 네가 환생시킨 탓에 다시 살아났지 않나."

"아, 그런가. 그랬지."

하카마다레는 크하하 웃으며 얼버무렸다.

"확실해진 것을 하나 알려 주지."

"내가 천재라는 것이 판명되었다고는 하지 마라. 이미 알고 있으니까."

"아니, 그게 아니야. 역시 이 사건은 네가 일으키고 있다는 거다."

"《라쇼몽》 때문이라는 거지? 이름도 몰랐던 저널리스트까지 내 작품을 인용해서 '라쇼몽 현상'이라고 말하고 있으니 말이야. 곤란해."

그러나 하카마다레는 고개를 가로저었다.

"아니, 그게 아니다."

"무슨 소리지?"

"각각의 범행을 일으키고 있는 것은, 작품이 아니라 너 자신이라는 말이다."

"…… 그렇게 말할 수 있는 근거는?"

"그야 나는 보았거든. 사건이 일어나는 장면을 말이야. 나는 다양한 것을 볼 수 있지. 라쇼몽의 누각 안에 있으면 온갖 풍경이 보여. 그곳에는 시제(時制)가 존재하지 않으니까. 시간과 장소를 가리지 않고 여러 광경이 잡다하게 뛰어 들어오지. 네가 요즘 보는 텔레비전 같은 거다. 나는 그중에서 좋아하는 채널을 골라 보면 되지. 그리고 너를 위해 그 사건에 관한 것을 유심히 보았다. 그 결과, 알게 되었어. 이 사건은 너의 사건이다. 잘못한 것은 너야. 만약 모든 범죄의 근본에 진범이라는 것이 있다면, 그것은 바로 너다."

내가 모든 범행의 범인이라고?

이 도둑 녀석, 무슨 농담을 하는 거지.

"어이, 그런 말을 장난으로……"

"네가 지금 하고 있는 꼴이 더 장난 같다. 나는 엄청 진지하다고. 나쁜 소리는 안 해. 이 사건에서 손을 떼라. 그 여자가 어떻게 되든 알 바 아니잖아?"

"무리다. 이미 관련되어 있어. 이 화장을 봐라."

하카마다레는 다시 웃음을 터트렸다.

그리고 한숨을 쉬었다.

"아무튼 나는 충고했다. 남은 건 네가 알아서 결정해."

하카마다레는 그 말만 남기고 다시 어디론가 사라졌다. 하카마다레 녀석, 이렇게 불길한 조언을 남기고 떠나다니.

그런데 무슨 뜻일까?

'이 사건은 너의 사건이다. 잘못한 것은 너야. 만약 모든 범죄의 근본에 진범이라는 것이 있다면, 그것은 바로 너다.'

그럴 수가 있을까? 이렇게나 필사적으로 사건의 진상을 쫓고 있는 이 아쿠타가와 류노스케가 범인이라고?

도대체 녀석은 무엇을 봤다는 걸까?

아무튼 내가 이 사건에 관여한 데다, 주범이라고? 아무리 나의 인간성에 결여된 부분이 있다고 해도 그럴 리가 없다.

하카마다레의 말을 부정하며, 안짱걸음에 주의해서 다시 역으로 향했다.

매미가 요란하게 울었다. 그 소리가 나를 다시 후미와 아이들과 함께 지냈던 시설의 감각으로 돌려 놓았다. 그 시절, 가족 나들이를 갔을 때도 이렇게 매미가 울었다. 장소는 타바타였다.

나는 아들의 손을 잡고 지금처럼 걸었다. 여장은 하지 않았지만.

이제 그 시절은 돌아오지 않겠지.

두 번 다시.

그렇기 때문에 지금 내 곁에 있는 것을 잃지 않기 위해 나아가는 것이다.

4. 우츠미 야요이의 조금 마니아적인 관찰

선생님은 나보고 절대 집에 있으라고 했지만, 여장 차림의 선생님이 경찰에게 불심검문을 받지 않고 무사히 돌아올 수 있을지 점점 걱정되기 시작했다.

그래서 선생님의 명령을 어기고 외출하기로 했다. 만약을 위해 선생님에게도 들키지 않도록 선글라스를 썼다.

오늘은 태양이 한층 더 기승을 부렸다. 여름은 왜 이렇게 태양에게 유리하게 만들어졌을까? 그 태양에게 아부를 하는 매미들 때문에 더 덥게 느껴졌다.

선생님에게도 조금 더 시원한 옷을 입힐 걸 그랬다. 나는 탱크톱을 입었지만, 선생님은 긴소매의 원피스를 입었다. 계절을 생각했어야 했다. 하지만 반팔을 입히려면 팔에 난 털까지 깎아야 했다. 아무래도 그럴 시간은 없었으니까 할 수 없지.

그 여장은 어디까지 통용될까?

그걸 확인하는 것도 가정부의 임무지. 가정부의 귀감인 나는 그렇게 자신을 납득시키며 역 앞으로 향했다. 함정 수사할 장소는 정해져 있었다.

그나저나 타바타역 앞에서만 범행이 일어나는 이유가 뭘까? 단순히 생각하면 범인들이 타바타역 주변에 살고 있기 때문이겠지. 그렇다면 타바타역 주변에 사는 사람들이, 왜 우연히 같은 장소에서 범행을 계획했는지가 궁금해진다.

거기에 이유가 있을까, 없을까.

그런 생각을 하면서 걷는 동안 역 앞에 도착했다. 타바타역은 무척 소박한 역이다. 야마노테 선의 역 중에서 아마도 가장 마지막에 떠오르는 곳이 아닐까. 나는 아쿠타가와 류노스케와 무로우 사이세이가 살았던 마을로 기억하고 있지만, 일반적으로 본다면 별 볼 일 없는 땅일지도 모른다.

그 소박한 땅에서 소소하고 별난 사건들이 다발.

그래, '라쇼몽 현상'이라는 이름은 어쩌면 타바타가 아쿠타가와의 연고지라는 것도 감안했기 때문인지도 모른다. 그렇다면 더욱 질이 나쁘다.

이대로 계속해서 범행이 일어나면, 사람들은 라쇼몽 현상이 잇따라 일어난 '라쇼몽 사건'이라고 인식하게 될 것이다. 그것은 아쿠타가와 팬으로서 피하고 싶은 일이었다.

역 앞에 도착한 나는 네거리 앞에 있는 타바타 아스카라 타워 1층의 굵은 기둥 뒤에 몸을 숨겼다. 그리고 아스카라 타워에서 횡단보도를 건너면 바로 있는 마카렐도날드 앞을 관찰하기로 했다. 그곳에 긴 얼굴을 머리카락으로 잘 가린 장신의 여성이 서 있었다. 선생님이다.

자세히 보니 선생님은 평소처럼 나막신을 신고 있었다. 하지만 아직 주위 사람들은 눈치채지 못한 듯했다. 자, 그럼 머리카락을 자르는 노파가 선생님을 노리는 것이 먼저일까 아니면……. 그렇게 생각하고 있을 때, 우려했던 사태가 예상보다 일찍 일어났다.

경찰이 불심검문을 한 것이다.

"어어, 잠깐. 거기 당신."

경찰이 그렇게 말하며 선생님에게 말을 걸었다.

대화는 거기까지만 들렸다. 나는 할 수 없이 조금 더 가까이 다가가 이야기를 듣기로 했다. 네거리의 신호등 앞까지 갔다. 별로 혼잡하지 않아서 그 정도의 거리에서도 두 사람의 대화를 대략 알아들을 수 있었다.

도쿄 전체로 보면, 요즘 여장을 하는 남자는 드물지 않았다. 젠더 프리 사회인데도 역시 남자가 여장을 하고 있으면 수상하게 보이는 걸까.

그런 생각을 하면서 사태를 지켜보았다.

경찰은 이렇게 말문을 열었다.

"나쁘게 생각하지는 말고. 요즘 여장한 남자가 할머니의 가발을 태우는 사건이 계속 발생하고 있는 건 알고 있죠? 그래서 여장하고 있는 사람에게는 이렇게 불심검문을 합니다."

그랬다. 그 사건의 범인은 여장 남자였다.

선생님은 머리카락을 자르는 노파 사건의 함정 수사를 위해 여장을 했지만, 생각해 보면 이것은 가발 방화범의 특징과 딱 겹쳤다.

겹치지 않는 부분이 있다고 하면.

"호오, 하지만 그 남자는 수염이 있다고 하지 않았나?"

"수염이야 누구라도 깎을 수 있지 않나요?"

그래, 가발 방화범과 선생님의 외형 차이는 화장의 유무와 수염의 유무였다. 하지만 이런 부분은 얼마든지 조치할 수 있는 부분이었고, 범행을 계속하고 있는 사람이라면 변장도 할 것이다.

"나는 그런 짓은 하지 않았네."

"그럼 신분증을 보여 주시죠."

"그런 것은 소지하고 있지 않네."

"보험증도 없나요?"

"아직 구청에 가지 못했다."

"…… 잠깐 서까지 동행해야겠습니다."

경찰은 선생님의 팔을 가볍게 잡았다.

"체포 영장은 갖고 있나?"

"그런 건 없고. 하지만 조사에 협력하지 않겠다고 말하는 건 공무 집행 방해에 해당합니다. 됐으니까 같이 가시죠."

전개가 심상치 않았다. 어쩌지. 내가 뭘 할 수 있을까?

5. 문호 A의 시대착오적인 시점

경찰은 잔반에 꼬이는 파리처럼 끈질기게 설교를 늘어놓았다.

"요즘 코마고메(駒込) 경찰서에서 일하는 공무원까지 포함해서, 타바타역에는 경찰들이 잔뜩 깔려 있다고.* 왜지 알아요? 조금 전에 메신저인 젊은이가 쇠 파이프로 구타당했거든. 당신, 쇠 파이프 갖고 있지 않아? 뭣하면 그쪽 혐의로 조사해 볼까?"

경찰이 권력을 휘두르는 것은 어느 시대나 마찬가지인 모양이다. 의심스러운 사람이 있을 때, 그들의 눈에는 수상한 서민이 모두 용의자로 보이는지도 모른다. 메이지와 다이쇼 시대와는 달라

---

* 원래 코마고메 경찰서의 담당 지역은 타바타가 속해 있는 키타구와 인접한 분쿄구와 토요시마구의 일부다.

졌다고 하지만, 소수자만이 압제의 대상이 된다는 점은 여전하다는 생각이 들었다.

"내가 할 말은 아무것도 없다. 무례한 사람이로군."

"무…… 무례하다고?"

"설마 내가 정말 여자라고 생각하는 것은 아니겠지?"

"생각하겠냐!"

경찰은 정색하고 화를 내더니, 내 팔을 힘껏 잡아당겼다. 제법 체격이 좋은 남자였다.

"폭력인가? 폭력에 호소하는 건가?"

경찰의 악력은 내 몇 배는 되는 것 같았다. 다만 팔을 붙잡는 방식을 보니, 힘을 쓰는 법과 상대방의 공격을 받아넘기는 방법은 모르는 것 같았다.

나는 경찰의 팔 아래로 고개를 숙이고 들어간 다음, 경찰의 팔을 양손으로 꽉 잡고 한 팔 업어치기로 경찰을 쓰러뜨렸다.

"윽…… 기, 기다려!"

쓰러진 경찰이 고통스러운 자세로 외쳤지만, 그런 말을 듣고 기다리는 사람은 없을 것이다. 나는 나막신을 벗고 맨발로 뛰기 시작했다. '하인의 행방은 아무도 모른다.'라는 내가 쓴 소설의 마지막 문장이 머릿속에 계속 달라붙어서 떨어지지 않았다. 나는 일그러진 기계 장치의 도시로 변모한 도쿄에서 여자처럼 화장을 한 채 도망쳤다. 왜 도망쳐야 하는지 도망칠 의미가 있는지도 알지 못

했다. 정처 없이 방황하는 나 또한, 노파에게서 옷을 빼앗아 달아
난 그 하인과 다를 바 없었다.

나는 쭉 이렇게 살아왔다. 하인의 행방은 아무도 모른다. 작가조
차도 알지 못한다. 내 행방은 아무도 모른다. 나조차도 알지 못한다.

고양이만 지나다니는 좁은 길을 엎드린 상태로 기어서, 빈 집의
담 밑으로 빠져나왔다. 몸을 굽혀서 묘지 사이를 빠져나가듯이,
도시에 간신히 남아 있는 짐승 길을 찾아 뒤돌아보지 않고 전력으
로 달렸다. 언덕길이 많아서 기복이 심한 지형을 계속해서 달리자,
평소의 두 배 이상으로 체력이 소모되었다. 그래도 발을 멈추지
않았다.

등 뒤에서 쫓아오는 발소리가 없다는 사실을 깨달은 것은 나의
집 앞에 도착하고 나서였다. 집으로 돌아와서 다녀왔다고 인사했
지만, 기척이 없었다.

가슴이 술렁였다. 모든 방을 확인해 봤지만 야요이는 코빼기도
보이지 않았다.

이 여자, 그렇게나 말했는데 밖으로……

무사하면 좋겠는데. 뇌리에 그 지옥도의 광경이 떠올랐다가 사
라졌다.

6. 우츠미 야요이의 조금 마니아적인 관찰

인간은 필사적이 되면 묘한 아이디어가 솟아오르는 모양이다.

나는 파란불이 켜진 횡단보도를 건너, 선생님을 쫓아가려는 경찰의 앞을 가로막았다.

"자자자자, 잠시만요, 경찰관님!"

"…… 뭐지, 지금은 업무 중이라……."

"저, 방금 그 사람, 확실하게 목격했어요. 증언도 할 수 있어요. 언제든 증언대에 설게요. 뭐든 말씀해 주세요."

나는 그렇게 말하면서 앞으로 나아가려는 경찰을 양손으로 막았다.

"알았다. 알았으니까 저리 비켜!"

경찰은 인파 속으로 사라져 가는 선생님을 눈으로나마 필사적으로 쫓고 있었다. 이런, 위험하다. 어떻게든 하지 않으면.

"아, 그리고 저는 초상화도 잘 그리거든요. 법정에서 그림을 그릴 수도 있어요."

완전 거짓말이었지만, 이때는 아무래도 좋았다. 아무튼 선생님이 도망갈 시간을 벌어야 했다.

"비키라니까!"

"꺄……."

경찰은 마침내 내 손을 뿌리치고 가 버렸다.

그래도 잠시나마 발을 묶어 뒀으니까.

선생님도 나막신을 벗고 간 모양이니, 맨발이라면 어떻게든 도 망칠 수 있을 것이다.

심장이 빠르게 뛰었다.

선생님 때문에 이렇게 안절부절못한다는 사실이 불합리한 것 같기도 하고 이상하기도 했다. 이 이야기를 미이 선배에게 말하면 분명 놀림받겠지. 애초에 말을 안 하면 되는데.

실제로 나는 지금 선생님을 무척 걱정하고 있었다. 그것은 분 명했다. 내가 경찰에 쫓기고 있어도 이렇게 심장이 빠르게 뛰지는 않았을 것이다.

선생님을 위해 뭘 할 수 있을까?

그래, 역시 선생님 댁으로 돌아가 보는 게 제일 좋을까. 그게 좋 겠다. 만약 선생님이 경찰에게 쫓기다 자택으로 도망쳐 오면, 바로 화장을 지우고 목욕을 시켜야겠지? 목욕을 마치고 나오면 다른 사람이라고 우길 수 있을지도 몰라⋯⋯.

일단 물을 데워 놓자.

아아, 어쩐지 학교에서 문제를 일으킨 아동을 감싸는 보호자의 마음을 알 것 같다. 나는 선생님을 어떻게 생각하는 걸까? 성가신 고용주? 아니면⋯⋯.

그런 생각을 하면서 몇 분 뒤 귀로에 올랐다. 집 안으로 들어가 목욕물을 데우기 위해 욕실 문을 열었을 때, 심장이 멈출 뻔했다.

이어서 눈앞에 펼쳐진 광경에 비명을 질렀다.

"꺄아아아악!"

이게 뭐야!

그곳에는 알몸으로 샤워를 하고 있는 선생님이 있었다.

"갑자기 들어오다니, 자네는 꽤 대담한 여자로군."

"시, 실례했습니다……."

나는 허둥지둥 문을 닫았다.

"어이, 내가 그렇게나 못을 박았는데도 외출한 건가?"

선생님은 욕실에서 문 너머로 나에게 말을 걸었다.

"죄, 죄송해요……."

"왜 내 말을 듣지 않았지?"

"그게……."

선생님이 걱정돼서 그랬다고는 말할 수 없었다. 부끄럽기도 했고 실례인 것 같았기 때문이다.

"뭐, 됐다. 무사하니 다행이군."

더 혼날 거라 생각했기 때문에 맥이 빠졌다. 그리고 동시에 선생님이 무사히 집으로 돌아왔다는 사실에 안도감이 밀려왔다.

"제, 제 안전이야 아무래도 상관없잖아요!"

경찰에게 쫓기던 남자가 무슨 태평한 소리를 하고 있는 건지.

그런데 선생님은 반대로 나에게 화를 냈다.

"아무래도 상관없다니 그게 무슨 소리냐!"

선생님이 욕실 문을 열었다.

덕분에 다시 선생님의 알몸을 목격하게 되었다.

"아, 앞 좀 확실하게 가려 주세요!"

"어린애한테는 자극이 너무 셌나?"

선생님은 서랍장에 놓아 둔 배스 타월을 허리에 감았다. 어린애가 아니라고 반론하려다가 말았다. 반론해 봤자 아무런 이득도 없다는 것을 깨달았으니까.

"아무튼 앞으로는 내 허가 없이 외출하지 말게. 알겠나?"

간섭이 엄청 심한 고용주였다.

"네. 그런데 저보다도 선생님이 걱정됐다고요. 아무튼 무사하셔서 다행이에요."

"보고 있었나?" 선생님은 이렇게 말하면서 허리에 두른 타월을 풀어 얼굴과 가슴을 닦기 시작했다. 다시 선생님의 하반신이 드러났기에, 나는 시선을 돌려야만 했다.

"음, 엄청난 일을 겪었지. 지독한 나라다."

"아니, 나라의 문제가 아니라……. 가발 방화범의 특징을 깜박 잊고 있던 선생님 잘못이죠. 뭐, 저도 마찬가지지만요."

"아니, 그렇다고 해도 너무 난폭해. 단지 여장을 하고 있다는 이유 하나만으로, 제대로 확인도 하지 않고 나를 경찰서로 끌고 가려고 했다."

"여장하고 있는 남성은 아무래도 소수고, 같은 지역에 여장을 한 범인이 있으니 어쩔 수 없지 않을까요?"

"그 논리는 이상하지. 이 세상은 여자가 설거지를 하지 않을 정도로 자유롭지 않나? 그렇다면 남자가 대낮부터 여장을 하고 있을 자유도 있지. 마침 여장 남자가 죄를 저지르고 있다고 해서, 그것을 이유로 여장을 하고 있는 나를 경찰서로 데려간다는 것은 터무니없이 난폭한 논리다. 일반화가 너무 심하지 않나."

"그런가요. 타당하다고 생각되는데요."

경찰의 입장에서는 당연해 보였다. 범인과 특징이 유사한 사람에게는 불심검문 정도는 하겠지. 하지만 선생님은 여전히 납득이 가지 않는 것 같았다.

"자네가 만약 진지하게 그런 생각을 하고 있다면, 이 나라의 허울뿐인 자유에 상당한 힘을 실어 주는 격이지."

"그럼 어떻게 수사해야 한다는 거죠?"

"사진 등을 단서로 삼아야 할 것이고, 무엇보다 먼저 알리바이를 물어봤어야지. 수사법이라면 에드거 앨런 포의 소설에도 나오는데, 그 정도는 요즘 세상에서도 읽고 있을 것 아닌가. 서점에 갔을 때 에밀 가보리오 소설은 안 보였지만, 포가 살아남은 것은 무엇보다 다행이었다. 하지만 그 지혜를 살리지 못하면 전혀 의미가 없다. 아무리 경찰서에서 자세한 사정을 듣는다고 해도, 그렇게 지독하고 강압적인 응대는 없을 것이다. 그래서야 폭력을 당한 것과 마찬가지지."

점점 제대로 된 논리처럼 생각되었지만, 알몸으로 말하니 설득력이 없었다.

"아, 아무튼 옷 좀 입으세요. 이야기는 그 뒤에 들을 테니까요."

"내가 알몸인 것은 여기가 탈의실이기 때문이다. 자네가 이런 곳에 멋대로 들어온 것이 문제지."

아, 맞다……. 내가 잘못했다.

"…… 죄송합니다."

나는 보지 않는 척하며 선생님의 몸에 늘씬하게 붙은 근육을 힐끔거렸다. 아쿠타가와 님을 똑 닮은 얼굴에 적당한 근육. 어떤 면에서는 이것이야말로 궁극의 코스프레가 아닐까…….

"방금 내 몸을 훑었군?"

"아, 안 봤어요!"

안 봤다, 안 봤어. 봤지만. 눈이 즐거웠지만.

"너무 동요하는군."

"……"

아무래도 안 되겠다. 평소에는 근육을 좋아한다고 생각한 적이 없었는데. 문학가 분위기가 나면서 언뜻 마른 체형인 듯 살짝 근육이 붙은 몸에는 사족을 못 쓰는구나…….

"거실에서 기다릴게요."

그렇게 말하고 나가려고 하는데, 선생님이 등 뒤에서 나를 불렀다.

"야요이 군."

"왜요?"

"음, 이런저런 말을 했지만, 가장 먼저 해야 할 말을 잊고 있었군. 걱정해 줘서 고맙다."

"…… 별말씀을요."

내 마음이 두근거렸다는 것을 선생님이 눈치채지 못하도록, 서둘러 문을 닫고 거실까지 종종걸음으로 돌아왔다. 선생님의 알몸을 봤다는 멋쩍음 때문인지, 안심했기 때문인지, 마지막에 뭔가 마음이 통한 기분이 들었기 때문인지, 아니면 그 전부인지.

접이식 밥상 위에 있던 손거울로 내 얼굴을 들여다보니, 볼이 새빨갛게 상기되어 있었다. 나도 참. 볼아, 얼른 본래의 색으로 돌아오렴. 그런 주문을 외면서 거실에서 TV를 보고 있을 때, 옷을 입은 선생님이 평소처럼 TV 앞으로 다가왔다. 그리고 평소처럼 피스를 한 개비 물고 앉아, 라이터로 담배에 불을 붙이고 연기를 뿜어냈다.

"자, 내 알몸을 본 감상을 천천히 들어 볼까."

"선생님은 변태세요?"

겨우 원래 색으로 돌아가려던 볼이 다시 붉어질 것 같아서 나는 허둥지둥 얼굴을 돌렸다. 선생님이 TV를 켰다.

TV에서는 마침 뉴스 방송을 하고 있었다. 조금 전 경찰이 말했던 메신저 습격 사건이 보도되고 있었다.

"조금 전 범인처럼 보이는 남성이 경찰에게 불심검문을 받던

중 현장에서 도주했습니다. 이것은 그 모습을 담은 영상입니다."

혁. 아까 길거리에서 선생님이 불심검문을 받던 모습이 카메라에 뚜렷하게 담겨 있었다.

어쩌지…….

선생님은 멍하니 화면을 바라보면서 말했다.

"내 여장, 꽤나 완벽하군. 왜 들켰을까."

어, 그게 감상이야? 선생님, 너무 태평하신 거 아닌가요…….

"어깨 근육 때문이 아닐까요?"

선생님은 흠, 하고 말하더니 자신의 어깨를 보며 "확실히." 하고 중얼거렸다. 선생님의 어깨는 딱 벌어진 데에다 넓었다. 경찰을 한 팔 업어치기로 쓰러뜨린 걸 보면 격투기라도 했던 걸까.

그러고 보니 아쿠타가와 님도 스모를 잘했다고 한다. 아쿠타가와 님의 부친이 자신이 이길 거라 생각해서 아쿠타가와 님에게 승부를 걸었는데, 몇 번을 해도 아쿠타가와 님이 이겼다고 한다. 그래서 할 수 없이 마지막에는 아쿠타가와 님이 일부러 부친에게 져 줬다는 이야기를 읽은 적이 있었다.

그래, 선생님은 근육이 붙은 것까지 아쿠타가와 님과 똑 닮았구나.

아차, 아니지, 아니야. 그런 네에 감탄하고 있을 때가 아니잖아. 문제는 선생님의 여장 모습이 공공의 전파를 타고 알려지면서, 지명 수배를 당한 것과 마찬가지가 되었다는 점이다.

"선생님, 위험하지 않을까요? 경찰은 이 영상을 토대로 조사를 시작할 거예요."

선생님은 더 깊게 담배를 빨아들이더니 후우, 하고 길게 하얀 연기를 토해냈다.

"이 세계에서는 뭐라고 하지? 이런 걸 핫하다고 하나?"

"…… 전혀 다르거든요."

TV에서 또 이상한 신조어를 배운 모양이다.

"뭐, 아무튼 이걸로 핫한 나는 지명 수배범이 된 건가. 이렇게 된 이상 어떻게든 범인을 붙잡아야겠군."

선생님이 말한 대로였다. 선생님이 체포되는 것은 시간 문제였다. 현대 경찰에게 여장한 모습에서 평소 모습을 유추하는 정도는 어렵지 않을 것이다. 그러니까 그 전에 진범을 붙잡아야…….

"저한테 맡겨 주세요."

나는 힘차게 선언했다.

하지만 내가 그렇게 선언했을 때, 선생님의 관심은 원예 방송에 쏠려 있었다.

7. 켄타로는 쇠 파이프를 원했다

남에게 끼치는 민폐는 생각하지도 않고 촐랑촐랑 움직이다니.

켄타로가 느끼는 분노의 화살은 언젠가부터 사이클로크로스를 탄 사람에게로 향했다.

그는 타바타에 있는 자택에서 걸어 다닐 수 있는 국립 대학에 다녔다. 중고등학교를 엄청 유명한 사립학교로 다녔고, 그곳에서 계속 1등을 했었다.

그리고 당연하게도 자택 근처에 있는 국내 정상의 국립대에 입학했다. 장차 엘리트 관료가 될 미래는 약속된 것이나 다름없었다. 켄타로의 아버지도 할아버지도, 대대로 정치가였기 때문이었다.

켄타로는 이대로 순조롭게 열심히 공부해서 수석으로 졸업할 예정이었고, 앞으로 엘리트 관료와 엘리트 정치가로서의 인생을 구가할 생각이었다. 그런데 요즘 딱 하나, 켄타로의 신경을 건드리는 것이 있었다.

사이클로크로스를 탄 사람이다.

처음에는 신경 쓰지 않았지만, 몇 번인가 자신의 옆을 맹 스피드로 달려 나가는 그들을 보니 화가 솟구쳤다.

어차피 공부도 못하는 바보들이겠지.

자동차도 오토바이도 구입하지 못하는 주제에, 자전거 따위로 자동차 같은 속도를 내다니. 켄타로에게 사이클로크로스를 탄 사람은 허세를 부리는 존재로 보였다.

자전거인데 자전거 같은 속도로 달리지 않는다. 속도를 내고 싶다면 오토바이를 타면 된다. 자동차를 타거나. 그렇게 하지 않는 것은 어차피 돈이 없는 가난뱅이기 때문이겠지.

어느 날, 저녁 식사 자리에서 이에 대한 이야기가 나왔다. 아버지에게 자신의 생각을 이야기하자, 정치가인 아버지는 이렇게 말했다.

"그건 너의 편견이다. 아버지의 동료 정치가 중에서도 사이클링이 취미인 사람이 있으니까."

"그분은 빨리 달리지는 않잖아요?"

"확실히 고령이니까 빨리 달리는 일은 없을지도 모르지."

"제가 싫어하는 것은 자전거 주제에 엄청난 스피드로 달리는 녀석들이에요. 그 녀석들은 제 분수를 모르는 거예요. 법률로 처벌해 줘요."

아버지는 흠, 하고 팔짱을 꼈다.

"확실히 스피드를 내던 사이클로크로스와 부딪힌 노인이 얼마 전에 도내 병원으로 이송되어 돌아가셨다는 뉴스가 있었지. 하지만 자전거의 속도를 제한하는 것은 꽤 어려워. 자전거는 누구나 탈 수 있고 자동차처럼 속도계가 달린 것도 아니니까."

"그럼 사이클로크로스 자체를 금지시켜요."

"그건 무리다. 에콜로지 붐(ecology boom)이 일어났을 무렵부터 사이클로크로스 배달 서비스를 이용하는 것이 모든 기업에서 유행했지. 지금은 사이클로크로스 메신저가 도내를 누비는 모습이 친숙한 광경이 되었어. 그것을 전면 금지하자고 말하면 민간 기업들이 엄청난 클레임을 걸 거다. 기름 값도 들지 않고, 인건비만 드니까 기업에도 큰 도움이 되지."

"하지만 위험하잖아요."

"분명히 가끔 사고가 일어나지만……. 그렇게 따지면 자동차 사고가 더 많이 일어나지 않느냐?"

켄타로는 더는 대꾸하지 않았다. 하지만 속으로는 이렇게 생각했다.

자동차는 괜찮아.

자동차는 인간보다 강하니까.

켄타로는 어릴 적부터 자동차에 타는 것을 좋아했다. 자동차에 타고 있으면 운전석의 아버지가 평소와 달리 작은 목소리로 거칠게 욕하는 경우가 자주 있었다.

"내가 차를 세워 줬잖아. 얼른 지나가라고."

혹은 이랬다.

"위험하잖아. 어슬렁어슬렁 걸어 다니지 말라고, 바보 자식아."

그런 태도를 보며 자라는 동안, 켄타로는 보행자보다 자동차에 탄 인간이 더 대단하다고 생각하게 됐다.

그러니까…… 자동차가 사람을 치는 것은 상관없었다.

하지만 사이클로크로스는 용서할 수 없었다. 그것은 자전거다. 오토바이도 자동차도 타지 못하는 녀석이 타는 대용품이었다.

그런 것을 타고 있는 녀석이 속도를 내며 내 옆을 쌩하고 지나가다니.

분노가 절정에 달한 것은 올해 6월이었다.

켄타로가 학교에 가고 있는데 사이클로크로스 한 대가 옆으로 지나갔다.

배달 중인 메신저였다.

사이클로크로스는 물웅덩이를 태연하게 지나갔고, 켄타로의 다리에 물이 튀었다.

새 바지가 젖었다.

원래 있던 분노는 이 사건으로 인해 매우 간단히 증오로 바뀌었다. 세상을 바로잡을 필요가 있었다. 어디든 상관없었다. 그놈들을 한 대 때려 주고 싶었다.

"그 자식들, 진심으로 한 대 때려 주고 싶어요."

켄타로가 식탁에서 농담처럼 말하자, 아버지는 쾌활하게 웃었다. 그리고 이렇게 말했다.

"만약 할 거라면 파출소 근처에서 해라."

"왜요?"

"그리고 바로 신분증을 내밀어라. 아버지가 누구인지도 이야기하는 편이 좋겠지. 그렇게 하면 경시청은 조사를 멈춰 줄 테니까. 가능하면 집 근처가 좋겠다. 이곳의 담당 경찰과는 안면이 있으니까 말이다."

"그런 게 가능해요?"

"아빠를 누구라고 생각하냐? 정치가라고?"

아버지는 최근 유행하고 있는 코미디언의 말투를 흉내 냈다.

어디까지 진심으로 받아들여야 하는지 알 수 없는 대화였다. 어쩌면 아버지는 켄타로의 말을 농담으로 받아들여서, 거기에 맞춰 농담으로 대응했을 뿐인지도 몰랐다.

하지만 켄타로의 증오는 진심이었다.

아버지의 생각은 모르겠지만, 기왕 이렇게 된 거 그대로 해보자.

켄타로는 이튿날부터 범행을 실행하기에 딱 좋은 쇠 파이프를 찾아, 한밤중에 공장 주변을 돌아다녔다.

8. 문호 A의 시대착오적인 시점

내가 너무 심각하게 생각하는 걸까? 문득 그런 생각이 든 것은, 야요이와 둘이서 멍하니 텔레비전의 예능 방송을 보고 있을 때였다.

저녁 식사 전에 야요이가 "저한테 맡겨 주세요."라고 말했다. 그렇게 될 리 없다며 속으로 발끈해서 해결책을 찾고 있었지만, 그리 심각한 상태는 아니라는 생각이 들었다.

"잠깐. 생각해 보니 앞으로 여장을 하지 않으면 되는 것 아닌가?"

내 생각은 이랬다. 경찰에게 목격당하고 감시 카메라에 찍힌 것은 여장했을 때의 내 모습이었다. 그러니 여장을 하지 않으면 붙잡힐 염려가 없지 않은가.

하지만 야요이는 정차 중인 기관차라도 된 것처럼 엄청 크게 한숨을 쉬더니, 은색 숟가락을 접시 옆에 놓았다.

오늘 밤의 식탁은 역시나 히라노 레미 선생님의 특제 나스닉 그라탱(なすニックグラタン)*이었다. 맛은 일품이었지만, 나스닉의 '닉'이 무엇인지 새삼 궁금했다. 그런 이름의 재료를 사용하지 않았기 때문이다. 설마 내가 조리법을 착각했나 의심하고 있을 때, 야요이가 입을 열었다.

"저기, 선생님. 요즘 시대에 경찰은 어떤 화장을 하고 있어도 CG로 맨얼굴을 유추해 낼 수 있어요."

"CG……. 그건 알파벳의 C와 G를 말하는 건가?"

이 세계에는 모르는 용어가 너무 많다. 아무리 도쿄가 변화가 심한 도시라지만, 이것은 너무하지 않은가. 더구나 텔레비전이 가르쳐 주는 바에 의하면, 근래에는 인터넷과 AI라는 것이 있어서, 머지않아 인류는 싱귤레리티(singularity)**가 어쩌고 하는 것을 맞이한다는 모양이다. 이미 내 이해를 넘어섰다. 이것은 내가 아는 도쿄의 미래와는 다르지 않을까? 아니면 전부 내 소설을 수용했기 때문에 이런 돌연변이가 나타난 것일까?

"컴퓨터 그래픽의 약자예요."

---

* 다진 양파와 마늘, 가지와 소고기를 볶은 다음 치즈를 얹어 오븐에 구워 내는 요리.
** 기술적 특이점. 모든 인류의 지성을 합친 것보다 더 뛰어난 초인공지능이 출현하는 시점을 말한다.

하나의 용어를 설명하는데, 또 다른 특수 용어가 등장했다. 이 래서는 단어의 진짜 의미를 알기까지 날이 저물지도 모르겠다.

"전혀 모르겠군. 요컨대 경찰은 내 맨얼굴을 이미 알고 있을 가 능성이 높다는 건가?"

"네, 그 문호와 닮은 얼굴을요. 와, 생각하니 재미있네요. 감시 카메라에 찍힌 여장 남자의 영상에서 CG 기술로 민낯을 밝혀냈는 데, 아쿠타가와 류노스케와 똑 닮은 얼굴이라면⋯⋯."

어디가 재미있다는 건지 나는 전혀 알 수가 없었다.

"어디가 재미있다는 거지?"

"그야 경찰은 당황스러울 게 분명하니까요. 자신들이 문호를 쫓 고 있었던 건가 하고요."

야요이는 재미있다며 웃었지만, 나는 하나도 웃기지 않았다. 의 심쩍어하면서 그라탱을 숟가락으로 떠서 입으로 가져갔다. 한 입 먹을 때마다 쩝쩝 입맛을 다시게 할 정도로 맛있었다.

"뭐, 그런 이유로 선생님은 실질적으로 지명 수배가 된 거나 마 찬가지예요. 그러니까 괜히 나다니지 마세요."

"그런가⋯⋯. 나는 범죄자가 된 건가⋯⋯."

생각지도 못한 일이었다. 이 기계 장치의 신(新) 도쿄라고도 할 수 있는 쇄신된 도시에서, 설마 내가 범죄자라는 칭호를 얻게 될 줄이야.

너무 커진 일에 웅크리고 앉아 고개를 숙였다.

"정말, 살아 있는 것은 결국 시대에 뒤처지는 것이라는 생각이 드는군……."

"그건 아쿠타가와 님이 아니라, 소세키의 《마음(こころ)》에 나오는 '선생님'이죠. 아쿠타가와 님이라면 '왠지 막연한 불안'이라고 하겠죠."

야요이는 상당한 문학통(文学通)으로 보였다. 내 유서와 소세키 선생님의 작품에서 나온 유서를 인용한 고도의 농담을 간파하다니. 하지만 지금의 내 심경은 과거의 내 유서를 인용하기엔 부적절했다.

"더는 막연한 불안이 아니다. 뚜렷한 불안, 아니, 절망이지. 뭐가 절망이냐면, 자네가 문제다. 내가 밖에 나갈 수 없다는 건 식재료 구매를 자네에게 맡겨야 한다는 뜻이지."

"…… 어디가 절망적이라는 건가요? 제가 사오면 되잖아요."

이 여자는 아무것도 모른다. 자신이 얼마나 위험한 상태에 놓였는지 모르는 것이다. 그도 당연하다. 그녀는 내가 라쇼몽에서 본 지옥도에 대해 알지 못하니까.

"안 돼! 한 발짝도 밖으로 나가면 안 된다!"

"자, 잠깐만요 그건 너무 과보호잖아요. 밖에 나가지 않는 편이 좋은 건 선생님이죠. 정말이지 솜에 싸여 있는 가정부 같은 건 이 세상에 없다고요."

"그럼 이제 가정부 일은 그만두게."

"분명 가정부 일은 그만두라고 말씀하셨죠. 저는 가정부로 고용

되었으니, 저를 고용하지 않으실 거라면 제가 여기에 있을 이유도 없겠네요……."

"살아 있는 것만으로도 충분하지 않은가."

"어……."

내가 생각해도 성급했다. 혹은 너무 나간 발언이었는지도 모른다. 반성에 반성을 거듭해도 이미 엎질러진 물이라는 것은 야요이의 눈을 보면 분명했다.

야요이의 볼은 분홍색으로 물들었고, 내 마음속에 숨긴 마음을 눈치챈 것처럼 보였다. 아니, 잠깐. 내 마음속에 숨긴 마음이라니. 그런 것이 있었나?

나는 서둘러 머리를 흔들며 잡념을 쫓아내려했다. 하지만 나보다 더 기괴한 행동을 하는 사람이 눈앞에 있었다.

"어이 자네, 왜 머리를 벽에 박고 있나?"

"안 박아요."

야요이는 그렇게 대답했지만, 실제로 그녀는 거실 기둥에 머리를 쿵쿵 박고 있었다.

"피가 난다."

"피 안 나요!"

아니, 나고 있다. 아마 기둥의 거스러미에 다친 것이겠지. 그녀가 무슨 생각을 했는지는 모르겠다. 하지만 그녀의 생각은 내 생각과 크게 다르지 않았을 것이다.

요컨대 그녀도 분명 이때 가슴속에 불쑥 솟아오른 감정을 없애기 위해 필사적이었을 것이다. 그래서 야요이가 다음과 같이 말했을 때, 나는 그녀가 무슨 생각을 하는지 짐작이 가서 무척 괴로웠다. 야요이가 내 생각을 방해하며 말했던 것이다.

"저, 슬슬 다른 아르바이트도 하고 싶거든요. 오늘부터 주에 이틀 정도 쉴 수 있을까요?"

일반적으로 생각하면 나와 거리를 두고 싶다는 뜻이겠지. 하지만 일에는 맥락이라는 것이 있다.

"호오, 휴일 말인가?"

"아, 그리고 전에 살던 아파트가 이번 달까지 임대 계약된 상태거든요. 그러니까 내일부터는 선생님 댁에 머물지 않고 거기에서 출퇴근할게요."

역시 그녀는 나와 거리를 둘 생각인 모양이다.

"이런 때에 나를 버리고 재취직하는 건가?"

"어머, 그런 말은 한 적 없잖아요."

딱히 심술궂은 말을 했다는 자각은 없었다. 그러나 결과적으로 엄청 삐진 것처럼 들린 것은 내가 생각해도 꼴사나웠다. 하지만 야요이가 내일부터 이 집에 없을 것이라고 생각하니, 불안한 기분에 사로잡혔다. 사실대로 말해서 한탄하고 싶어졌다. 나는 다다미 위로 쓰러졌다.

"설마 가정부에게 버림받는 날이 올 줄은······. 결국 시대에 뒤처지는구나."

"그건 소세키의 작품에 나오는 선생님이라니까요……."

"인생은 한 줄의 보들레르*만도 못 하다."

"아, 그건 《어느 바보의 일생》."

"지옥보다도 지옥적."

"《난쟁이가 하는 말(侏儒の言葉)》이네요. 하지만 그 표현을 많이 쓰는 것도 좀……. 아, 아무튼 그런 이유로 저는 내일 면접을 봐야 해서 집을 비울 거예요. 선생님은 어디에도 외출하지 마시고 얌전히 기다려 주세요."

나는 야요이의 옷소매를 붙잡았다.

"가지 말라고 부탁해도 안 되나?"

"…… 네."

마음을 굳게 먹은 것 같았다. 그렇다면 내 발버둥은 여기까지였다. 효과가 낮은 일은 계속해 봤자 의미가 없으니까. 나는 몸을 일으켰다.

"그럼 하나만 약속해 주게. 타바타역 앞에는 절대로 혼자 가지 않겠다고."

"혼자 타바타역 앞에 가지 말라고요?"

"그래."

---

* 프랑스 시인인 샤를 보들레르는 시집 《악의 꽃(Les Fleurs du mal)》으로 유명하다.

야요이는 어리둥절한 기색으로 고개를 갸웃하면서도 마지막에는 고개를 끄덕였다.

"그럼 오늘 밤이 여기에서 지내는 마지막 밤이로군."

"…… 그러네요."

오늘 밤까지. 그 뒤에는 어떻게 될까. 그녀를 지킬 수 있을까. 좀 더 말려야 하는 것은 아닐까.

하지만 다음에 내가 눈을 떴을 때, 이미 그녀는 계단을 향해 걸어가고 있었다. 삐걱거리는 계단 소리가 끝을 향한 서곡처럼 애수를 띤 채 계속해서 울렸다.

그날 새벽, 복도를 걷는 소리가 들리더니 잠시 뒤에 현관 미닫이문을 살며시 여는 소리가 났다. 야요이는 내가 알아채지 못하도록 조심스럽게 나가려고 하고 있었다.

나는 이불 속에서 야요이가 금지했던 담배를 누워서 피고 있었다. 그리고 야요이가 만들어 내는 소리에 귀를 기울였다. 미닫이문이 닫히는 소리가 울렸다. 아니면 울린 것은 그 뒤에 이어진 기나긴 정적이었을까.

바람에 창문이 희미하게 흔들렸다. 집도 야요이의 부재를 한탄하는 것처럼 느껴졌다.

"가 버린 모양이로군. 괜찮은가?"

하카마다레가 나타났다. 부드럽고 창백한 아침 햇살이 창호지 너머로 들어왔다. 오전 여섯 시쯤 됐을까. 하카마다레는 내가 누워 있는 이불 위에 털썩 앉았다. 덕분에 나는 담뱃재를 옆에 있는 재떨이에 터는 정도만 할 수 있게 되었다.

"상관없다. 역에는 가까이 가지 말라고 말해 뒀으니까."

어젯밤에는 이상하게 잠들지 못했지만, 그녀의 방을 찾아가는 우행은 저지르지 않았다. 내가 아쿠타가와 류노스케였을 때는 그런 불성실한 언동을 너무 많이 했었다. 이 세계에서까지 그런 자신의 특성을 가져오고 싶지는 않았다.

그것은 이 세계에 살기를 자포자기한 인간의 행동이었다.

하지만 지금 이 세계에 있는 나는 분명한 목적을 갖고 있었다. 나는 내가 선택해서 여기에 있다. 안이한 마음으로 여자를 유린할 수는 없었다.

"너, 바보로구나."

"어째서? 야요이를 안지 않아서?"

"그런 이야기를 하는 게 아니다."

하카마다레는 어째서인지 얼굴을 붉혔다. 의외로 귀여운 데가 있군.

"그럼, 왜지?"

"그녀의 집은 노가타에 있잖아? 타바타역을 이용하지 않고 어떻게 돌아간다는 거냐? 그런 약속을 지킬 수 있을 리가 없잖아?"

"뭐라고……."

나는 벌떡 몸을 일으켰다.

"뭐, 지금 당장은 문제없겠지. 그 지옥도는 해의 각도로 봤을 때 대낮이었으니까. 그녀는 바로 노가타로 돌아가는 건가?"

"아니……. 아마 새 직장의 면접을 보고 난 다음에……."

"무슨 일을 할 거라던가?"

"…… 듣지 못했다."

하카마다레는 나를 바보 취급하듯이 웃었다.

"최악의 결과를 초래하지 않았으면 좋겠군. 네가 썼던 문장인, 지옥보다 지옥적인 결말을."

나는 담뱃불을 재떨이에 눌러 껐다. 그리고 새 담배를 꺼내 입에 물고 불을 붙였다.

하지만 아무리 폐 깊숙이 연기를 들이마셔도, 오늘은 아무 느낌도 들지 않았다. 연기는 그저 폐를 지나서 다시 빠져나갈 뿐이었다.

제5부
지옥폄(地獄貶)

1. 우츠미 야요이의 긴 전화

어, 목소리가 가라앉아 있다고요? 기운이 없다고요?

그렇지 않아요.

여전히 같이 사냐고요? 아뇨. 그게 말이죠, 여러 일이 있어서 원래 살던 아파트로 돌아왔어요. 헤어졌냐고요? 아니, 그렇지 않아요. 애초에 사귄 적도 없고요. 잘린 것도 아니에요.

단지 으음, 말로 잘 표현을 못 하겠는데, 거리를 둘까 싶어요. 다른 아르바이트도 하고 싶고요.

오늘 바로 면접을 보고 왔거든요.

어, 그렇게 바쁘게 지낼 필요는 없다고요? 아니, 그런 게 아니라요. 이유가 있어요. 그 사건 때문이에요. 실은 저기, 이건 비밀로 해주세요……. 선생님이 지금 지명 수배가 되었거든요. 쉿. 목소리가 너무 커요. 맞아요. 물론 무죄죠. 그건 제가 보증할게요. 그저

---

* 아쿠타가와 류노스케의 단편 《지옥변(地獄変)》의 패러디.

오해를 받았을 뿐이라고요.

하지만 매년 억울하게 죄를 뒤집어쓰고 검거되는 사람이 엄청 많다니까, 가능하면 먼저 진범을 잡고 싶어서요.

오전에 아르바이트 면접을 봤어요. 결과요? 후후, 선배, 저를 누구라고 생각하시는 거예요? 물론 바로 채용됐죠.

무슨 업종이냐고요? 메신저요. 체력으로 승부하는 거죠. 선생님이 예전에 저한테 미끼가 되어 달라고 부탁했다는 말 했었죠? 머리카락이 잘리는 미끼는 싫지만, 메신저가 되어 거리를 돌아다니면 같은 사이클로크로스에 탄 인물을 찾을 수 있지 않을까 싶더라고요. 게다가 사이클로크로스 자전거를 타는 동료가 생기면, 거기서도 정보를 수집할 수 있잖아요.

면접을 본 날 오후부터 바로 주 2회 메신저 아르바이트 생활이 시작됐죠. 쇠뿔도 단김에 빼라잖아요.

사이클론사(社) 타바타 지점인데요. 그곳의 아르바이트 스태프는 전부 다섯 명이에요.

첫 일주일 동안은 코바야시라는 선배 뒤를 따라 움직이면서 일을 배우기로 했어요. 코바야시 선배요? 으음, 글쎄요. 그냥 그래요. 그럭저럭 잘생기긴 했지만, 아쿠타가와 님과 비교하면 조금……. 뭐 그건 비교하면 안 되지만요.

다른 미남은 없냐고요? 아, 있어요. 마코토라는 사람이요. 처음에는 그 사람이 일을 알려 줬으면 좋겠다고 생각했어요. 그런데 새로 들어온 직원 교육은 코바야시 선배가 하기로 정해져 있는 모양이라, 단념하는 수밖에 없었죠.

실제로 코바야시 선배의 상냥한 미소를 보면 힐링되거든요.

"뭐, 기억할 일은 그렇게 많지 않으니까 바로 익힐 수 있을 거야." 하고 다정하게 말해 주기도 했고요. 하지만 솔직히 처음에는 계속할 자신이 없었어요. 코바야시 선배한테도 "그런데 체력에 자신 있어? 이 일은 꽤 체력이 필요한데."라는 말을 듣고, 완전히 주눅 들어서 "자신 없어요." 하고 대답했을 정도였거든요.

단호하게 선언해 두는 편이 좋을 거라고 생각했는데, 코바야시 선배는 제 대답에 조금 당황하더라고요. 어, 그럴 만하다고요? 그래요? 말하는 편이 더 낫겠다고 생각했는데. 사회인으로서 자각이 부족하다고요? 그건 아니죠. 자신 없는데 자신 있다고 말하면 괜히 나중에 민폐를 끼치게 된다고요.

고등학생 시절 동아리 활동이요? 어, 선배 잊으셨어요? 너무해요! 저는 그렇게 선배를 지켜보고 있었는데! 유도부요! 아, 물론 만년 보결생이었고 대학에 들어간 뒤로는 유도복을 입은 적도 없지만요.

뭐, 코바야시 선배는 당황하면서도 "체력은 조만간 붙을 테니까." 하고 달래 주고 위로의 미소까지 지어 주더라고요.

어머, 반했냐고요? 저는 그리 쉽게 변심하지 않는다고요.

네? 변심이냐니, 전에는 누굴 좋아했냐고요⋯⋯? 제가 변심이라고 했나요? 그랬다고요? 이상하네요. 아니, 그리 깊은 의미는 아니에요.

하지만 뭐 실제로 시작해 보니까 코바야시 선배가 했던 말이 단순히 겁을 주기 위한 말은 아니었어요. 속으로는 이렇게 생각했거든요. 그냥 자전거만 타면 되니까, 그렇게 체력이 필요하지는 않겠지 하고요. 큰 착각이라는 사실을 오늘 바로 알게 되었죠.

우와. 정말 힘들었어요. 체력이 떨어졌더라고요! 그것도 엄청 많이요. 솔직히 사람의 체력이 이 정도까지 떨어질 수가 있나 싶을 정도였어요. 첫날부터 죽는 줄 알았다고요. 허벅지 근육에 쥐가 날 것 같았어요. 한 시간 정도 지나니까 허리부터 하반신까지 통증이 느껴지다 보니, 아무래도 페달을 밟는 속도가 느려지더라고요.

그래도 어떻게든 버텼죠. 정말 코바야시 선배가 제 교육 담당이라서 다행이었어요. 저를 배려해서 사이사이 휴식 시간을 줬거든요. 정말 멋있죠. 행동이 잘생겼어요.

자전거로 물건을 배달하기 위해 몇 번이나 짐이 놓여 있는 사이클론사의 빌딩으로 돌아가야 했어요. 그럴 때마다 녹초가 된 저를 보는 다른 스태프의 시선은 차가웠죠.

코바야시 선배를 세외하고는 신입에게 일부러 엄하게 구는 스타일인 것 같았어요. 그 왜 처음에 조금 미남이라고 생각했던 마코토라는 사람은 처음부터 냉담한 눈으로 저를 보더라고요. 그 끈질기고 기분 나쁜 시선에, 제 비루한 체력과 서투른 일처리에

압박감을 느꼈을 정도였으니까요.

하지만 그럴 때도 코바야시 선배가 "저 녀석들은 신경 쓰지 마." 하고 말을 걸어 줬어요. "아무튼 운전할 때는 교통사고만큼은 나지 않도록 조심하고."라고 말하더라고요.

그리고 그다음에 있었던 일인데요. 이게 오늘 전화한 이유거든요. 코바야시 선배가 이렇게 말하는 거예요.

"이 이야기는 들었을지 모르겠는데. 실은 어제 메신저를 노린 폭행 사건이 있었어."

깜짝 놀랐어요. 설마 일을 시작한 첫날에 제가 한 발 걸치고 있는 사건에 대한 이야기를 듣다니.

"TV에서 보긴 했어요."

"피해자가 우리 회사 선배야. 그런 일이 일어났다 보니, 아직 직원 모집 공고도 내지 못했는데 네가 지원해 줘서 살았지."

"그랬군요⋯⋯."

이런 대화를 나눴어요.

우와, 의외로 세상이 좁더라고요. 아무튼 타바타역 부근에서는 제일 큰 메신저 기업이니까, 기적 같은 확률은 아닐지도 모르지만요.

저는 사건에 대해 잘 모르는 척하면서 "왜 메신저를 노리는 건지 아세요?" 하고 물어봤어요.

그랬더니 코바야시 선배가 이렇게 말하더라고요.

"아니, 동기도 불분명하다나 봐. 뭐, 요즘 타바타역 주변에서 다른 이상한 사건도 많이 일어나고 있으니까 조심해."

알겠다고 대답하면서 저는 선생님과 나눴던 약속을 떠올렸어요. 혼자서 타바타역에 가지 않기로 약속했거든요.

영문을 모르겠죠? 선생님이 왜 그런 말을 했는지 도무지 모르겠어요. 하지만 그렇게 말했을 때 선생님의 눈이 굉장히 진지했거든요. 다만 난처하게도 메신저 일은 배달할 곳에 따라 반드시 역을 통과해야 하는 경우가 있으니까요. 내심 괜찮을지 걱정되더라고요. 뭐, 결국에는 어쩔 수 없지 하고 자신을 타일렀지만요.

그런 생각을 하면서 휴식 시간을 맞이했어요.

"하지만 오싹하긴 해. 쇠 파이프로 때렸다고 하더라고."

편의점에서 샌드위치를 사서 타바타다이(田端台) 공원에서 한숨 돌리고 있을 때, 코바야시 선배가 말을 꺼냈어요.

"쇠 파이프요……?"

저는 입구 근처에 있는 많이 낮은 미끄럼틀을 신경 쓰면서 되물었어요. 언뜻 봤을 때는 흔한 공원인데, 왠지 모르게 기묘하고 운치 있어 보였죠.

"아, 아까 말한 메신저 폭행 사건 말이야. 등 뒤에서 갑자기 쇠 파이프로 퍽! 하고 때렸다나 봐."

"우와, 그건……."

상상만 해도 제 뒤통수가 아파오는 것 같아서 얼굴을 찌푸렸어요. 저도 지금 메신저로 일하고 있으니, 언제 피해를 당해도 이상하지 않잖아요.

하지만 선배, 이상하다고 생각하지 않으세요? 왜 범인은 메신저를 노리는 걸까요? 메신저만 노리는 데에는 뭔가 의미가 있겠죠?

역시 선생님이 말한 것처럼 일련의 사건들에는 연관성이 있는 걸까요? 어머, 모르시겠다고요? 선배한테 묻지 말라고요? 지당하신 말씀입니다.

아무래도 잘 이해가 가지 않아서 코바야시 선배한테도 물어봤어요.

"무슨 일이든 인과응보라고 하잖아요. 범인이 메신저를 노리는 데에는 뭔가 이유가 있지 않을까요?"

"얼마든지 있겠지. 우리처럼 자전거를 타고 다니는 사람에게 묘한 원한을 품고 있는 사람도 많으니까."

"원한이요……?"

"사이클로크로스는 자동차가 아니지. 하지만 일반 자전거보다 몇 배나 빠르잖아. 자전거인 주제에 건방진 데다 위험해. 이렇게 생각하는 사람이 많아. 그래서 무슨 사건이 생기면 우리를 눈엣가시로 여기거든."

의외였어요. 사이클로크로스를 타는 사람이 누군가에게 원한을 사고 있다니, 생각해 본 적도 없으니까요.

"그래요?"

"실제로 사이클로크로스를 타는 사람 중에 매너가 없는 사람도

있어. 그런 녀석과 메신저가 같은 취급을 당하는 건 당치 않은 이
야기지만. 다들 스포츠웨어를 입고 있으니까 일반인에게는 그냥
매너 없는 여행객과 메신저가 똑같아 보이지 않을까? 그리고 이
타바타에는 일반 여행객이 별로 없으니까 메신저가 타겟이 됐을지
도 모르지."

그럴 듯하죠? 듣고 보니 저도 이제까지 여행객이랑 메신저를 딱
히 구별한 적은 없었거든요. 선배는 구별하셨어요? 그렇죠? 보통
은 모르죠.

"하지만 뭐, 신경 쓰지 마. 특히 너는 여자잖아. 습격당할 걱정
은 하지 말고 일에 집중해."

코바야시 선배는 그렇게 말했어요. 뭐, 그건 일리 있는 말이었
죠. 현재까지 피해자는 전부 남자였으니까요. 하지만 그건 사이클
로크로스 자전거를 타는 사람의 비율 문제일지도 모르니까 방심
할 수 없어요.

이렇게까지 코바야시 선배가 여러모로 친절하게 조언해 주니까,
사건의 범인을 붙잡기 위해 잠입 수사를 하고 있을 뿐이라고는 말
할 수가 없더라고요.

그런 건 신경 쓰지 않아도 된다고요? 음, 그럴지도 모르죠. 코바
야시 선배에게 반했냐고요……? 으음, 그건 아닌데요. 앞으로도 아
닐 거라고 생각해요. 아, 그래도 요전에 쉬고 있을 때, 머리카락에
붙은 이파리를 떼어 주던 순간엔 살짝 두근거리긴 했어요.

아니, 아니, 잠입 수사 때문에 왔을 뿐이라니까요. 연애할 생각은 전혀 없어요. 그야 저도 언젠가는 아쿠타가와 님과 전혀 닮지 않은 사람과 제대로 된 연애를 해야 한다는 건 알고 있어요. 그런 의미에서는 확실히 코바야시 선배가 그에 대한 희미한 가능성을 느끼게 했죠.

선생님을 잊고 싶은 거냐고요?

잊고 싶다기보다 잊어야 한다는 느낌이죠……. 언제까지나 똑같은 회로를 빙글빙글 맴돌기만 해서는 성장할 수 없잖아요. 똑같은 회로가 뭐냐고요? 요컨대 모든 게 아쿠타가와 님과 똑 닮은 얼굴에서 시작되었잖아요. 대학생 시절의 나나토와 했던 연애도, 선생님을 향한 감정도요. 그건 아쿠타가와 님의 주박에서 벗어나지 못했다는 것이고, 다시 말해 아직 현실적인 연애를 하지 못했다는 뜻이라고 생각하거든요.

어머, 어른이 됐다고요? 글쎄요……. 선배, 걱정하셨어요? 제가 또 외모에 홀려서 선생님과 사귀는 게 아닐까 하고요? 저는 그런 경박한 여자가 아니라고요. 쯧쯧쯧.

코바야시 선배요? 추천한다고요? 정말이요? 선배는 본 적도 없잖아요. 괜찮을 것 같다고요? 으음…… 글쎄요. 뭐, 확실히 나쁘지는 않죠. 요즘 보면 가장 힐링되는 사람이기도 하고요. 그럼 아주 조금만 연인 후보로 생각해 볼까요?

아아, 맞다. 제가 선생님을 잊는 편이 좋겠다고 생각하는 이유는 사실 선생님을 위해서이기도 해요. 왠지 이렇게 말하면 제 자만심이라고 생각하실지도 모르겠지만요. 코바야시 선배와 공원에서 쉬고 있을 때, 문득 시선이 느껴졌거든요. 그래서 그쪽을 봤더니 누가 전봇대 뒤로 숨더라고요. 언뜻 기모노의 옷자락이 보였어요. 마지막 날 밤, 제가 선생님 댁을 나오기 전에 다림질해 뒀던 기모노였던 거 있죠.

우연히 마주친 것일지도 모르고, 어쩌면 제 착각일지도 모르겠지만……. 저를 미행한 게 아닐까 싶은 생각이 들어서요. 그런데 하필 타이밍 나쁘게 코바야시 선배가 제 손을 잡아끌었고. 아, 그렇게 놀라지 마세요. 단순히 신사적인 행동의 범주였어요. 그러곤 사이클로크로스 쪽으로 걷기 시작했어요.

뒤돌아봤더니 기모노 옷자락은 더는 안 보이더라고요.

설마 선생님이 오해하셨을까요? 아니, 딱히 오해해도 곤란할 사이는 결코 아니지만요……. 역시 가장 안 좋은 건 이 애매한 상태죠……. 그러니까 제가 선생님을 잊어야겠죠.

음…… 맞아요. 문제는 아직 가정부 일을 그만두지 않았다는 거예요. 내일 퇴근하는 길에 잠시 들러서 얼굴만 비출까 하고요……. 다시 예전 관계로 돌아가는 거냐고요? 아니, 돌아갈 관계고 뭐고 그런 사이 아니라니까요.

2. 문호 A의 시대착오적인 시점

야요이는 이튿날 저녁에 나타났다. 그녀가 집 안으로 들어오는 기척을 느꼈지만, 왠지 모르게 쑥스러워서 바로 마주할 엄두가 나지 않아 거실에서 죽치고 있었다.

딱히 할 일도 없어서 쌓여 있던 세탁물을 개는 척하기로 했다.

그러자 그곳에 야요이가 나타났다.

"이렇게 가늘고 하늘하늘한 천 조각에 자네의 엉덩이가 다 들어가나?"

내가 들고 있던 것은 끈 형태의 속옷이었다. 야요이는 크게 당황하며 그것을 낚아챘다.

"쓸데없는 참견이거든요."

"뭐 하는 건가. 사람이 모처럼 세탁물을······."

"어제 그렇게나 외출하면 안 된다고 했는데, 밖에 나와 걸어 다니셨죠?"

"무무무무무무무, 무슨 말을 하는 거지?"

너무 동요해 버렸다. 허를 찌르는 여자였다.

"바, 밖에 나와 돌아다니지 말라는 자네의 말에 이렇게 집에서 근신 중이지 않나."

"나막신의 위치가 제가 나갈 때랑 다르던데요."

"그럴 리 없다."

일단 나막신은 매번 현관 왼쪽 구석, 신발장 옆에 두었다.

"네, 확실히 아침이랑 같은 장소에 있었어요. 단지 나막신 밑에 꽃잎 두 장이 붙어 있더라고요. 이건 제가 어제 새벽에 나가면서 현관에 장식했던 꽃잎이거든요. 요컨대 꽃잎은 어제 새벽 이후에나 떨어졌을 거라는 말이죠. 아시겠어요? 자, 이게 어찌된 일일까요?"

"그러니까, 나막신이, 꽃잎을, 밟았다고?"

"네, 맞아요. 이게 어떻게 된 걸까요?"

"나막신이, 꽃잎을 밟았다."

"그 말은 조금 전에 들었는데요."

"나막신이 움직였고, 꽃잎이 떨어진 다음에 원래 있던 자리로 돌아왔다."

"정답. 외출하셨죠?"

"잠깐 기다리게! 지금 질문은 유도 심문과 같지 않나!"

"어디가 유도 심문인데요? 저는 전혀 그런 비열한 짓은 하지 않았는데요."

"그, 그게 그러니까, 기나긴 역사 속에서는 나막신이 멋대로 움직이는 현상도 분명 일어났을 것이다. 예를 들어 중국에서는 나막신이 멋대로 걷기 시작했다는 전설이 있지."

"제가 모를 거라고 생각해서 현혹시키려고 하시는 거죠? 그런 수법에 제가 넘어갈 것 같으세요?"

"에잇…… 아아, 그래. 밖에 나갔다! 담배를 사러 나갔지! 담배가 다 떨어졌으니까!"

"흐음? 저번 주에 제가 피스를 산더미처럼 사 뒀는데요?"

"다 피웠단 말이다······."

"열 갑이나 사 뒀어요. 책상 위에 놓여 있는 담배를 보니, 아직 다섯 갑밖에 안 피운 것 같은데요."

더는 변명할 말이 없었다. 이렇게 된 이상 울며 사과하는 수밖에 없다. 이것은 내가 예전에 아내인 후미에게 자주 쓰던 수법이었다. 나는 무릎을 꿇고 고개를 숙였다.

"으아아아아아아아아아아아아아아, 미안하다! 미안해!"

"타바타다이 공원의 전봇대 뒤에서 저를 지켜보셨죠?"

"보, 보지 않았다. 그건 우연히 지나가다가······."

설마 그것까지 간파했을 줄은. 이 여자는 천리안이라도 갖고 있나.

"그건 아무래도 좋지만요. 그래서 무슨 생각을 하셨어요?"

"아, 아무것도······. 그 남자는 누구지? 연인인가? 아니, 그런 생각은 전혀 한 적이 없다."

"그런 생각을 하셨군요······. 일하는 곳의 선배예요."

"일하는 곳의 선배······. 흐음······."

둘이 손잡은 모습을 보고 질투했다는 것은 입이 찢어져도 말할 생각이 없었다. 그런 감정을 느꼈다는 것을 알게 되면, 이 여자는 우쭐대겠지.

"그 이상의 깊은 의미는 없어요."

뭔가, 그 말투는. 마치 내가 질투했다고 단정하고 있는 것 같지 않은가.

"그 이상의 깊은 의미는 없다라."

"없어요. 왜요?"

"아무것도 아니다."

"아무것도 아니긴요. 확실하게 말씀하지 그러세요?"

나는 무뚝뚝하게 입을 다물었다가 아니라고 대답했다. 이 여자는 뭐지. 왜 이렇게까지 날카롭게 추궁하는 거지. 혹시 가정부라는 것은 가짜 모습이고, 본업은 탐정이나 형사인 게 아닐까?

"하고 싶은 말은 아무것도 없다."

"정말이죠? 그럼 오늘은 욕실 청소만 하고 돌아갈게요."

"으음…… 저기, 노가타역까지 어떻게 돌아갈 생각인가? 타바타역을 거치지 않고……."

타바타역에 혼자 가면 안 된다고 말한 것은 그녀도 기억하고 있을 것이다. 그럼 어떻게 돌아갈 생각일까?

"알았어요! 택시비 주세요. 택시 타고 갈 테니까요."

여기서 자고 가라고 말하고 싶었다. 하지만 그 말은 아무리 해도 내 입 밖으로 튀어나오지 않았다.

"할 수 없지. 그렇게 해라."

야요이는 화를 내면서 욕실로 향했다.

나는 깊은 한숨을 쉬었다. 몇 분 동안 나눈 대화로, 얼마 안 되는 수명이 줄어든 느낌이 들었다.

3. 문호 A의 시대착오적인 시점

다음 날도 우츠미 야요이는 자전거 남자와 함께였다.

나는 뒤에서 두 사람을 미행하고 있었다. 미행이라지만 그들은 자전거를 타고 있었다. 이 세상의 자전거와 술은 나와 상성이 맞지 않아서 이용할 수도 없었다. 같은 자전거로 그들을 쫓아간다는 생각은 감히 하지도 않았다.

그래서 때로는 택시라는 문명의 이기를 이용하면서(내가 있던 시대에서는 아직 그 모습을 보는 것 자체가 무척 드물었다) 한결같이 미행을 계속했다.

어젯밤의 언쟁은 내가 생각해도 한심했다. 내 나약함이 드러났다. 몹시 비참한 말을 하고 말았다. 고작 다른 일을 주 2회 시작했을 뿐인데, 이렇게까지 야요이 생각만 하다니.

게다가 저런 남자에게 질투를 하다니 어리석기 그지없다.

야요이와 저 남자 사이를 진심으로 의심한 것은 아니었다. 그녀가 잠입 수사를 할 생각이라는 것은 이미 알고 있었다. 하지만 야요이가 잠입 수사 도중에 죽으면 견딜 수 없을 것이다. 아니, 물론 그뿐만은 아니겠지만……

거리는 도쿄 올림픽을 향한 개혁이 이어졌다. 이렇게 한가롭고 하품이 나올 것 같은 타바타역에서도 그 물결을 느낄 수 있었다. 도쿄라는 도시의 정령은 게으르고 자신이 없으면서 묘하게 성급했다.

확실히 거리는 새로 태어났다. 택시의 차창을 통해 오피스 빌딩이 즐비한 큰길을 바라보니, 그 사실이 더욱 강하게 느껴졌다.

이 도시는 뭔가 중요한 것을 잊고 있다.

그렇게까지 변화한 뒤엔 뭐가 남는 거지?

아니면 아무것도 남지 않는 건가?

그래도 나는 이 경치를 끝까지 버리지 못할 것 같았다. 풍경을 위해서라기보다도 일본어라는 모국어를 위해서.

눈과 귀를 가리고 싶어지는 뉴스만 있는 나라.

하지만 여기에 모국어가 있다. 도시는 모국어와 하나인 것이다.

모국어는 자유자재로 어디에든 갈 수 있지만, 한편으로는 이 작은 나라를 원하기도 한다. 국민은 줏대가 없고 국회에는 절조가 없는 현 상황에서도, 모국어에게는 소중한 장소인 것이다.

두 사람은 타바타다이 공원 앞에서 자전거를 세웠다. 어제도 들른 공원이었다. 나는 택시에서 내린 다음, 두 사람의 대화가 들리는 위치로 몰래 이동했다.

"잠깐 쉬자. 역시 피곤하지?"

"네, 코바야시 선배."

이 자전거 남자는 코바야시라고 하는 모양이다. 코바야시는 다시 타바타다이 공원으로 들어갔다. 둘 사이의 거리가 너무 가까운 데다, 묘하게 허물없어 보이는 모습이 거슬렸다. 또 야요이는 무신경한 건지 둔감한 건지, 거기에 대해 신경 쓰는 기색이 전혀 없었다. 확신범인가 생각하고 있을 때, 야요이가 코바야시에게 느닷없이 질문했다.

"저기, 엉뚱한 질문을 해도 될까요?"

"뭔데?"

"마코토 씨는 어떤 분인가요? 오늘도 저를 엄청 노려보시더라고요."

마코토라는 사람은 어떤 인물인지 모르겠지만 흥미가 솟았다.

"왠지 좀 무서워서요."

아마도 같은 직장에 다니는 사람이겠지. 요컨대 야요이는 그 인물이야말로 범인이라고 생각하고 있는 것이다.

그러자 코바야시는 쾌활하게 웃었다.

"아아, 그녀 말이지."

"그녀요……?"

야요이는 이럴 때 얼굴 전체로 놀라움을 표현하는 것뿐만 아니라, 양손을 동시에 번쩍 들어 올리곤 했다. 본인이 의식하고 있는지와는 별개로, 그 동작은 어떤 풍자화를 인간으로 재구성한 것이 아닐까 싶을 정도였다.

야요이는 마코토라는 인물을 남자라고 믿고 있었나 보다. 물 풍선 폭탄마로 점찍어 두었다면 그럴 만도 하겠지.

"본명은 노구치 마코토(野口真琴). 한자는 참 진(真)에 거문고 금(琴)을 써. 그녀가 너를 노려보는 이유는 아마 질투심 때문일 거야. 내가 저번 달까지 그녀의 교육 담당이었거든. 나를 너한테 빼앗긴 느낌이라 기분이 좋지 않겠지."

코바야시의 자기애가 듬뿍 담긴 판단을 어디까지 믿으면 좋을지 모르겠지만, 야요이가 여러모로 오해하고 있었던 것은 분명했다.

"아…… 뭐야……. 아하하, 그랬군요……."

얼버무리며 넘어가는 방식이 딱 봐도 '얼버무리고 있습니다.'라고 말하는 것이나 마찬가지였다. 이 또한 야요이의 문제였다.

코바야시는 품에서 담배 한 개비를 꺼냈다.

"아…… 코바야시 씨, 담배 피우시네요."

"담배 정도는 피우지."

피우겠지. 오히려 이 세계 녀석들은 담배를 너무 안 피운다. 길에서는 전면 금연이라니, 내 입장에서는 제정신으로 보이지 않았다.

"스포츠를 하시는 분은 담배를 안 피실 거라 생각했어요."

"운동한 다음에 한 대 피우는 게 얼마나 맛있는데."

"흐음. 그렇군요. 저는 잘 모르겠지만요."

"농담이야. 당연히 거짓말이지."

코바야시 뭐시기는 그렇게 말하더니 담배를 꽉 쥐어 으스러뜨렸다.

"어……!"

그전에 짓던 미소에서는 전혀 상상할 수 없던 증오심 어린 표정에 놀라서, 나는 코바야시라는 녀석의 얼굴에서 눈을 뗄 수가 없었다.

"이건 말이지, 조금 전에 길가에 떨어져 있는 것을 발견하고 화가 나서 주운 거야. 이 거리에는 제멋대로인 녀석이 많거든. 일하면서 동시에 이렇게 거리 미화에도 협력하고 있지. 담배 따위 정말 싫어."

그는 꾸깃꾸깃 구겨 버린 담배를 쓰레기통에 버렸다.

"일하면서 거리 청소까지 하시다니, 멋지네요."

"그렇게 말하니까 쑥스럽네."

코바야시는 다시 미소 짓는 얼굴로 돌아가더니, 물통의 보리차를 꿀꺽꿀꺽 마셨다.

나는 코바야시의 옆얼굴을 바라보며 조금 전의 담배를 향한 증오스러운 표정을 떠올렸다.

거리의 미화에 협력한다고 말하면 듣기에는 좋다.

하지만 만약 담배를 싫어하는 마음이 도를 넘어섰다면.

코바야시가 담배를 들고 있는 보행자에게 증오심을 품고, 물 풍선 폭탄을 던지는 모습을 상상해 봤다.

조금 전의 증오심에 가득 찬 표정을 보면 일리가 있었다.

다만 아직 아무런 근거가 없었다. 입증하려면 또 다른 어려움이 있겠지.

하지만 범인에 대한 조건은 충족했다.

메신저이고 일하는 곳은 타바타역 주변, 그리고 담배를 싫어한다.

아마 야요이도 같은 생각을 하고 있겠지.

"왜 그래? 내 얼굴에 뭐 묻었어?"

"…… 아뇨, 아무것도요."

"나한테 반했어?"

"…… 아하하."

"농담이야. 이만 가 볼까?"

마음에 안 든다……. 틈만 나면 구애하려는 태도가 왠지 짜증 났다. 물론 녀석은 내가 여기 이렇게 숨어 있다는 사실을 모를 테 니까 어쩔 수 없지만.

나는 야요이의 표정을 보고 그녀와 내가 같은 생각을 하고 있다 는 것을 알았다. 그렇다면 더는 미행할 필요가 없겠지.

택시를 타고 집으로 돌아가서, 야요이가 메신저 일을 마치고 집 에 들르길 기다리기로 했다.

요 이틀로 이번 주의 배송 업무는 끝났을 것이다. 앞으로 닷새 동안은 다시 우리 집을 돌보는 일에 전념해 주겠지.

텔레비전 채널을 아무리 바꿔도 집중해서 볼 만한 정보가 보이지 않았다. 이 텔레비전이라는 물건은 이 세계 사람들에게 유익한 정보 를 주려는 나머지, 종종 헛도는 나쁜 버릇이 있는 모양이었다.

결국 어린이용 방송에 채널을 고정했다. 마침 '엄마와 함께'라는 방송을 하는 중이었다. 체조하는 청년과 함께 붕바봉이라는 수수께끼 언어에 맞춰서 몸을 움직이다 보니, 조금씩이긴 하지만 몸의 피로가 풀렸다. 정말 새로운 발견이었다.

정신이 들었을 때는 이미 거실 문 너머에서 야요이가 나를 노려보고 있었다.

"뭘 그리 태평하게 춤추고 계시는 거예요? 또 밖에 나오셨죠? 경찰이 발견하면 어쩌려고요."

"오, 오늘은 밖에 안 나갔다."

"등에 거짓말이라고 적혀 있거든요."

뭐, 등에? 그럼 큰일이다. 나는 크게 당황하며 등을 긁기 시작했다.

"왜 나오셨어요?"

"담배가……."

"어젯밤에 다섯 갑이나 남아 있었는데요?"

내가 상당한 헤비스모커라는 것은 확실하지만, 하루에 네 갑이 최대라는 것은 야요이도 알고 있었다. 과연 다섯 갑을 전부 다 피웠다고 말하는 것은 분명 고통스러운 변명이었다.

"그것은 말이지…… 그게……."

하지만 야요이는 딱히 나를 탓하고 싶어서 담배 이야기를 하는 것은 아닌 모양이었다.

"기왕 남아 있는 담배, 유용하게 활용해 볼까요?"

"…… 무슨 의미지?"

집에는 우리 둘뿐인데도, 야요이는 주위를 두리번두리번 둘러본 뒤에야 자신의 계획을 털어 놓았다.

"실은 제가 아르바이트하는 곳에 수상한 남자가 있어요. 코바야시 마코토라는 선배예요. 아마 선생님이 이미 본 인물이겠지만요."

"무슨 소리인지 모르겠지만, 아마도 찰랑거리는 머리카락에 웃음이 몹시 헤픈 남자겠지. 내 상상이지만."

"상상인데 딱 들어맞네요. 네, 바로 그 남자요."

"뭐가 어떻게 수상하다는 거지?"

"담배를 싫어하는 메신저거든요."

거기에 대해서도 아는 척을 하면 또 미행했다는 것이 드러나겠지. 나는 능숙하게 놀란 표정을 지었다.

"과연……. 하지만 오늘 아침 뉴스에서는 최근 담배를 싫어하는 젊은이가 늘었다더군. 그러면 담배를 싫어하는 메신저와 담배를 좋아하는 메신저, 어느 쪽이 더 많은지 알 수가 없지 않나."

"그건 확실히 그럴지도 모르죠. 하지만 타바타역 주변에서 배송 일을 하는 메신저는 한정돼 있으니까요. 조금 전 퇴근길에 지난 근무표를 잠깐 살펴보니까, 사건이 있던 날에는 코바야시 선배가 낮에 일을 했더라고요. 이거 꽤 수상하다고 생각하지 않으세요?"

"흠…… 그래서 자네는 내가 길에서 담배를 피고 있으면, 녀석이 나에게 물 풍선을 던지지 않을까 하고 상상하고 있는 건가? 나보고 또 미끼가 되라고?"

"네. 이번에는 여장하지 않아도 돼요. 만약 코바야시 선배가 범인이라는 걸 알게 되면, 그를 확실하게 현행범으로 붙잡을 수 있으니까요. 실은 오늘 퇴근길에 내일 근무표도 확인하고 왔거든요. 내일도 코바야시 선배는 같은 코스를 담당할 거예요. 저는 내일 쉬는 날이라서 하루 정도 현장에 잠복할 수 있고요. 역 앞을 노리는 이유는 사람이 많이 지나다녀서가 아닐까요. 순식간에 이뤄지는 범행의 경우, 사람이 적은 곳보다 많은 곳이 범인을 찾기 어려우니까요. 그렇다면 그는 다시 역 앞을 범행 장소로 고를 거예요."

"내가 그곳에 서 있으면 된다는 거군?"

"부탁 드려도 될까요?"

"…… 그럼 자네는 어디에서 지켜볼 생각이지?"

"어디에서 지켜보면 좋을까요?"

나는 잠시 생각한 뒤에 대답했다.

"어디든 좋겠지. 다만 마카렐도날드가 있는 네거리에는 절대로 가까이 가지 말게."

그 참극의 날이 언제인지 모르는 이상, 야요이는 어떤 때라도 그 네거리에 가지 않는 것이 가장 좋겠지.

"이른 아침부터 움직여야 될 거다. 오늘 밤은 여기서 묵고 가는 게 어떤가?"

"…… 아무 짓도 안 하실 거죠?"

"무슨!"

나를 짐승으로 보는 모양이다. 하긴, 그럴 마음이 아예 없는 것은 아니지만.

야요이는 알겠다고 대답했다. 그런 다음 우리는 저녁을 만들기 위해 요리 교실을 열었다. 나는 낮에 히라노 레미 선생님에게 배운 새 레시피를 다시 시험하기 시작했다. 야요이는 나를 도와주려 했지만 무능한 실수를 반복했다.

4. 문호 A의 시대착오적인 시점

한숨에는 단맛도 쓴맛도 없다.

하지만 내가 쉰 한숨은 아마 달콤할 것 같았다. 평소 담배만 피우는 남자가 토해내는 숨이 달콤할 리가 없지만, 그래도 지금만큼은 그랬다.

마음속으로는 후회가 소용돌이치고 있었다.

30분 정도 전까지 2층에서는 야요이가 잠자리를 준비하는 소리가 들렸다. 하지만 20분 전부터는 소리가 밤의 정적 속으로 사라져 버렸다.

잠든 건가. 아마도 그렇겠지. 피곤해 보였다.

어렵게 찾아온 좋은 기회였는데, 나는 왜 그녀의 방을 찾아가지 않았을까.

그렇게 자문해 봤자 별수 없었다.

일주일 동안이나 여자를 안지 않으면, 남자는 동정으로 돌아가는 것일지도 모른다. 본래라면 오늘 같은 밤에는 야요이의 방을 찾아갈 좋은 기회였다.

그런데도 우물쭈물 망설였다.

조금 전, 바로 10분 정도 전에 나는 살금살금 2층으로 올라가 보았다. 혹시 아직 깨어 있지 않을까 하는 한 가닥의 희망을 품고 한 행동이었다. 하지만 장지문 너머로 들리는 것은 조용한 숨소리뿐이었다.

결단을 내리는 것이 늦은 모양이다.

"뭘 하는 건지. 나는 이제 아무 말도 안 할란다."

천장의 버팀목 그늘에 커다란 도마뱀이 있었다. 하카마다레인가. 언제 들어온 거지.

"그럼 가만히 물러나 있게."

"내일이 무슨 날인지 알고 있나?"

"…… 설마, 지옥도의 날인가?"

"글쎄. 나는 언제가 그날인지는 몰라. 딱 하나 말할 수 있는 것은 내일 8월 24일은 네가 죽은 7월 24일로부터 딱 한 달이 지난 날이라는 사실이지. 아쿠타가와 류노스케를 수용한 세계에서는 특별한 날이겠지."

완전히 잊고 있었다. 그런가. 죽음을 결행한 뒤로 어느새 시간이 그렇게 흘렀구나.

"사실은 내일 무슨 일이 일어난다는 것을 알고 있는 게 아닌가?"

"헤헤, 어떨까?"

하카마다레는 기둥 뒤에서 뛰어내리더니, 내 옆에 책상다리를 하고 앉았다.

"뭐, 어쨌든 조심하라는 말이다. 그녀의 목숨이 무엇보다 소중할지도 모르지만, 네 목숨도 소중하게 여기라고."

"내 목숨 따위야 어찌되든 상관없다."

그러자 하카마다레가 웃었다.

"자신의 생명을 소중하게 여기지 못하는 녀석은 타인을 구할 수도 없지. 그리고 무엇보다 네가 다른 누군가를 죽이지 않도록 조심해라."

하카마다레는 그렇게 말한 뒤에 사라졌다.

시끄러운 녀석이다.

내가 다른 누군가를 죽인다고?

있을 수 없는 일이다. 무슨 말을 하는 건지.

졸음이 올 기색은 없었다. 그 대신 예전에 나를 괴롭히던 톱니바퀴의 환영이 다시 보였다. 여전히 나는 죽음에 사로잡혀 있는 것일까.

그 톱니바퀴가 야요이를 난도질했다.

안 돼. 그녀만은.

목숨 따위 어찌되든 상관없다고 하지 않았나. 톱니바퀴가 그렇게 물었다.

그렇지 않아. 그렇지 않다. 나는 누구에게라고 할 것 없이 마음속으로 외쳤다.

5. 아이돌 시리타니 미코토의 우울

젠장……

최근 미코토는 마음속으로 하는 자신의 말이 극단적으로 거칠어졌다는 것을 깨달았다.

대기실 문이 살짝 열렸다.

"차례 됐어, 미코토."

매니저는 안으로 들어오지 않은 채 미코토를 불렀다.

"알고 있어."

"조금 더 붙임성 있게 굴어. 이제 어리지도 않잖아. 아무리 은퇴까지 얼마 남지 않았다고 해도, 아이돌은 마지막의 마지막까지 아이돌이니까."

시끄러워. 못생긴 게. 죽어.

아아, 또 말투가 더러워졌네.

매니저가 문을 닫았을 때, 전화가 걸려왔다.

"네, 여보세요."

또 그 자식인가.

내 약혼자다.

나는 왜 이런 남자랑 결혼하려는 걸까…….

"나 싫어하지?"

"싫어하다기보다 기분이 나쁘다고 해야 할까…….."

"괜찮아요. 나를 싫어해도, 기분 나빠해도. 그건 좋아한다는 것과 마찬가지니까."

"…… 무슨 뜻이에요?"

"내가 무척 신경 쓰인다는 거잖아요. 자신 안의 가장 추한 부분을 보는 것 같아서 나를 보고 싶지 않은 거죠. 하지만 반대로 말하면 그런 나이기 때문에, 다른 사람에게는 보여 주지 않는 모습을 보여 줄 수 있지 않을까요? 아아, 봐요. 그 차가운 눈빛. 그리고 그래, 맞아요. 쓴웃음. 아이돌인 시리타니 미코토가 이렇게 차가운 얼굴을 하다니, 분명 아무도 모를걸요. 당신이 나를 싫어하니까 보여 주는 얼굴이죠. 요컨대 당신은 나와 함께 있으면, 얼마든지 마음껏 그런 표정을 지을 수 있어요."

한 프로그램의 뒤풀이였다. 그 남자는 술을 마시는 내내 그런 영문을 알 수 없는 논리를 떠들었다. 아마 그런 이야기를 옆에서

한 시간 동안 듣다 보니, 나도 조금 이상해졌던 모양이다.

나는 의식을 잃었다. 정신이 들었을 때는 어딘가의 호텔이었다. 문자가 왔다. '오늘 일은 아무에게도 말하지 않을게요. 앞으로도 당신이 나를 싫어하기를. 우리 결혼하죠.' 나를 억지로 범했다고 하기에는 솔직히 애매한 부분도 있었다. 하지만 내가 먼저 나서서 그 남자를 원했을 리는 절대 없었다.

토악질이 나오는 경험. 그래, 그거다. 그렇게 생각했다.

하지만 결국 다음에도, 그다음에도 남자와 만나게 되었다. 무서웠다. 하지만 그 이유 때문만은 아닐지도 몰랐다. 아마 남자에게 세뇌당한 것도 있을 것이다.

그 남자를 기분 나쁘다고 생각했고, 진심으로 싫다고 생각했다.

그렇게 생각하면서도 이 정도로 면전에서 대놓고 싫어하는 것은, 어쩌면 좋아한다는 것과 마찬가지인가 싶은 생각도 들었다.

오늘도 전화 너머에서는 예전에 좋아했던 사람이 내 마음도 모른 채 자신의 연애 이야기를 반복했다.

내게는 연애 이야기라고 말할 게 하나도 없었다. 앞으로의 인생에서도 없겠지. 분명 내 인생은 이런 식으로 흘러갈 것이다.

뭐, 그래도 상관없다. 아이돌을 하고 있는 지금도 좋은 일은 하나도 없다. 차라리 인생의 무덤으로 들어가는 편이 더 나을 것이다.

이제는 저 매니저에게 안 좋은 소리를 들을 일도 없겠지.

전화를 받았다.

"여보세요?"

"시작될 거야. 근사하고 멋있는 라쇼몽 계획이. 미코토의 '오렌지 엔젤'이 오전 10시에 타바타역 앞에서 흘러나올 거야. 그것이 각성의 신호지."

"내 노래가?"

"그래. 그걸 계기로 세계는 변할 거야. 무엇 하나 참지 않아도 되는 세계로 변할 거라고."

"기분 나빠……. 끊을게."

전화를 끊었다. 온몸에 소름이 돌았다. 엄청 잘못된 일을 하고 있는 기분이 들었다.

전화의 수신 기록을 다시 보았다.

'세계는 변할 거야. 무엇 하나 참지 않아도 되는 세계로.'

'오렌지 엔젤'은 아쿠타가와 류노스케의 《귤(蜜柑)》을 테마로 만든 노래였다. '그날, 오렌지를 나에게 던져 준 그 아이처럼, 나도 내 마음을 고백할게. 모든 것은 거기서부터 시작되는 거야.' 한 명의 소년이 자신의 연심을 고백하는 노래였다.

그 가사가 전혀 다른 뉘앙스로 이용되려 하고 있었다. 견딜 수 없었다.

그리고 미코토는 뒤늦게나마 이해했다. 전부 다 잘못되었다. 이런 남자와 결혼하는 것은 물론이고, 싫어하는 것은 좋아하는 것과 마찬가지라는 그 논리도.

싫은 것은 싫은 것이다. 의미는 바뀔지도 모른다. 역사는 새로 쓰일지도 모른다. 하지만 자신의 마음이 거기에 속을 일은 없을 것이다.

미코토는 전화를 걸었다. 상대는 전화를 받지 않았다. 그래도 미코토는 몇 번이고 전화를 걸었다.

6. 우츠미 야요이의 조금 마니아적인 관찰

잠이 부족하기 짝이 없는 여자, 여기에 등장.

이 날 아침은 평소보다 더 더웠지만, 그것은 내가 수면 부족으로 비틀거리는 바람에 그렇게 느꼈을 뿐인지도 몰랐다.

결국 어젯밤에는 아무 일도 없었다. 장지문 너머에서 발소리가 들렸을 때, 심장이 너무 두근거려서 순간 일부러 자는 것처럼 색색 숨소리를 냈다. 발소리는 얌전히 떠나갔다.

아아, 나는 바보다……. 그렇게 생각했지만, 이미 사후약방문(死後藥方文)이었다. 그런 후회로 괴로워하느라 머릿속이 멍할 때 이런 폭염이라니. 금방이라도 쓰러질 것 같았다.

하지만 그렇게 투덜대고 있을 수는 없었다. 결전의 날은 내 컨디션을 배려해 주지 않는다.

오늘은 함정 수사를 결행하는 날이다. 코바야시 선배의 정체가 밝혀질지도 모른다.

타바타 아스카라 타워 1층에 있는 팬더 카페에서 잠복한 지 한시간 째. 슬슬 선생님이 네거리에 나타날 시간이었다.

해가 점점 높아지면서 건물의 그림자는 길게 늘어나기 시작했다. 도시에 신들이 내려오는 시간이 있다면 지금이 바로 그때일지도 모른다.

선생님이 네거리에는 가까이 오지 말라고 했기에, 나는 조금 떨어진 이 카페 안에서 밖을 계속 관찰하고 있었다. 하지만 코바야시 선배가 나타나 물 풍선 폭탄을 선생님에게 던져도, 여기에서는 바로 쫓아갈 수 없을 텐데. 어떻게 하면 좋을까?

뭐, 그래도 나에게는 스마트폰이라는 무기가 있다. 결정적인 장면을 사진으로 찍으면 증거가 될 수 있다. 만일 잘못 찍더라도 코바야시 선배의 범행 현장을 목격한다면, 나중에 경찰에 신고하면 된다. 아무리 선배가 범행을 부인해도 물 풍선을 들고 있다면 명백한 증거가 될 것이다. 그렇게 생각하며 가방 안을 뒤지다가 당황했다. 중요한 스마트폰을 선생님 집에 두고 온 것이다.

어쩌지. 곤란한데……. 선생님은 경찰에 들키지 않도록 일단 콧수염을 붙이고 나오기로 했다. 아침에 나오기 전에 그 모습을 봤지만, 기모노에 콧수염을 붙이니 오히려 눈에 띄었다. 또다시 불심검문을 받으면 안 되는데.

그런 생각을 하고 있을 때, 드디어 선생님이 나타났다. 선생님은 주변을 두리번두리번 둘러보았다. 경찰을 경계하는 것이겠지만, 수상해 보이니까 그만뒀으면 좋겠다. 들킨다고요. 나는 조마조마한 심정으로 선생님을 지켜보았다.

선생님은 소매에서 천천히 담배를 꺼내 입에 물었다. 평소 집에 있을 때는 별로 개의치 않았지만, 이렇게 멀리서 보니 선생님이 담배를 피우는 모습은, 흑백 영상으로 남아 있는 유명한 아쿠타가와 님과 무척 비슷했다. 콧수염을 붙이고 있어도 속일 수가 없었다.

역시 아무리 봐도 본인이었다. 그럴 리가 없었지만, 선생님이 아쿠타가와 님이 아니라는 것은 아무래도 납득이 가지 않는다고 새삼 생각했다.

그렇구나. 아쿠타가와 님을 컬러로 보면 이런 느낌인가. 나는 묘한 감동을 느끼면서 가만히 선생님을 바라보았다.

그때, 코바야시 선배가 나타났다. 설마 하던 일이 정말로 일어났다고 해야 할까, 아니면 예상대로라고 해야 할까.

코바야시 선배는 역에서 마카렐도날드 쪽으로 사이클로크로스를 몰고 있었다. 그리고 바로 선생님의 등 뒤에 멈춰 섰다. 두 사람다 신호가 파란색으로 바뀌기를 기다리고 있었다.

횡단보도를 건널 생각인가? 선생님은 등 뒤에 선 코바야시 선배를 힐끗 확인했다. 코바야시 선배의 존재를 눈치챈 모양이다. 코바야시 선배는 선생님의 시선을 보지 못한 채, 한 손으로 가방을 뒤적이고 있었다. 물 풍선 폭탄을 찾고 있구나.

이변이 일어난 것은 그때였다.

선생님의 예상치 못한 행동으로 코바야시 선배의 물 풍선 준비는 허사가 되었다.

"끄아아아아아아아아아아아아아아아아아아아아아아."

선생님의 목소리는 하늘로 끝없이 울려 퍼졌고, 도쿄에 깊이 각인되었다.

그리고 선생님은 비명 소리를 남긴 채, 코바야시 선배가 왔던 방향과는 반대 방향으로 달려갔다.

그때 나는 떠올렸다.

아쿠타가와 님이 바퀴의 환영에 시달렸다는 사실을.

아쿠타가와 님의 닮은 꼴인 선생님 역시 자전거가 무서웠던 것이다.

7. 문호 A의 시대착오적인 시점

톱니바퀴가 쫓아왔다.

오랫동안, 생전에 계속 내 안구에 들러붙어 있던 톱니바퀴가 마침내 나를 붙잡으러 온 것이다. 어떤 종류의 톱니바퀴 공포증이라고 해도 좋을 상태에 빠져 있는 나는, 그것을 보고 도망칠 수밖에 없었다. 고속으로 돌아가는 톱니바퀴는 분명하게 나를 노리고 있었으니까.

나는 역을 향해 달려가다가 그곳에서 크게 U 자 형태로 꺾었다. 그리고 이번에는 길의 반대쪽으로 돌아갔다.

야요이가 카페에서 나오는 모습이 보였다.

나오면 안 된다고 그렇게나 말했는데.

야요이는 나와 눈이 마주치자, 크게 당황하며 기둥 뒤로 몸을 숨겼다. 이미 늦었다. 다 봤다고. 하지만 공교롭게도 지금 중요한 건 그게 아니었다.

여전히 등 뒤에서 톱니바퀴가 쫓아오고 있었으니까.

"히이익……."

내 목소리라고 생각할 수 없는 한심한 비명을 지르면서, 나는 계속해서 도망쳤다.

그 바퀴는 길을 따라 도는 것보다 반대편에서 나와 같은 방향으로 역주행하는 편이 확실하다고 본 모양인지, 나와 나란히 달리고 있었다.

두 개의 바퀴를 굴리고 있는 것은 야요이가 코바야시라고 불렀던 남자였다.

바퀴를 몰고 오는 코바야시는 여전히 나를 노리고 있었다.

이윽고 나와 코바야시는 거의 동시에 네거리에서 마주 보고 섰다.

자, 어떻게 할까?

나는 바퀴가 무섭다. 어떻게 해도 물 풍선 폭탄을 맞기 위해 바퀴가 접근하는 것을 견딜 수 없을 것 같았다. 저 녀석이 물 풍선 폭탄마인 것은 틀림없어 보였다. 하지만 바퀴가 무서운 것은 어떻게 할 수가 없었다.

류노스케, 너는 여전히 이 작전을 계속할 생각인가? 승산은…….

나는 숨을 고르며 가만히 있었다.

응?

아뿔싸. 그제야 깨달았다.

담배를 물고 있지 않았다. 달리는 도중에 입에서 툭 떨어진 모양이다.

이래서야 미끼 역할을 할 수가 없었다. 조금 전까지만 해도 담배를 필 생각이었으니까 나를 노렸지만, 지금은 나를 노리지 않을 것 같은데.

자세히 보니 코바야시는 나를 보고 있지 않았다.

표적에서 벗어났나. 주머니를 뒤져 담뱃갑을 꺼냈지만 텅 비어 있었다. 이렇게 중요한 순간에 실수를 하다니.

이래서야 코바야시가 물 풍선 폭탄마라는 증거를 잡을 수가 없다.

그런 생각을 하고 있을 때, 문득 내 옆에 노파가 서 있다는 것을 깨달았다. 노파는 큼직한 손가방을 들고 있었다. 무엇이 들어 있는지는 모르겠지만, 그녀는 가방을 무척 소중하게 들고 있었다.

단순히 무거운 것을 들고 있는 노인일지도 모른다. 하지만 이때

내 뇌리에는 지옥도가 그 어느 때보다 또렷하게 재현되고 있었다.

만약 그 지옥도가 오늘이라고 한다면.

그리고 이 노파가 머리카락을 자르는 노파라면. 떠올려라. 그 뒷 모습을. 이 흐트러진 백발은 그때의 노파 그 자체가 아닌가…….

"할머니, 그 짐 제가 들어 드리겠소."

그렇게 하는 것이 적절할 것 같았다. 물 풍선 폭탄마를 붙잡는 것도 분명 중요하지만, 담배가 없는 이상 미끼 작전은 불가능했다. 고집할 필요는 없을 것이다.

"항상, 항상 감사합니다."

항상? 의아했지만, 바로 이해가 갔다. 노부인은 기억력이 별로 좋지 않은 모양이다. 그래서 누가 도와주든 그렇게 말하는 것이 틀림없었다.

노파는 고개를 깊이 숙였다. 머리카락을 자르는 노파는 사냥감 외에는 예의 바르게 대하는 성격일지도 모른다.

"하지만 괜찮아요. 이 정도는 제가 들 수 있으니까요."

나는 노파의 사양에 개의치 않으며 계속 말했다.

"그런 소리 마시고 제가 들어 드리겠소."

"그래요……. 미안하네요. 아들이 가까이 살면 이런 손가방쯤은 들어 줄 텐데 말이지요."

신호가 파란색으로 바뀌자, 노파는 다시 인사를 하고 구부러진 허리로 걷기 시작했다.

그 손가방 안에…….

빛나는 은색 물체가 보였다.

두 개의 링. 링 두 개는 딱 달라붙어 있었다. 아마도 두 개의 링
은 하나의 몸통으로 연결되어 있겠지. 그 몸통은 예리하고 무엇이
든 잘 자르며, 때로는 사람에게 부상을 입히기도 할 것 같았다.

일단 횡단보도를 다 건넌 다음, 이 노파를 붙잡고 범행의 자초
지종을 들어 보자. 그 뒤에 파출소에 신고하면 되겠지.

머리카락을 자르는 노파만 확보하면, 라쇼몽에서 내가 본 지옥
도는 실현되지 않을 것이다.

나는 할머니의 손가방을 꽉 끌어안고, 그녀의 등에 손을 얹어
내가 원하는 방향으로 유도했다.

이걸로 끝이다.

그 뒤는? 모르겠다.

하지만 일단 야요이의 목숨은 구할 수 있다. 그걸로 됐다.

그리고.

나는 내 눈을 의심했다.

긴 머리카락의 여자가 나를 앞질러 갔다.

야요이였다.

어떻게 된 일이지?

왜 그렇게 위험한 행동을 하는 건가.

내가 그렇게 생각하는 것보다 노부인의 행동이 더 빨랐다. 노부

인의 손이 내가 들고 있던 손가방으로 들어와, 은색으로 된 두 개의 고리에 손가락을 끼웠다. 나는 바로 손가방을 잡아당겼다. 하지만 은색의 물체만이 손가방에서 빠져나와, 노부인의 손으로 넘어갔다.

이제는 그 물체가 가위라는 것을 누구나 알 수 있었다.

가위는 곧장 야요이의 머리카락을 노렸다.

눈꺼풀 뒤로 야요이가 피를 흘리며 쓰러지는 광경이 떠올랐다. 이 순간이었다. 그때 본 장면에서는 머리카락을 자르는 노파가 야요이의 머리카락을 자르려던 찰나, 야요이가 뒤를 돌아보았었다. 초조해진 노파는 들고 있던 가위로 야요이의 가슴을 찔렀었다.

그렇게 둘 수는 없다.

하지만 몸을 움직이려고 하자, 가위에 눌린 것처럼 손발이 생각대로 움직이지 않았다. 누군가가 내 의식에 직접 말을 걸었다. 하카마다레가 아닌, 다른 남자의 목소리였다.

"이대로 두어라. 오히려 이 순간을 가슴에 새기면 또 굉장한 소설을 쓸 수 있을 것이다. 너는 그것을 바라고 있지 않나.《지옥변》의 주인공이 그랬던 것처럼. 너는 지금 이 순간을 가슴에 새기고 집으로 돌아가 글을 쓰는 거다. 그것이야말로 예술가의 사명이지."

그 말에 흔들린 시간은 1초도 되지 않았다. 나는 바로 "닥쳐." 하고 내뱉은 다음 그 목소리를 뿌리쳤다. 그러자 신기하게도 주박이 풀리고 몸이 움직였다.

나는 즉시 손가방을 놓았다.

몸이 앞으로 뛰쳐나가고 있었다.

머리카락을 자르는 노파의 가위가 뻗어 나간 끝에는 내 몸이 있었다.

그리고 가위는 보기 좋게 내 가슴에 박혔다.

"크윽……."

이걸로 됐다.

이걸로.

"선생님!"

나를 부르는 목소리가 들려왔다.

하지만 그 목소리는 굉장히 아득하게 들렸다. 야요이가 나를 끌어안았지만, 타인의 몸에 일어난 일처럼 느껴졌다.

아아, 이번에야말로 내 바람대로 죽음을 맞이하는구나.

원래대로 돌아가는 것이다.

내 작품을 수용한 미래는 올바른 방향으로 수정되겠지.

"선생님! 선생니이이이임!"

야요이의 목소리가 의식 속에서 메아리쳤다.

야요이가 나를 끌어안았을 때, 기묘한 느낌이 들었다. 마치 그녀의 몸과 내 몸이 호응해서 사고가 하나로 연결된 것 같은 느낌이었다. 그녀의 생각이 나에게로 흘러와 내 사고와 혼연일체가 되었다.

하지만 사건은 아직 끝나지 않았다. 사건의 시초가 되는 머리카락을 자르는 노파를 막았어도 지옥도는 여전히 계속되었다.

우연이 겹치는 순간이라는 것이 있다.

한 사건과 다른 한 사건이 우연히 동시에 일어났을 때, 그 사건들이 일어난 것은 단순히 우연일까? 아니면 필연적인 연쇄일까?

애초에 필연과 우연을 나누는 것에 의미가 있을까?

예를 들어 그때 우리가 경험했던 일도 이런 종류의 우연이 겹친 것이며, 그것을 뒤집어 보면 필연이 겹친 것일지도 모른다.

일어난 일을 일어난 대로 이야기하면, 내 배를 찌른 머리카락을 자르는 노파는 군중 속으로 도망치려고 했다. 그리고 평소처럼 군중 속으로 숨으려 했을 때, 재앙이 일어났다.

수염 난 얼굴로 여장을 한 남자가 갑자기 달려와 머리카락을 자르는 노파의 머리에 손을 뻗은 것이다.

그녀의 머리카락이 쑥 뽑혔다.

야요이는 생각하지 못한 전개에 어안이 벙벙한 것 같았지만, 나는 이미 예상하고 있었다. 머리카락을 자르는 노파가 왜 매번 잡히지 않았는지, 나름대로 생각한 끝에 이 방법밖에 없다고 생각했으니까.

노파의 머리카락은 뽑힌 것이 아니라 벗겨졌다.

가발이었던 것이다.

그렇게 노파의 가발을 빼앗은 남자는 주머니에서 지포라이터를 꺼내더니 그 자리에서 가발을 태웠다.

그 남자가 가발 방화범이었다.

가발은 연기를 내며 서서히 타들어 가더니, 이윽고 단숨에 불길에 휩싸였다.

그리고 다 타 버린 가발은 마치 쇳가루 덩어리 같은 모습으로 그자리에 떨어졌다.

전부 5초 만에 일어난 일이었다.

"아아아아아아아아, 내, 내 머리카락이……. 머리카락이이이이이이!"

머리카락을 자르는 노파는 가발이 벗겨진 자신의 머리를 감싸며 비명을 질렀다.

가발이 벗겨진 그녀는 마치 할아버지처럼 보였다. 사람은 나이를 먹으면 남녀를 구별하기가 어려워진다. 그렇기에 옷이나 목소리나 머리스타일로 분간하게 된다. 지금 노파의 모습은 할아버지처럼 보였다.

발도 빠르지 않을 그녀가 이제까지 붙잡히지 않았던 이유였다. 할아버지로 군중 속에 녹아들었으니 찾을 수가 없었던 것이다.

반면 가발 방화범은 노파의 비참한 모습을 보며 비웃고 있었다.

죄의식이 없는 것이겠지. 이 가발 방화범이 머리카락을 자르는 노파의 참상을 마음속으로 멸시하고 있다는 것을 야요이도 느낀 것 같았다. '너무해, 토할 것 같아.' 야요이의 생각이 내 의식 속으로 흘러들어 왔다.

"꼴좋다, 대머리 노파."

가발 방화범의 발언에는 차별적 요소가 두 개나 들어가 있었다. 그는 오그라든 가발을 든 채, 지포라이터를 달칵달칵 열었다 닫으며 불을 붙이면서 놀고 있었다. 오그라든 백발의 가발은 지옥도에서 본 하얀색 술처럼 보였다.

몽롱한 머릿속으로 혈관이 뚝 끊어지는 소리가 들리는 것 같았다.

내 분노가 야요이에게 전염된 듯했다.

하지만 공교롭게도 야요이는 지금 부상을 입은 나를 끌어안고 있었다. 오히려 통행인들의 눈은 대부분 우리에게 쏠려 있었고 남자가 저지른 행위에는 무관심했다. 단순히 지인끼리 장난을 치고 있다고 생각하는 걸까? 아니, 그럴 리가 없다. 그들은 다들 보고서도 못 본 척하고 있었다.

"괜찮으세요? 지금 구급차를 부를게요."

사람들은 머리카락을 자르는 노파를 쫓거나 가발 방화범을 붙잡지도 않고, 야요이와 내 주변에 몰려 있었다. 인명에 관련된 만큼 구급차를 부르는 편이 그들이 생각하는 정의에 더 가까웠을까?

하지만 야요이는 애매하게 대답하면서 도망치는 가발 방화범을 가만히 노려보았다. 마치 그 모습을 눈에 새기듯이.

그러나 순식간에 이변이 일어났다.

가발 방화범의 몸이 쫄딱 젖었다.

물 풍선을 맞은 것이다.

물 풍선을 던진 것은 코바야시인가 뭔가 하는 녀석이었다. 역시 그가 물 풍선 폭탄마였던 모양이다. 가발 방화범이 지포라이터를 만지작거리는 것을 보고 그를 사냥감으로 정한 것이 분명했다. 내가 미끼가 되는 작전은 실패했지만, 코바야시는 우연히 새로운 사냥감을 발견하게 된 것이다.

하지만 그 찰나, 코바야시의 등 뒤에서 그를 쇠 파이프로 구타하는 남자의 모습이……

아직 학생으로 보이는 젊은 남자였다.

그는 등 뒤에서 코바야시를 쇠 파이프로 세 번 때리더니, 휘파람을 불면서 다시 구타하기 시작했다. 쓰레기라도 청소하는 것처럼.

야요이는 나를 가만히 눕히더니, 남자를 향해 천천히 걸어갔다. 나는 숨을 헐떡이며 그 모습을 그저 지켜보고 있었다.

'더는 이 난장판을 두고 볼 수 없어.' 야요이의 등에서 솟아오르는 날카로운 분노가 그녀의 생각을 말해 주고 있었다.

남자는 웃고 있었다. 야요이가 다가가자, 그 남자는 야요이를 보며 웃었다. 아직 학생인가. 자신이 하는 행동에 대해 무심하며 독선적이고 자신이 전능하다고 생각하는, 요컨대 학창 시절에 누구나 풍기는 그 썩은 내가 나고 있었다.

"뭐야, 불만 있어? 우리 아버지는 정치가라고!"

"…… 그게 무슨 상관이야! 이 자식아!"

야요이는 청년이 그녀를 향해 뻗은 팔을 잡더니, 그대로 한 팔 업어치기로 메쳤다. 나보다 더 깔끔한 한 팔 업어치기였다. 그러고 보니, 고등학생 때 유도부였다고 했지.

야요이는 그대로 청년의 위에 올라타서 그를 내리눌렀다. 하지만 그럴 필요는 없어 보였다. 청년은 거품을 물고 기절한 상태였다.

"경찰도 불러 주시겠어요?"

야요이는 조금 전에 구급차를 불러 준 사람들을 향해 그렇게 소리 질렀다. 가만히 있던 주변 사람들이 드디어 움직이기 시작했다.

그들이 조금 더 빨리 움직였더라면, 사건의 규모가 이렇게 커지지는 않았을 것이다.

가장 잘못한 건 이 사건들을 그저 지켜보고만 있던 군중이 아닐까. 그리고 나는 알고 있었다. 만약 가위에 찔린 사람이 내가 아니라 야요이였다면, 저 메신저 폭행범이 내동댕이쳐지는 일 없이, 그대로 여기에 있던 사람들이 단숨에 폭도의 무리로 변했을 것이라는 사실을. 그렇게 되지 않은 건 내가 찔렸기 때문일까, 아니면 야요이의 한 팔 업어치기 덕분일까. 혹은 이유는 모르겠지만 그 지옥도와는 달리 음악이 흘러나오지 않았기 때문일까.

나는 입에서 흐르는 피와 배에서 흐르는 피를 번갈아 바라보았다.

오래 버티지 못하겠지.

여기까지인가.

시야가…… 흐릿해지기 시작했다.

그리고 마침내 나는 의식을 잃었다.

8. 우츠미 야요이의 긴 전화

…… 지독한 경험이었어요. 사람이 싫어질 것 같더라고요. 뭐, 그런 일도 일어났고 스마트폰을 두고 온 바람에 연락을 못 했어요. 죄송해요.

선배, 그때 일에 대해 조금 더 들려 드릴게요.

네. 사건 자체도 큰일이었지만, 그 뒤도 엄청났어요.

선생님은 무사하냐고요? 네, 간신히요. 급소는 피했거든요.

그날 저녁에 바로 집으로 데려왔죠. 입원이요? 맞아요. 보통은 이럴 때 입원하잖아요. 사실 입원이 필요했어요.

그런데 어떻게든 돌아가야 한다고, 의식이 흐리멍덩한 상태에서도 선생님이 잠꼬대처럼 말하는 거예요. 그래서 제가 병원 의사한테 부탁해서 퇴원시켰죠.

하지만 단순한 퇴원은 아니었어요. 아무튼 선생님을 이불 위에 눕히고 간병하는 제 옆에서 경찰이 계속 심문을 했으니까요. 이런 경험은 처음이에요. 뭐, 이런 일이 인생에 몇 번이나 일어나면 곤란하겠죠.

정말이지, 사람이 이런 상태인데 그만 좀 했으면 좋겠다고 생각했지만 그들도 일이니까요.

경찰은 피부가 좋아서 사십 대 정도로 보였는데, 가까이에서 보니까 꽤 연륜이 묻어 나오더라고요. 아무래도 바로 근처에 있는 파출소 소장인가 봐요.

불쑥 튀어나온 배에 매우 지친 모습으로 이런 말을 하더라고요.

"그러니까 정리하자면 이분은 노파가 당신의 머리카락을 자르려는 것을 막았을 뿐이고, 여장하고 있던 남자는 다른 인물이며 그 남자가 노파의 가발을 빼앗아 태우고 도망치려 했다는 거군요. 그런데 그 여장 남자가 지포라이터를 들고 있어서 물 풍선 폭탄을 든 메신저가 그를 노렸고요. 또 그 메신저는 쇠 파이프를 든 학생에게 구타를 당했고…… 이게 맞습니까?"

저는 "맞습니다." 하고 대답했죠. 뭐, 그게 사실이니까 이렇게 대답할 수밖에 없었어요.

"몹시 기이하고 괴상한 사건이었습니다만, 당신의 활약 덕분에 가발을 빼앗긴 머리카락을 자르는 노파와 온몸이 흠뻑 젖은 가발 방화범과 구타당한 물 풍선 폭탄마를 체포할 수 있었습니다. 요 며칠 저희 경찰을 괴롭히던 괴사건 톱3를 단숨에 해결하게 되어 진심으로 감사를……."

네? 맞아요. 제가 한 팔 업어치기를 한 덕분에 사이클로크로스를 탄 사람을 습격한 녀석뿐만 아니라, 다른 범인들도 현장으로 달려온 경찰들에게 잇따라 체포되었어요.

"저기 그런데 사이클로크로스를 탄 사람을 구타한 학생은 잡았나요? 제가 쓰러뜨린 남학생인데."

그게 신경 쓰였어요. 다른 사람들은 경찰이 붙잡는 걸 목격했는데, 그 학생만은 구급차에 실려 갔거든요. 제 한 팔 업어치기가 너무 잘 들어간 거겠죠.

그런데 말이죠. 아니, 글쎄, 경찰이 이렇게 말하는 거예요. 들어 보면 선배도 화가 나실 걸요.

"그 일 말입니다만."

경찰이 말하기 어렵다는 듯이 미간을 찌푸렸어요.

그런 다음 소리를 낮추며 말했죠.

"그 일은 잊어 주시겠습니까?"

"네……?"

"아무래도 장래가 유망한 미성년자니까요."

"…… 미성년자라도 체포는 해야죠? 쇠 파이프로 사람을 때렸다고요!"

"뭐, 그랬지만……. 초범이고…… 마침 피해자도 다른 사람에게 물 풍선을 던지던 경범죄자니까요. 정당방위의 범주에 들어가지 않겠습니까?"

서로 무관했던 사이인데 정당방위가 적용된다는 게 이상하지 않나요? 마침 제가 메쳤던 청년이 한 말이 떠올라서 이렇게 물었죠.

"그가 정치가의 아들이기 때문인가요?"

반응이 바로 오더라고요.

"…… 죄송합니다. 이 이야기는 그만하도록 하죠."

선배, 이런 대응에 대해 어떻게 생각하세요? 아무리 그래도 너무 비겁하지 않나요? 악도 권력이 배후에 있으면 악이라고 부를 수 없게 되는 건가요? 경찰은 어떻게든 그 화제를 피하려고 하더라고요.

"그보다 신경 쓰이는 게 있습니다만. 우츠미 씨, 당신은 애초에 왜 그곳에 있었죠? 그 부분이 좀 의문스러워서 말이죠."

명백한 악인을 제쳐두고 저한테 혐의를 씌우려고 하다뇨. 정말이지 가소롭기 짝이 없더라고요. 네? 가소롭다는 말을 오랜만에 들었다고요? 아이 참, 농담으로 얼버무리지 마세요! 저는 진심으로 화가 났다고요. 뭐라고 대답했냐고요? 그야 아주 정직하게 대답했죠.

"며칠 전에 메신저 아르바이트를 시작했는데, 아무래도 코바야시 선배가 수상해 보였거든요. 그래서 여기 있는 선생님과 함께 함정 수사를 준비하기로 했죠."

"과연. 그리고 이 선생님이 마침 며칠 전에 여장을 하고 있다가 경찰에게 범인으로 오해를 받아 쫓기고 있었단 말이죠."

집으로 찾아온 경찰은 선생님을 보고 바로 자신들이 쫓고 있던 여장 남자라는 걸 간파했던 모양이에요.

"네, 알겠습니다. 그런 사정이 있었군요. 범인은 이미 잡혔으니까요. 더 깊이 물어볼 필요는 없겠죠."

언뜻 보면 저희에게 이야기가 유리하게 돌아가는 것처럼 들렸지만 아니었어요. 요컨대 중요한 것은 '범인은 이미 붙잡혔다'라는 부분이죠. 그들은 아무래도 정치가의 아들을 어떻게든 지키고 싶었나 봐요.

망설였어요. 이대로 그들의 방식에 따르고 싶지 않다는 생각도 있었고요. 하지만 결국 마지막에는 뭐 아무래도 상관없다는 생각이 들더라고요. 어차피 제 힘으로는 어쩔 수 없는 일이기도 하고요. 거기서 그들과 싸워 봤자 뭐 하겠어요. 그보다도 중요한 것은 선생님이 확실하게 자유의 몸이 되는 거였으니까요.

그래서 저는 고개를 크게 끄덕였죠. 경찰은 제가 동의한 것으로 받아들인 모양인지, 잠들어 있는 선생님에게로 화제를 돌리더라고요.

"그나저나 신기하군요. 이분이 잠든 모습이요. 어쩐지 아쿠타가와 류노스케랑 닮아 보이는데요."

오히려 이런 사람이 아쿠타가와 님의 얼굴을 알고 있다는 사실에 놀랐어요. 저는 선생님의 얼굴을 보고 그 발언에 고개를 끄덕였죠.

"네, 똑 닮았죠."

"무슨 인과인지 이 사건들은 '라쇼몽 현상'이라고 불렸죠. 설마이 사건의 범인들이 우연히 같은 날, 같은 장소에 있을 거라고는 생각도 못 했습니다만. 전부 아쿠타가와 류노스케의 인도였을까요……. 이분의 얼굴을 보고 있으니 그런 생각이 드는군요. 타바타는 아쿠타가와 류노스케와 인연이 깊은 곳이니까요."

"…… 그리고 보니 머리카락을 자르는 노파 사건의 범인인 노부인은 그 뒤에 어떻게 됐나요?"

그녀는 현행범으로 붙잡혔어요. 하지만 선생님이 구급차로 옮겨지는 와중에 가위는 자신의 실수로 몸에 박혔을 뿐, 노파의 잘못이 아니라고 경찰에게 말했거든요. 멋있다고요? 네, 뭐, 그렇죠. 멋있어요.

물론 경찰은 그 말을 그대로 믿지는 않았지만요. 그래도 피해자가 신고하지 않았으니 대처가 달라졌을 거라고 생각했거든요. 그러자 경찰은 이렇게 말했어요.

"이번에는 이분의 증언도 있고 해서 체포는 하지 않았습니다. 그래서 조금 전에 할머니의 며느님이 모셔가셨죠."

경찰은 일어나서 "그럼 이만." 하고 말하며 경례를 한 뒤에 떠났어요. 드디어 해방된 거죠.

경찰이 돌아간 것을 확인한 뒤에, 저는 선생님의 잠든 얼굴을 봤어요. 키스? 안 했어요. 선배는 장난만 치시고. 정말 그때는 선생님의 목숨이 어떻게 될지 알 수가 없었어요. 병원에서도 아직 안전한 상태가 아니라며 퇴원을 만류했는데, 선생님이 돌아가겠다고 고집을 부린 거니까요.

하지만 선생님의 얼굴을 보고 있으니, 더는 제 감정을 속일 수가 없겠더라고요. 네, 선배한테는 별로 말하고 싶지 않았지만요. 놀리실 테니까요. 하지만 맞아요. 저는 아무래도 선생님을 사랑하나 봐요. 선생님의 손을 잡고 이 사람이 죽지 않았으면 좋겠다고 생각했어요. 그때 선생님을 향한 애정의 싹이 깊게 뿌리를 내리고 있다고 느꼈거든요.

겉모습만 좋아하는 유사 연애가 아니라요. 대학 시절과는 전혀 달라요. 저는 선생님이 아쿠타가와 님과 닮아서가 아니라, 그저 있는 그대로의 선생님이 좋아요.

잘 먹었다고요? 아뇨, 차린 게 얼마 없어서 죄송합니다.

아니, 이야기는 아직 다 안 끝났다니까요.

선생님의 눈꺼풀이 살짝 움직였어요.

"선생님?"

"으…… 웃……."

"괜찮으세요?"

"야요이 군, 더 먹지 그러나……."

잠꼬대였어요. 꿈속에서 저에게 식사 대접을 하고 있었나 봐요.

"선생님, 오늘 밤 요리는 제가 할게요."

"싫다. 내가 만들고 싶다."

"…… 무슨 말씀이세요. 이렇게 다쳐 놓고."

선생님은 그제야 눈을 번쩍 떴어요.

"여어…… 무슨 일인가. 이런 곳에서."

선생님이 저를 바라본다는 게 이렇게 가슴 떨리는 일인 줄 미처 몰랐어요. 정말 부끄러운 이야기지만, 흐르는 눈물을 주체할 수가 없더라고요.

"선생님을 기다리고 있었어요."

"이렇게 시대에 뒤쳐진 남자를 말인가."

"네."

"여기는, 우리 집인가……."

"기억 안 나세요? 선생님이 절대 구급차는 타지 않겠다고 우기는 걸 겨우겨우 태워서 치료만 받은 다음, 자택에서 요양하기로 했어요. 보험증이 안 보여서 치료비가 상당히 비싸게 나왔지만요."

집에 돌아온 뒤에도 계속 찾았지만, 어디를 뒤져 봐도 보험증이 보이지 않더라고요. 역시 '챠가와'는 가명일지도 몰라요. 하지만 본명을 숨기는 이유가 뭘까요? 설마 지명수배자일까요? 아아, 빚에 쫓기다가 호적을 버렸다거나……. 뭐, 이것저것 생각해 볼 수 있겠네요. 어차피 조만간 선생님에게 직접 확인할 거니까요.

"아무튼 무사하셔서 다행이에요."

선생님은 희미하게 웃으며 고개를 끄덕였어요. 그런 다음 제 손을 잡더니, 몇 초 뒤에 다시 잠들어 버렸죠.

그래도 안심했어요.

아무리 급소를 피했다고는 해도 출혈이 상당했거든요. 정말 진심으로 걱정했다니까요.

저는 선생님의 손을 잡으면서 문득 생각해 봤어요.

제가 머리카락을 자르는 노파의 미끼가 되려고 했던 것보다, 그 노부인이 머리카락을 자르는 노파라는 걸 선생님이 먼저 눈치챘기에 그녀의 손가방을 자신이 들려고 했던 게 아닐까 하고요.

아니, 오히려 제가 즉흥적으로 떠올린 작전을 선생님이 바로 눈치챘다는 게 가장 놀라워요. 저는 그 순간 머리카락 자르는 노파의 미끼가 되려고 했거든요. 선생님은 제 작전을 깨닫고 머리카락을 자르는 노파를 막기 위해 저와 노부인의 사이로 끼어든 거죠.

마치 일어날 사건을 미리 알고 있었던 것 같지 않나요?

네? 타임 슬립이요?

아하하, 선배도 참. 영화를 너무 많이 보신 거 아녜요?

단지 인간에게는 미래에 일어날 일들이 머릿속에 이미 입력되어 있는 것 같은 때가 있잖아요.

다른 장소에서 지내는 쌍둥이가 완전 비슷한 집에서 살면서 같은 이름의 여성과 결혼했는데, 같은 이름의 개까지 기르고, 심지어 재혼한 사람의 이름까지 똑같았다는 이야기가 있을 정도니까요. 이런 이야기를 보면 사람의 일생은 미리 뇌에 입력되어 있을지도 모르겠어요.

그렇다면 어제 선생님은 어쩌면 미래를 바꿨을지도 모르겠네요.

아아, 어쩐지 조금 현실감이 안 들어요. 현실인데 말이죠. 아무튼 그런 이유로 선생님은 무사하세요. 그리고 맞아요. 선생님을 좋아하게 되었어요. 인정할게요. 잘 먹었다고요? 그 말은 조금 전에도 하셨잖아요. 차린 게 얼마 없어 죄송합니다. 결혼이요? 너무 앞서 나가시는 거 아녜요? 아직 사귀는 사이도 아닌데요.

으음, 잘 모르겠어요. 아무튼 그런 이유로 오늘 노가타에 있는 아파트는 확실하게 정리하고 오려고요.

그럼 슬슬 나가 볼게요. 네, 또 전화할게요. 아, 미이 선배. 이번 라이브 힘내세요.

어머, 은퇴 안 하신다고요? 결혼도요?

그, 그것 참! 추, 축하할 일인가요? 선배는 기뻐 보이시네요. 아, 그렇군요. 알겠어요. 그럼, 축하드려요!

앞으로의 활약도 기대할게요!

선배는 뭐라 해도 이제는 일본의, 아니, 세계의 시리타니 미코토니까요.

9. 우츠미 야요이의 조금 마니아적인 관찰

선생님이 자택으로 돌아온 지 이틀째.

선생님은 많이 회복된 상태로, 죽이 먹고 싶다거나 텔레비전을 켜라며 제멋대로 굴었다. 뭐, 그래도 이건 점점 건강해지고 있다는 뜻이니까. 나는 그렇게 생각하며 부탁받은 일을 부지런히 해줬다.

선생님은 점심 무렵 참마죽을 다 먹더니, 금방 잠들어 버렸다. 아직 회복이 다 되지 않아서 졸음이 몰려왔나 보다.

나는 그사이에 선생님이 얼마 전에 이송됐던 병원으로 치료비를 내려 갔다. 그때는 너무 갑작스럽게 일어난 일이라, 가진 돈이 전혀 없었던 것이다.

그때 돌연 등 뒤에서 누군가가 말을 걸었다.

"저기, 혹시 이번 사건의 관련자신가요……?"

깜짝 놀라서 돌아보니, 본 적 없는 중년 여성이 서 있었다.

"신문에서 봤습니다."

"아아……."

이번 사건으로 내 얼굴이 신문에 실렸다. 결과적으로 나의 한 팔 업어치기가 여러 사건의 범인을 일거에 체포하는 것으로 이어졌기 때문이다. '한 팔 업어치기 여성의 공로'라는 제목을 보고 얼굴이 화끈거릴 정도로 부끄러웠다.

그런데 나에게 말을 건 여성은, 아무래도 단순히 내가 한 팔 업어치기의 주인공이라는 것을 알아보고 호기심에 말을 건 아주머니는 아닌 것 같았다.

"요전에는 저희 시어머니가 큰 폐를 끼쳤습니다. 뭐라 말씀을 드려야 좋을지……."

영문을 몰라 가만히 있자, 그녀는 자신을 이쿠타 시노라고 소개하며 머리카락을 자르는 노파인 이쿠타 카요코의 며느리라고 말했다.

"실은 요전 사건 이야기를 듣고 경찰의 권유도 있어서 시어머니를 병원으로 모시고 와서 검사를 받았어요. 역시 시어머니의 연령쯤 되면 뇌에 병이 생기는 경우가 많다나 봐요. 실제로 검사를 받아 보니 치매가 심해졌다고 하네요. 오늘은 정밀하게 개호도(介護度)* 검사를 받고 계세요."

"그렇군요……. 그 편이 좋겠네요. 카요코 씨는 아드님 부부와 함께 살고 계신가요?"

"아니요."

시노 씨는 고개를 숙였다.

"남편은 이 세상 사람이 아니에요. 몇 년 전에 스토커 여성이 휘두른 흉기에 찔려 세상을 떠났죠. 그 범인의 머리카락이 길었어요. 그 이후로 시어머니는 머리카락이 긴 여성을 보고 싶지 않다고 늘 말씀하셨죠. 설마 그런 식으로 행동하실 줄은 생각도 못 했지만요……."

아들을 죽인 사람에 대한 증오가 '머리카락을 자르는 노파'를 탄생시켰구나.

"시어머니를 용서해 주시겠어요? 어릴 적에 부모님이 돌아가신 저에게는, 이제 가족이라고 부를 사람은 시어머니뿐이에요. 두 번 다시 이런 일이 없도록 제가 잘 모시겠습니다!"

시노 씨는 깊이 머리를 숙였다.

"고개 드세요. 챠가와 씨는 이미 회복기에 접어들었으니까요. 그도 카요코 씨의 일은 자신이 실수로 찔린 걸로 해 달라고 했으

---

* 간호·간병이 필요한 정도를 구분하는 척도.

니, 이 일은 그만 마무리 짓도록 하죠."

시노 씨는 여전히 미안해하며 한 번 더 고개를 숙이더니 뒷걸음으로 물러났다.

그때 딱 하나 궁금한 점이 떠올랐다.

나는 뒤돌아서 돌아가려던 시노 씨를 향해 말했다. 그녀의 머리카락은 짧았고 군데군데 길이가 들쑥날쑥했다. 미용실에 가지 않았나 보다.

"알려 주셨으면 하는 게 있는데요."

"…… 뭔가요?"

그녀는 걸음을 멈추고 뒤돌아보았다.

"아드님이 스토커에게 살해당한 것은 확실히 충격이셨겠죠. 하지만 그 뒤로 몇 년이 지났죠?"

"네, 그러니까 치매 때문에……."

"그 부분도 이해가 갑니다. 하지만 갑자기 그렇게 된 걸까요? 뭔가 계기가 된 일은 없었나요? 언제부터 머리카락이 긴 여성을 덮치게 됐나요?"

"그건……."

시노 씨가 머뭇거리는 모습을 보니, 핵심을 찔렀다는 느낌이 들었다. 한 걸음 더 파고들어 보기로 했다.

"보니까 당신도 머리카락이 짧네요. 미용실에서 다듬은 것 같지도 않고요. 혹시 시어머니가 첫 대상으로 삼은 게 당신인가요?"

시노 씨는 입을 다물었다. 하지만 잠시 뒤에 체념한 것처럼 입을 열었다.

"맞아요. 시어머니가 처음 덮친 건 저였어요. 계기는…… 저도 이제까지 몰랐어요. 그랬는데 실은 그저께 경찰에게 연락을 받고 사고 현장으로 달려갔거든요. 그때 구급차로 옮겨지는 챠가와 씨를 보고 '어라?' 하고 생각했어요. 그게, 너무 닮아서요."

"닮았다고요? 아아, 아쿠타가와 류노스케 말이죠. 자주 들어요."

그런데 시노 씨는 고개를 가로저었다.

"아니요. 제가 말하는 건 한 경찰이에요."

"경찰이요?"

"네. 시어머니는 계속 혼자 사셨어요. 제가 일주일에 한 번 찾아가서 부족한 물건이나 불편한 부분을 여쭤보고 채워 뒀거든요. 그 무렵 젊은 경찰이 자주 시어머니 댁에 드나들며 시어머니를 돌봐 주셨어요. 그분이 챠가와 씨와 똑 닮았거든요……."

선생님과 똑 닮은 남자. 뒤통수를 맞은 기분이었다.

한여름인데도 불구하고 눈이 내린 것처럼 머릿속이 새하얘졌다.

원치 않게도 나는 과거의 문을 열게 되었다.

그 녀석인가……. 그 녀석이야?

나는 시노 씨에게 더 자세히 물어보았다.

"그 경찰은 무슨 일을 했나요?"

"시어머니의 신변을 돌봐 주면서 옛날이야기를 잘 들어 줬어요."

"옛날이야기를요? 그건 아드님이 살해당한 이야기였나요?"

"네……. 그다지 좋은 일은 아니라 가능하면 과거를 다시 들추는 행동은 그만했으면 좋겠다고 그 경찰에게 말했거든요. 그러자 그 경찰이 '증오는 발산하는 편이 좋아요. 쌓아 두는 게 가장 안 좋으니까요.'라고 말하더라고요."

"증오는 발산하는 편이 좋다……고요……."

"아무래도 그 경찰은 친절한 마음으로 시어머니의 심리 치료를……."

"경찰으로서의 친절로요……?"

"네. 그로부터 며칠 뒤였어요. 시어머니가 갑자기 저에게 덤벼들어서 제 머리를 잘랐죠. 이상하다고는 생각했지만……."

"그 경찰은 어느 파출소에서 근무한다고 하던가요?"

"그러고 보니…… 거기에 대해서는 아무 말도……."

"카요코 씨네 주소는요?"

일반적으로 생각한다면, 노인이 사는 곳 근처의 파출소에서 신경을 쓰겠지.

과연 카요코 씨가 사는 곳에서 가장 가까운 파출소는 사건의 무대였던 타바타에 있었다. 역 앞이 아니라 조금 떨어진 곳에 있는 파출소였다.

나는 주소를 메모한 다음 병원을 나와서 바로 택시에 올라탔다.

목적지는 타바타의 제2파출소.

하지만 파출소 안에는 아무도 없었다. 작은 파출소에서는 드문 일도 아니었다.

분명 순찰을 돌고 있겠지.

나는 잠시 경찰이 돌아오기를 기다리기로 했다.

선생님과 머리카락을 자르는 노파가 나눴던 대화가 떠올랐다.

'항상, 항상 감사합니다.'

왜 항상이라고 말했을까 궁금했었다.

하지만 이제는 그 이유를 알 수 있었다.

머리카락을 자르는 노파는 선생님과 그 경찰을 혼동했던 것이 겠지.

이윽고 하얀 자전거가 파출소 앞에 멈춰 섰다.

한 경찰이 자전거에서 내렸다.

경찰 제복을 입은 그 남자의 얼굴은 아쿠타가와 류노스케의 얼굴과 굉장히 닮아 있었다.

나는 그 남자를 향해 내뱉듯이 말했다.

"오랜만이네. 나나토."

전 남자친구인 아와츠카 나나토는 아쿠타가와 류노스케와 똑같이 비뚜름하게 웃으며 모자를 벗었다.

10. 우츠미 야요이의 조금 마니아적인 관찰

"내가 여기서 일하는 건 어떻게 알았어? 나를 스토킹한 거야?"

나나토는 나를 멸시하는 눈빛으로 바라보며 파출소 안으로 들어왔다. 그리고 의자에 앉더니 책상에 다리를 올려놓았다.

얼굴은 똑같이 생겼지만 선생님과 나나토의 표정은 전혀 달랐다. 그리고 몇 년 전의 나나토와 지금의 나나토도 달랐다. 예전보다 차갑고 감정이 느껴지지 않았다. 그는 마치 뱀처럼 웃었다.

"미안, 이름이 생각 안 나네."

이름이 생각 안 난다고? 사귀었던 여자의 이름을?

진심일까?

"야요이야. 우츠미 야요이. 너와 대학 시절 4년 동안이나 사귀었는데."

"아아, 대학 시절에 동거했던 애인가. 잘 지냈어? 아쿠타가와 마니아 아가씨. 또 같이 놀아 줄까?"

아와츠카 나나토가 내 턱을 휙 들어 올렸다.

"만지지 마."

나는 나나토에게서 떨어졌다.

다시 만나자는 말이 두려워서가 아니었다. 마치 다른 사람처럼 느껴졌기 때문이다.

이 남자는 나나토이지만 나나토가 아니다……

나는 주의하면서 나나토에게 질문했다.

"왜 스토커 때문에 아들을 잃은 할머니의 집으로 순찰을 간 거야?"

"경찰의 사명이지. 당연하잖아?"

"하지만 너는 과거의 사건에 대한 안 좋은 기억을 일부러 들쑤셨다며? 할머니가 기억 저편으로 밀어내려 했던 안 좋은 기억을 굳이 되살려서……"

"…… 그런 질문을 하려고 여기에 온 거야?"

나나토는 조소하더니 손가락으로 경찰 모자를 빙글빙글 돌렸다. 그런 다음 모자를 던져서 안쪽에 있는 모자걸이에 안착시켰다.

"성공!"

나나토는 승리 포즈를 취했다.

"나를 잊지 못해서 찾아왔나 했더니. 실망이네."

뻔뻔하다는 말이 목구멍까지 올라왔다. 내가 근무했던 고등학교의 여학생들이 주로 사용하는 말버릇이었다. 나는 다시 한번 물었다.

"대답해. 목적이 뭐야?"

"목적? 없는데. 그냥 재미가 없어서. 매일매일 재미가 없었거든. 나는 그 무렵 타바타에 있는 노파 서른 명 정도에게 비슷한 짓을 했지. 그 노파가 특별한 게 아니야. 마음에 쌓아 둔 검은 것들을 모두 방목시켜 주자고 생각했거든."

"방목?"

"야생화(野生化)라고 하나? 이미 이 나라 사람들은 다들 지쳐 있잖아. 그러니까 방목시키는 거지. 폭도가 늘어나면 그 속에서 한 줌의 희망이라도 솟아나겠지. 그러니까 우선 방목시키는 거야. 이야기는 그다음이지."

나는 무심코 한 걸음 물러섰다.

대학 시절에 사귀었던 나나토는 가벼운 남자이긴 했지만, 이 정도로 쓰레기는 아니었다.

진화(進化)? 열화(劣化)? 모르겠다.

아무튼 완전 다른 사람이다. 그 시절의 나나토가 아니었다.

나나토는 왜 이렇게 변한 걸까?

"네가 좋아했던 아쿠타가와 류노스케도 《라쇼몽》에서 인간의 야만적인 정신을 해방시켜야 한다고 말했잖아. 그런 이야기잖아? TV에서 저널리스트가 이번 사건에 대해 그렇게 해설하던데? 너는 나를 자주 아쿠타가와 님이라고 불렀지?"

확실히 그 무렵의 나는 아쿠타가와 신드롬 말기 환자 같았기에, 나나토를 무심코 그렇게 부른 적도 있었다.

하지만.

"하지만 아쿠타가와 류노스케의 《라쇼몽》은 네가 생각하는 그런 이야기가 아니야……."

나는 생각하지도 못한 대답에 더는 말을 이을 수가 없었다.

설마 모든 악의 씨를 뿌린 사람이 옛 애인이었다니.

"나는 죄받을 짓을 했다고 생각하지 않아. 그 사람들이 멋대로 연이어 범죄를 저지른 거니까. 내가 한 짓은 날마다 사방팔방에 악의 씨앗을 뿌린 것뿐이야. 사람들과 이야기하면서 안 좋은 감정과 기억을 해방할 계기를 마련해 줬지. 어떤 때는 속도위반으로 붙잡힌 젊은이에게 분노를 속도로 표현하지 말라고 주의를 주거나, 옆 아파트의 주민에게 물 풍선 폭탄을 던지고 뛰어서 도망가면 금방 붙잡힐 테니까 그만두라고 말하기도 하고, 차기 선거를 위해 파출소에 인사하러 온 정치가에게 사춘기인 아드님에게 무슨 일이 있어도 감싸 줄 수 있겠다고 말했지. 전부 평범한 커뮤니케이션의 범주 안에 들어가잖아."

이 남자가 모든 악의 근원인 건가. 우연이 아니었다. 그날 타바타역에 범죄자의 눈을 가진 사람들이 모였던 것은 우연이 아니었다. 모든 것은 나나토가……

"너 때문에 그 사람들은 범죄를 계획했다고."

"뭐 어때. 그래서 내면에서 소용돌이치던 증오가 보상을 받는다면야."

"보상?"

"예를 들어 할머니는 복수의 의미를 담아 여자의 머리카락을 잘랐지. 그 행위로 그녀 안의 공허한 감정이 정화되는 거야. 그게 뭐가 나빠?"

"그건……"

아니야. 전혀 좋지 않아.

그런데도 바로 반박할 수가 없었다.

"네 논리는 비뚤어져 있어. 자신이 한 행동이 초래할 결과에 대한 상상력이 결여되어 있잖아. 그 뒤에 기다리고 있을, 다른 사람의 인생에 대한 상상력 말이야. 피해 여성들이 얼마나 슬퍼했는지 상상이 가?"

"후후. 너는 여전하구나."

"…… 뭐?"

나나토는 책상에서 다리를 내리고 천천히 일어났다. 그리고 도마뱀이나 개구리 같은 속도로 책상 위로 뛰어오르더니 나를 내려다보았다.

"여전히 우등생 같은 말만 하는구나. 넌 네가 다른 사람에게 얼마나 상처를 줬을까 생각해 본 적 없지? 너에게 상상력이 어쩌고 하는 이야기를 듣는 건 절대 사양이야."

다리가 후들거렸다. 내 다리가 아닌 것 같았다.

"무슨 말이 하고 싶은 거야?"

"나는 여성과 언제나 진심으로 교제했어. 하지만 그때마다 상대는 나에게서 아쿠타가와 류노스케의 환영을 보았지. 너도 그랬고. 너 같은 여자들이 다가와서 내 내면은 보지도 않은 채, '아쿠타가와, 아쿠타가와, 아쿠타가와, 아쿠타가와, 아쿠타가와'라고 연호하며 내 마음에 상처를 입혔다고. 너는 내 상처에 대해 상상해 본

적 있어? 너는 내가 아쿠타가와 류노스케와 닮았다는 것 이전에, 한 명의 인간이라는 사실에 대해 생각해 본 적 있어?"

"그건⋯⋯."

그 무렵의 나는 아무 생각도 없었다. 그저 한결같이 아쿠타가와 류노스케를 원하며, 외모가 아쿠타가와 님과 닮았다는 이유만으로 이 남자에게 넘어가 사귀기 시작했다.

나나토는 나와 사귄 뒤로, 내가 그 자체가 아니라 아쿠타가와 류노스케와 닮은 외모에 끌렸다는 사실을 알고 크게 실망했던 것이다.

그렇게 생각하면 이런 절망에 지배당해 폭거를 자행한 사람들을 만들어 낸 것은 나였을지도 모른다⋯⋯.

요컨대 이번 사건에서 그를 탓하는 것은 번지수가 틀렸다.

나야말로 제악의 근원이었구나.

"헛소리는 거기까지 하는 게 어떻겠나?"

어딘가에서 낮으면서도 부드러운 목소리가 울려 퍼졌다.

뒤를 돌아보았다.

마른 몸에 검은 외투를 입은 남자. 그곳에 아쿠타가와 류노스케와 똑 닮은 또 한 명의 남자가 서 있었다.

앞에도 뒤에도 마치 거울을 보는 것처럼 아쿠타가와 류노스케와 똑 닮은 두 사람.

단 그 내면은 선과 악이 대립하는 것처럼 달랐다.

"외모만 봤다고 말했나? 그 말은 틀렸네. 자네가 외모를 뛰어넘을 만한 내면을 갖추고 있지 않았을 뿐이지. 자네는 그저 알맹이 없는 도플갱어였던 것이야. 내 인생에는 아무래도 도플갱어가 항상 따라다니는 모양이군."

일찍이 아쿠타가와 님은 도플갱어와 두 번 만났다고 했다. 그 경험을 살려 《두 통의 편지(二つの手紙)》라는 단편도 썼다.

"그리고 《라쇼몽》에 대한 해석도 많이 틀렸네."

여기에 있는 것은 아쿠타가와 류노스케다.

나는 그렇게 느꼈다.

선생님이자, 아쿠타가와 류노스케.

나는 그가 외모뿐만이 아니라 내면도 일치한다는 생각이 강하게 들었다.

지금 여기에 아쿠타가와 님이 있는 것이다.

아쿠타가와 님은 그대로 《라쇼몽》에 대한 해설을 계속했다.

"하인의 행방은 아무도 모른다. 《라쇼몽》은 그 마지막 한 문장을 위해 존재하는 이야기지. 모든 것은 마지막 한 문장을 향해 가고 있네. 나는 소설이라는 상상력으로 밥벌이를 하려는 자신의 모습을 도둑과 겹쳐 보았을 뿐이지. 살아서 소설 따위를 쓰면서 생계를 꾸려간다는 사실이 정말로 부끄러웠다. 하지만 살아가기 위해서는 뻔뻔해져야만 했지. 주변에 있는 모든 것을 연료로 쓰며 나아가는 수밖에 없었다. 이런 동물적 에너지에 때로는 이기주의가 이기기도 하고, 주위 사람에게 상처를 줬을 수도 있지. 하지만 결코 윤리를 벌레처럼 다뤄도 좋다는 뜻은 아니다. 만행에 물들라고 권장하는 것도 아니지. 동물적 에너지의 밖에는 법과 윤리, 혹은 각각의 신이 정한 감옥이 있다. 그 감옥에서 나올지 안 나올지는 개인의 재량이다. 감옥에서 나오려는 사람에게는 그만큼의 위험이 기다리고 있다. 그 각오를 짊어지는 것 또한 삶이다. 살아 있는 이상 남의 시선은 신경 쓰지 말고 나아가라는, 단지 그뿐인 이야기다. 그 이야기에서 핵심은 하인이 삶을 선택했다는 것이다. 야만의 승리라니, 어리석기 그지없는 해석이지."

아쿠타가와 님은 나나토에게 한 발 더 다가갔다.

"오, 오지 마……"

나나토는 책상 너머로 다시 내려가더니, 서랍에서 권총을 꺼내 쥐었다.

아쿠타가와 님은 겁먹는 일 없이 더욱 거리를 좁히며 웃었다.

"어디 해보게. 과연 자네가 할 수 있을까?"

아쿠타가와 님은 스마트폰을 꺼냈다. 내가 준 것이다.

그리고 카메라의 연사 기능으로 계속해서 사진을 찍었다.

"그, 그만둬……"

"시민을 향해 권총을 든 경찰. 재미있군. 어떤가? 자기 자신에게 권총을 겨눈 기분은?"

아쿠타가와 님은 살며시 권총을 잡았다.

"그만둬어어어! 그만두라고오오오오!"

그것이 마지막 비명이었다.

나나토는 눈의 흰자위가 보이는가 싶더니, 나뭇가지가 뚝 부러지듯 조용히 쓰러져 버렸다.

아쿠타가와 님은 파출소 벽에 몸을 기댔다. 파랗게 질린 그 얼굴은, 아쿠타가와 님에서 선생님으로 돌아온 것처럼 보였다.

"무서웠다……. 나는 살고 싶었던 걸까."

"선생님……. 아니, 아쿠타가와 님. 당신은 아쿠타가와 님이죠?"

선생님은 내 질문에 대답하지 않았다.

눈앞에 있는 사람은 챠가와 타츠노스케인가, 아니면 아쿠타가와 류노스케인가.

이 두 가지 선택지가 비현실적이라는 것은 알고 있었다.

하지만 이제 나에게는 어느 쪽이든 좋았다.

나는 그저 선생님이 좋았다.

선생님은 말하기 시작했다.

"《라쇼몽》을 두고 살아가기 위해 악을 긍정했다고 평한 사람은 당시에도 있었지. 자네는 어떻게 생각하나? 악을 긍정하기 위해 몇십 장이나 되는 원고지에 문자를 늘어놨다 생각하나?"

작가가 하는 말일까, 아닐까. 생각하기에 따라 어떻게든 받아들일 수 있는 말이었다.

"잘 모르겠어요. 하지만 정답은 없죠. 정답은 작가조차 낼 수가 없어요. 그저 그 작품이 죽음이 아니라 삶에 초점을 맞추고 있다는 것은 확실하다고 생각해요. 적어도 그 이야기를 썼을 때, 아쿠타가와 님은 삶에 초점을 맞추고 있지 않았을까요."

선생님은 쓸쓸한 미소를 지었다.

"그건 어떨지 모르겠군. 딱 하나 확실한 점은, 사람은 죽는 순간까지 살아 있다는 것이겠지. 그런 의미에서는 스스로 죽음을 택한 자도, 운명에 몸을 맡긴 자도 똑같이 평등하다."

선생님은 품에서 피스를 꺼내 물었다. 하지만 곧 집밖에서는 금연이라는 법률을 떠올렸는지 도로 넣었다.

"기나긴 꿈을 꾸고 있는 기분이군. 즐거운 나날이었다."

선생님은 기력을 쥐어짜내듯 일어서더니, 나를 등진 채 걷기 시작했다.

"어디로 가세요?"

"집으로 돌아갈 거다."

"우리가 사는 집이요?"

"달리 또 있나?"

"원래 있던 세계로 돌아가시는 게 아니라요?"

어쩐지 선생님이 진짜 아쿠타가와 류노스케 같은 기분이 들었다. 그렇다면 이 세계에 계속 머물러 있지 않을 것 같다는 생각이 들었다.

"…… 원래 있던 세계라. 그런 것이 있는지 없는지, 나는 이제 알 수가 없군. 나는 이것이 기나긴 꿈이라고 생각했다. 하지만 칼에 찔리고 통증을 느끼는데도 전혀 꿈에서 깨질 않는군. 내가 아는 상식을 넘어선 길고 현실감이 강한 꿈인가."

"현실적으로 해석한다면, 선생님이 아쿠타가와 류노스케 병을 앓고 있는 것이겠죠."

"아쿠타가와 류노스케 병이라고?"

"네, 아쿠타가와 류노스케의 소설을 열중해서 읽는 동안에, 자신을 아쿠타가와 류노스케라고 믿어 버린 거예요."

선생님은 바보 같다며 웃었다.

"나는 보잘것없는 글쟁이로 곧 죽음을 맞이할 예정이었지. 아니, 약을 마시고 확실하게 죽었어야 했다. 그랬는데 정신이 드니 라쇼몽 아래에 있더군. 그리고 군중 속에서 무참하게 죽는 여자의 모습을 보게 되었지. 그 모습을 보고 나는 그 여자를 구해야 한다고 생각했다. 그러곤 이 세계에서 눈을 뜬 거다. 유일하게 납득할 수 있는 개념은, 요즘 세계에서 유행하고 있는 '이세계 환생'이겠지. 내가 어떻게 챠가와라는 부자가 될 수 있었는지, 그 경위는 불분명하다. 그저 깨어났더니 나는 아쿠타가와 류노스케가 아니라, 챠가와 타츠노스케가 되어 있었다."

"환생……. 요즘 라이트 노벨 장르에서 유행하는 그거요……?"

"원래 윤회전생은 불교의 개념이지. 나는 놀라움을 감출 수가 없었다. 이 세계에서는 문학가의 이름을 대라면, 나츠메 소세키 다음으로 내 이름이 나온다고 들었다. 키쿠치 칸이라는 녀석이 내 이름을 따서 상을 창설한 탓도 있겠지. 그에 비해 나오키 산쥬고* 는 왜 별로 유명하지 않은지 궁금하군. 내 작품보다 훨씬 잘 팔렸을 텐데. 그런 점을 미루어 판단하자면, 아무래도 이곳은 내가 아는 세계가 아니라 완전한 이세계다. 꿈이 아니라면, 죽어서 이세계에 환생했다는 뜻이겠지."

"환생이라면 원래 있던 세계로는 돌아가지 않으시겠네요."

"불가역(不可逆)인 모양이야. 불합리한 세계에서, 그 불합리를 받아들이며 살아야 하다니. 정말로 불합리하지 않은가. 예산도 없는 빚 대국이 올림픽을 위해 세금을 쓰는, 이런 불합리는 도저히 현실로 받아들이기 어려워. 그러니 나는 지금 이세계에서 살고 있는 것이겠지."

이세계라.

나는 생각했다. 나 역시 아쿠타가와 류노스케의 세계로 뛰어들 때, 항상 이세계를 살고 있는 듯한 부유감을 맛봤다. 수묵화 속으로 들어간 것 같은, 그 딱딱한 세계를 맛보고 싶어서 몇 번이나 아

---

* 순문학이 대세이던 20세기 초 일본 문단에 대중 문학을 유행시킨 일본 작가. 그의 작품은 대부분 영화와 드라마로 제작됐으며, 그의 이름을 따서 일본 최고의 대중 문학상이라 불리는 '나오키 상'이 만들어졌다.

쿠타가와 님의 책을 펼쳤던 것이다.

이세계에서 살고 있던 나와 이세계에서 찾아온 아쿠타가와 류노스케가 만났다. 어쩌면 그는 평행 세계의 과거에서 찾아왔을지도 모른다. 그 세계에서의 아쿠타가와 님은 무명의 문인으로, 현대에 와서도 명성을 얻지 못했을지도 모른다.

그렇다면 그에게는 같은 시간축의 미래에 도달하는 것보다, 이곳으로 온 것이 더 잘된 일일지도 모른다.

바보 같다는 생각도 들었다. 전부 선생님의 망상이야. 그렇게 웃어넘기고 싶은 마음도 남아 있었다. 하지만 무엇을 믿을지는 나에게 달려 있었다.

"앞으로 뭐라고 부를까요?"

"지금처럼 선생님이라고 부르게."

"알겠어요. 선생님, 이만 돌아갈까요?"

"음…… 그 전에 신고부터 해야겠지. 부탁해도 되겠나? 나는 먼저 돌아가지."

확실히 나나토와 똑 닮은 선생님은 이 자리에 없는 편이 더 좋을지도 모른다.

"이 남자는 악의 근원이 아니야. 이 남자를 조종한 사람이 따로 있을 거다."

"어…… 나나토가 아니라요……?"

"이 녀석은 조직의 말단이야. 이 세계는 내 세계를 수용한 뒤의 세계다. 수용이라는 단어는 듣기에는 좋지만, 굳이 나쁘게 표현하자면 좋든 나쁘든 '오해의 덩어리'지. 그리고 모든 덩어리에는 핵이 있는 법이다. 이 세계의 중심에 있는 것은 나도, 내 작품군도 아니야. 오해의 원리 원칙을 무기 삼아 권력에 집착하는 자겠지. 이 세계에서 강한 자는 누구인가. 그것을 곰곰이 생각해 보게. 예를 들어 요전에 타바타역 앞에서 일어났던 소동. 과연 체포된 자들만이 그날의 위험 분자였을까? 그렇지 않을 걸세. 아마 그 자리에 있던 사람들 거의 대부분이 어떤 사상에 물들었을 가능성이 높아. 그렇지 않다면 그토록 무관심할 수는 없지."

그때 내가 느꼈던 고독을 떠올렸다.

만약 그 자리에 있던 통행인 모두가 공범자였다면. 흐리멍덩한 시선이 떠올라 오싹했다.

그때, 파출소 안쪽에 켜둔 TV로 시선이 갔다. 언젠가 봤던 저널리스트 진노 코타로가 나오고 있었다.

"라쇼몽 현상은 이걸로 끝이 아닙니다. 앞으로도 계속될 겁니다."

나는 불쾌해져서 TV를 껐다.

설마 진노가 이 제악의 근원……. 그런 생각이 들었을 때, 선생님은 내 생각을 읽은 것처럼 입을 열었다.

"저 남자도 단순한 확성기에 지나지 않아. '오해의 덩어리'의 핵은 아직 보이지 않는다. 함께 찾아 주겠나?"

"…… 네. 물론이죠."

선생님은 기쁜 것처럼 희미하게 미소 짓더니 뒤돌아 나갔다.

나는 선생님이 걸어가는 모습을 지켜보면서 그 등을 향해 말했다.

"선생님, 제가 연구자가 되지 않았던 이유는 연구란 짝사랑이라고 생각했기 때문이에요. 너무 좋아해서 추구하다 보면 가슴이 괴로워져서, 거기에 아쿠타가와 류노스케가 없다는 사실을 견딜 수가 없었거든요. 이런 짝사랑은 싫다고 외치고 싶어지는 느낌이었죠. 하지만 아니었어요. 세계에서 단 한 사람, 저만이 그 작가의 이해자가 된다는 기분이었던 거예요."

선생님은 딱 한 번 걸음을 멈췄다. 하지만 돌아보지는 않았다.

"자네가 그렇게 생각한다면 그게 정답이겠지."

"저, 한 번 더 아쿠타가와 류노스케를 연구해 볼까요?"

"괜찮지 않겠나? 자네는 아쿠타가와 류노스케를 연구하기에 가장 좋은 환경에 있으니까. 오늘 밤에는 내가 오랜만에 요리하도록 하지."

선생님은 그렇게 말하고 떠났다.

"네!"

이런 기적이 일어나는구나.

다른 세계에 있던 두 사람이 함께 살아가는 사치가.

우리가 특별해서가 아니라, 어쩌면 사랑이란 이런 것일지도 모른다.

나는 책상 위의 연필꽂이에 있는 가위로 머리카락을 잘랐다.

이제 나에게는 필요가 없다.

하인의 행방은 아무도 모른다.

그런 거죠?

그런 다음 경찰서에 연락했다. 모든 것을 말하기 위해서.

11. 아이돌 시라타니 미코토의 우울

퀴즈 프로그램이 방송되기까지 앞으로 30분. 스타일리스트가 화장을 마치고 나간 뒤, 마음을 가다듬고 있을 때 전화가 울렸다. 진노 코타로였다.

미코토는 망설임 끝에 결국 전화를 받았다.

"당신이 음악을 껐지?"

그날 미코토는 타바타역 앞에서 흘러나올 예정이었던 '오렌지 엔젤'을 중단시켰다. 조사해 보니 누군가가 그 시간에 타바타역 앞에 지역 유선 방송이 흘러나오도록 신청했다는 사실을 알게 되었다.

약혼자인 진노의 계략이라는 것은 그의 입으로 들어서 알고 있었다. 미코토는 매니저를 협박해서 즉각 자신의 저작권을 이용해 '오렌지 엔젤'의 사용을 일시적으로 중지시켰다. 그리고 타바타역 앞의 유선 방송에서도 '오렌지 엔젤'이 나오지 않도록 방송 중지를 명령했다.

"너 때문에 내가 몇 달 동안이나 준비해온 일이 허사가 됐어! 용서할 수 없다! 이건 국가 프로젝트였는데……!"

"국가 프로젝트?"

"그래. 국민 모두를 이기주의자로 만드는 거지. 배타적 구조를 만들어서 쇄국 시대로 돌아가는 거다. 우선 《라쇼몽》을 쓴 아쿠타가와 류노스케의 연고지인 타바타부터. 이 '라쇼몽 계획'을 감염시킬 계획이었지. 너의 별거 아닌 '오렌지 엔젤'이라는 곡을 유명하게 만들어 줄 기회이기도 했는데!"

"…… 그런 짓 안 해도 내 곡은 꽤 유명해. 적어도 당신보다는"

"어이! 곧 남편이 될 사람에게 그런 말을 하다니! 여자 주제에!"

"미안하지만 나는 당신과 결혼하지 않을 거야. 증오는 증오일 뿐이야. 정의가 되지도, 또 사랑이 되지도 않아. 그러니까 나는 그런 것들을 철저히 멀리하겠어. 절대 나에게 다가오지 마. 만일 나에게 다가올 경우에는 스토커 규제법이 적용될 거야. 그리고 지금 당신이 겨우 쌓아올린 TV 업계에서의 지위도 전부 잃게 될 테니까."

"너 지금…… 무슨 소리를 하는……"

전화를 끊었다.

크게 한숨을 쉬었다.

자신의 실수는 사라지지 않을 것이다. 하지만 하마터면 소중한

친구를 잃을 뻔했다. 진노의 세뇌에 완전히 넘어가기 직전에 제정신을 차린 것이다.

조금 전에 야요이에게 전화가 왔었다.

기쁜 듯이 선생님에 대한 사랑을 이야기하는 그녀를 부럽다고 생각하는 동시에 사랑스럽다고 생각했다. 고등학생 시절부터 계속 야요이를 좋아했다. 그녀는 평생 모르겠지. 그런 여자다.

"나도 행복해져야지."

'세계의 시리타니 미코토니까요.'

야요이가 그렇게 말한다면 정상까지 올라가 볼까.

미코토는 굳게 맹세했다.

"미코토, 이제 시작한대."

매니저가 또 노크도 없이 대기실 문을 열었다.

미코토는 매니저의 멱살을 잡았다.

"다음에 또 노크하지 않으면 죽여 버리겠어. 그리고 약혼 발표는 취소해. 매스컴에는 오보라고 전하고. 그리고 나는 아이돌을 그만두지 않을 거야."

"어…… 어어?"

"나를 누구라고 생각하는 거야? 세계의 시리타니 미코토야. 자, 얼른 달려가서 매스컴에 전해. 서둘러! 쓰레기!"

"아… 네에……."

매니저는 일그러진 미소를 지었다.

진노가 알려 준 것 중에서 유일하게 쓸 만한 논리가 있다면, 세상은 강자가 이기도록 만들어져 있다는 말이다.

그러니 하나도 양보해서는 안 된다.

미코토는 화장을 꼼꼼히 확인한 다음, 무대로 향했다.

자, 세계가 기다리고 있다.

'오렌지 엔젤'은 미코토가 처음으로 작사한 곡이었다. 가사 속의 그 아이는 야요이를 뜻했다. 그녀가 좋아하는 아쿠타가와 류노스케의 단편 《귤》을 모티프로 한 가사였다.

그날, 오렌지를 나에게 던져 준 그 아이처럼 나도 내 마음을 고백할게. 모든 것은 거기서부터 시작되는 거야.

그래. 미코토는 자신에게 말했다.

모든 것은 여기서부터 시작된다.

12. 사람이 아닌 자들의 잡담

"아무래도 해고해야겠군요."

유리 회사 사장인 게르는 시가를 빨아들인 뒤에 천천히 연기를 내뿜었다.

"하지만 해고하더라도 저건 먹을 수 없겠군. 인간이니까."

철학자인 마그가 말했다.

"그렇군요. 우리 법률에서는 해고한 자는 먹어도 괜찮지만 말입니다."

"프우·후우!"

이것은 그들의 세계에서 '아아'라는 감탄사 같은 것이었다.

"뭐, 그건 자네 마음대로 하게."

마그는 직접 행동하지 않았다. 항상 심연을 들여다보는 듯한 말을 전하며, 행동을 재촉할 뿐이었다. 하지만 그것이 그의 역할이니까. 게르는 이런 건방진 발언도 진지하게 받아들였다.

마그는 말을 계속했다.

"인간이라고 못 먹을 건 없으니."

"당신, 진심입니까! 저 진노를 먹겠다고요? 무리, 무리, 무리."

"물론이다. Qua."

'Qua'란 '예스' 같은 의미였다.

"인간은 냄새난다고요."

게르는 그 냄새를 떠올렸는지 얼굴을 찌푸렸다.

"Qua. 요컨대 우리는 인간을 적극적으로 먹고 싶은 마음은 없지. 그러니까 내버려두세. 저런 남자 따위는 아무래도 좋으니까. 일자리만 뺏으면 될 거다. 중요한 것은"

철학자인 마그는 거기서 말을 끊었다.

"계속해서 우리 종 외의 다른 누군가의 말을 믿는 것이지."

"즉?"

"이제까지와 마찬가지다. 그룩(아쿠타gua) 군의 《라쇼몽》이라는 성전을 따라갈 수밖에 없겠지."

"하지만 그것을 아쿠타gua 군 자신이 저지하지 않았습니까."

"그것은 진노가 실수했기 때문이지."

"과연."

"뭐, 일단 나는 다시 《라쇼몽》을 읽겠네. 뭔가 이 다음의 힌트가 있을지도 모르니까."

마그는 사실 자신들의 세계를 바꾸고 싶었다.

하지만 우선 자신들의 세계보다 약간 더 더러운 자들의 세계를 먼저 정화할 필요가 있었다.

그래서 성전을 따라 계획을 세우고, 한때 세계에서 절대적인 능력을 지니고 있던 자들을 부리던 진노를 시켜, 그 계획을 실행에 옮기도록 한 것이다.

하지만 다시 출발점으로 돌아왔다. 어쩔 수 없었다. 무슨 일이든 마지막에는 이렇게 되었다. 바퀴도 그랬다. 한 바퀴 돈 다음, 다시 또 한 바퀴.

"우리에게 기쁜 소식이 딱 하나 있지."

"뭡니까?"

"오랜만에 비가 내릴 걸세."

그 말에 게르는 모든 고뇌를 잊은 것처럼 싱글벙글 웃더니, 다시 시가를 한껏 들이마시고 기분 좋게 토해냈다.

"Qua, Qua, 잘 됐군요. 경사로구나, 경사야."

그 말을 마지막으로, 두 존재는 계획에 대한 이야기를 나누지 않았다.

종장

드디어 야요이에게 비밀을 말해 버렸다. 잘한 일일까. 후회해도 이미 내뱉은 말은 도로 담을 수가 없었다.

나는 앞으로 야요이와 어떻게 지내면 좋을까?

이 살아 있을 가치가 없는 유랑 문인 곁에 그녀를 묶어 둬도 될까……

고민하면서 집으로 돌아오니, 어두컴컴한 복도에 나를 기다린 것처럼 하얗게 빛나는 두 눈이 있었다.

"잘도 알았구나. '네가 범인이다.'라고 말한 의미를."

불을 켜자 하카마다레가 복도에 드러누워 공벌레를 둥글게 만들며 놀고 있었다. 마침 그때 밖에서 비가 쏴아아 내리기 시작했다. 갑자기 쏟아지는 것을 보면 아마 소나기겠지.

"그야 알 수밖에. 내가 손가방을 들었을 때 머리카락을 자르는 노파가 '항상, 항상 감사합니다.' 하고 말했지. 그때는 누구에게나 그렇게 말하는 거라고 생각했지만, 나중에 생각해 보니 묘한 기분이 들었거든. 얼굴을 기억 못 한다는 사실을 들키고 싶지 않은 거라면 '항상, 항상'이라고 말할 필요 없이 그냥 인사를 하면 되니까. 그렇다는 말은 내가 그녀에게 친절하게 대한 적이 있다는 거겠지. 하지만 나는 그런 기억이 없다. 그렇다면 이 타바타 근처에 나와 많이 닮은 인물이 한 명 더 있다고 생각하는 것이 자연스럽지. 실제로 역 앞에서 몇 명에게 물어보니, 바로 그 파출소에 있는 경찰의 존재가 분명해졌지. 다만 그가 야요이의 전 애인이었다는 것까지는 상상하지 못했지만."

"이걸로 내가 보여 준 지옥도는 사라졌다고 생각하나?"

"사라졌지 않나?"

"또 다른 지옥도가 생겼다."

"뭐……."

"비극은 여기저기에 있지. 비극의 본질에 대해서는 너도 잘 알고 있지 않나. '오해의 덩어리'라는 녀석이지. 이 세계는 계속 오해의 덩어리가 빙글빙글 회전하고 있어. 그래, 너의 시야에 나타나는 바퀴의 환상이지. 오해의 바퀴가 돌고 있는 거야. 누구도 그 녀석은 막을 수 없어. 설령 작가인 너일지라도. 이윽고 오해 때문에 모든 것이 분쇄될 거야."

"또 야요이의 목숨이?"

"후후. 글쎄. 이번에는 둘 다일지도 모르지. 하지만 확실한 게 있다. 현재 너희는 살아 있다는 사실이지. 가능한 한 지금을 소중히 여겨라."

하카마다레는 그렇게 말하고는 높이 날아올라 천장에 달라붙었다.

"어디로 가는 거지? 라쇼몽으로 돌아가는 건가?"

"후후. 나에게 집 같은 곳은 없지. 네가 정하지 않았나? 하인의 행방은 아무도 모른다. 아무도. 딱 하나 힌트를 주자면, 나는 마법의 능력을 손에 넣은 희귀한 도둑이지. 《두자춘》에 나오는 바보가 손에 넣지 못한 마법을 내가 가졌다. 신기하게도 나에게 마법을 전수한 선인 녀석은 시시한 욕망에 젖은 남자가 되어 이 세계로 도망쳐 버렸어. 진노 코타로라는 이름을 가지고 말이야. 선인도 욕망을 갖게 되면 평범한 바보로 바뀌더군. 너 역시 욕망과 투쟁하는 나날이 시작되겠군. 이번에는 자살 이외의 대답을 찾아 봐라. 또 보지, 류노스케."

"그래……."

하카마다레는 이미 사라지고 없었다. 그 풍만한 가슴을 조금 더 관찰하고 싶었는데. 이 세상에 떨어진 선인이 진노 코타로가 된 건가. 그러고 보니 내가 야요이 앞을 가로막으며 노파로부터 야요이를 구하려 했을 때, 내 의식 속으로 그만두라고 말했던 것도 그 남자였다.

자살 이외의 대답이라.

그 대답을 찾으려면 결국 글을 써야겠지. 나는 그런 남자다. 이 세계에서 작가가 되는 길을 찾아볼까?

분명 KADOKAWA라는 출판사가 카쿠요무(カクヨム)*라는 사이트를 만들었지. 그곳에 신작을 올려 보는 것도 괜찮겠군.

여전히 빗소리가 들렸다. 빗소리 사이로 사람이 아닌 자의 말소리가 들려왔다.

"프우·후우! 이번에는 들켰군요. 곤란하네요. 일단 도망치죠."

"하지만 또 오지. 레인·코트를 잊지 말게나."

"Qua. 레인·코트를 잊지 마시오."

빗소리가 작아지는 것과 함께 녀석들의 목소리도 멀어졌다. 그렇군. 녀석들은 이 세계에 있는 것이다. 그리고 여전히 나를 관찰하고 있다. 그래, 캇파**들이다. 진짜 흑막은 그들인가.

그런 생각을 하고 있을 때, 드르륵 미닫이문이 열렸다.

바깥의 햇빛이 들어왔다. 비는 멈춘 모양이었다.

"다녀왔습니다."

모습을 드러낸 것은 야요이……. 야요이?

눈을 비비며 한 번 더 확인했다.

그곳에 서 있는 것은 분명히 야요이였지만, 내가 아는 야요이와는 다르게 보였다.

---

* 카쿠(カク)는 '쓰다', 요무(ヨム)는 '읽다'라는 뜻.
** 물의 요괴인 '캇파(河童)'와 우비(레인 코트)를 뜻하는 '캇파(合羽)'의 발음이 같다. 요괴 캇파는 아쿠타가와의 작품 《캇파》에, 레인 코트는 《톱니바퀴(齒車)》에 등장한다.

머리카락이 짧아졌다.

"상당히 짧군. 괜찮나, 그렇게 짧아도."

딱히 책망할 생각은 없었지만, 야요이는 입술을 삐죽거리면서 비에 살짝 젖은 머리카락을 털었다.

"마음에 안 드세요? 이제 저한테는 필요가 없어서요."

잘 어울린다고 말하는 게 좋았을까. 아니면 솔직하게 귀엽다고 말했다면. 아니면 또 한 번 반했다고 말하는 편이 좋았을지도. 하지만 내 입에서 그런 대사가 나올 리 없었다.

"흠…… 이 세계 여자의 머리 스타일은 여전히 낯설군."

"익숙해지세요. 그리고 여자를 여자라고 부르는 것도 그만두는 편이 좋아요."

"여자는 여자지 않나. 무슨 이상한 소리를."

"그런 뜻이 아니에요."

"그럼 무슨 뜻인가?"

"이제 됐어요."

"영문을 모르겠군. 뭐, 됐다. 아무튼 출가한 것도 아닌데 아무래도 보기 좋지 않군."

귀엽지만, 홀딱 반할 정도로 아름답지만, 너무 짧지 않은가. 여자로서. 아니, 그런 쓸데없는 말을 할 필요는 없다. 솔직하게 칭찬해라, 류노스케.

"그럼 안 보면 되잖아요."

아아, 화 나게 만들었다.

"그렇게 싫으세요? 이 머리 스타일."

"싫다고는 한마디도 안 했다. 몹시 흥미로운 머리 스타일이다."

나는 쑥스러움을 감추기 위해 피스 한 개비를 물었다.

"그거 칭찬 아니죠?"

"아니, 칭찬이다. 칭찬하고 있다고 생각했다만."

"어디가 칭찬인가요······."

야요이는 고개를 돌리며 툴툴댔다.

이거 참. 손이 가는 여자다.

나는 머리카락으로 손을 뻗었다.

"아무튼 이 머리카락을 또 볼 수 있어서 다행이군."

"어······."

마음에서 우러나는 감상이었다. 야요이의 볼이 붉게 달아올랐다.

나는 하얀 연기를 후우, 토해냈다. 이렇게 깊이 폐의 안쪽의 안쪽까지 닿을 정도로 타르를 들이마신 것은 며칠 만이었다.

아아, 살아 있다.

이상한 일이다. 지금은 조금도, 정말 조금도 죽고 싶다는 기분이 들지 않았다.

"어이, 야요이. 살아 있다는 것은 멋진 일이구나."

나는 그렇게 말한 다음, 야요이를 살며시 끌어안았다. 두 번 다시 지금이라는 시간을 놓치지 않기를, 잃지 않기를. 그렇게 마음속으로 여러 번 빌면서.

이윽고 입술이 겹쳐졌다.

그 후의 행방은 우리도 모른다.

ATOGAKI

ATOGAKI*라는 말은 뭔가 문호 A의 애너그램(anagram)을 떠올리게 하는 부분이 있다. 그래서일까. 지금도 여전히 문호 A적 세계의 연장선에 있는 것 같은 착각이 든다.

언제 문호 A와 만났는지는 기억이 조금 애매하다. 중학생이었던 것 같기도 하고, 고등학생이었던 것 같기도 하다. 아마 《코(鼻)》를 읽은 다음에 《두자춘》과 《귤》을 차례로 읽지 않았을까.

특히 마음에 들었던 작품은 《귤》이었다. 지금도 이 작품은 지극히 뛰어난 '일상 미스터리'가 아닐까 생각한다. 문호 A의 미스터리라고 하면 《덤불 속》이 가장 유명할 것이다. 하지만 미학과 일상의 수수께끼를 배합한 미스터리로 데뷔한 나로서는, 동기에 따라 풍경이 확 다르게 보이는 'Why done it'** 걸작인 《귤》을 첫손으로 꼽고 싶다.

---

* 후기를 뜻하는 일본어 'あとがき'의 영문 표기.
** 왜 범행을 저질렀는지 그 이유를 중시하는 미스터리 소설.

몹시 초라하고 불결해 보이는 소녀가 갑자기 창밖으로 귤을 던진다. 그 행위의 의미가 보였을 때, 카지이 모토지로가 고서점에 레몬*을 설치한 것과 같은 숭고함이 나타난다.

레몬과 귤. 둘 다 감귤류이기 때문일까. 상큼한 향기가 허구에서 현실을 향해 피어오르면서 뭔가 신기한 작용을 일으키는 모양이다.

이렇게 냄새가 풍겨오는 이상, 허구와 현실 사이에도 캇파의 구멍 같은 통로가 있을 것이다. 이 구멍에서는 상큼한 향기만 풍겨오지는 않는다. 때로는 악취가 나기도 한다. 《라쇼몽》의 시체 더미에서 나는 농밀한 악취는 그로테스크하면서도 상당한 중독성을 내포하고 있다. 그 악취에 시달린 고등학생 시절의 나는, 한동안 《라쇼몽》을 닮은 습작만 집필했을 정도였다.

그러고 보니 몇 년 전에 인터넷상에서 《aktgw(아쿠타가와)》라는 단편을 쓴 적이 있다. 아쿠타가와 류노스케의 감각을 체험할 수 있는 'aktgw 바이러스' 주사를 맞은 하나카게 시노부라는 소설가(이 인물은 《사계채의 살로메 또는 배덕의 성찰(四季彩のサロメまたは背徳の省察)》, 《심중탐정(心中探偵)》에 등장한다)가 주인공인 이야기다.

피험자 아르바이트를 소개받아, 낡은 잡거빌딩 4층에 있는 드

---

* 카지이 모토지로 작가의 작품 《레몬》에 대한 이야기. 마지막에 화자가 서점에서 화집을 쌓아서 그 위에 레몬을 올려두고, 밖으로 나가며 그 레몬이 폭탄처럼 폭발하는 장면을 상상하는 장면이 있다.

래곤 컴퍼니라는 수상한 약품 회사를 방문하는 하나카게 시노부. 그곳에서는 aktgw 바이러스의 개발이 이루어지고 있었다. 소장이라는 남자는 시노부에게 말한다.

"여기에 오는 것은 다들 아쿠타가와 류노스케의 신작을 읽고 싶은 녀석들뿐이다. 세상에 허다하게 널린 문학 작품 따위를 읽을 바에야, 아쿠타가와의 신작이 읽고 싶다는 무리들이 많지. 그래서 우리 회사는 aktgw 바이러스를 개발했다."

하나카게 시노부에게 주어진 임무는 이 바이러스를 직접 주사해서 아쿠타가와의 신작을 쓰는 것이다. 시노부는 "주사하면 아쿠타가와의 신작을 쓸 수 있게 되나요?" 하고 기뻐하며 피험자가 된다. 처음에는 구토. 다음에는 현기증. 이윽고 그 자리에 쭈그리고 앉아 일어설 수 없게 된다. 서서히 평소에 보던 풍경이 거칠거칠한 입자로 보이기 시작한다. 게다가 입자의 틈새로 완전히 다른 상징적 풍경이 나타난다. 이거다. 시노부는 생각한다. 이거라면 자신도 아쿠타가와 류노스케가 될 수 있다고.

"컴퓨터를…… 나에게 컴퓨터를."

이리하여 그는 중독 일로를 걷게 된다는 이야기다.

이 이야기는 사실 내 고등학교 시절의 《라쇼몽》 체험담 같은 것이다.

그 황량하고 신경에서 꼭 필요한 부분만 뽑아낸 듯한 문체는 그만큼 높은 중독성이 있다. 독자는 물론이고 작가이기에, 그 문체는 닿으면 닿을수록 중독되는 위험한 극약이기도 하다.

이번에 이 책을 집필하면서 오랜만에 문호 A의 문체에 많이 닿아, 완전히 aktgw 바이러스의 중독 증상에 시달렸다는 것을 이곳에 고백하면서 ATOGAKI를 마친다.

참고 문헌

《아쿠타가와 류노스케 전집(芥川龍之介全集)》(전 8권) 아쿠타가와 류노스케(1994, 치쿠마분코)

《아쿠타가와 류노스케의 세계(芥川龍之介の世界)》 나카무라 신이치로(2015, 이와나미겐다이분코)

《라쇼몽〉을 읽다(「羅生門」を読む)》 세키구치 야스요시(1999, 오자와쇼켄)

《아쿠타가와 류노스케 신사전(芥川龍之介新辞典)》 세키구치 야스요시 편(2003, 칸신쇼보)

《타바타 문인 마을 개정판(田端文士村 改版)》 콘도 토미에(2003, 츄코분코)

《덤불 속의 집: 아쿠타가와 자살의 수수께끼를 풀다(藪の中の家: 芥川自死の謎を解く)》 야마자키 미츠오(1997, 분게이슌)